4516

OEUVRES

COMPLETES

DE

VOLTAIRE.

CATHERINE II.

Imperatrice de toutes les Russies.

J. B. Fossoyeux, Sculp. 1788.

OEUVRES

COMPLETES

DE

VOLTAIRE.

TOME SOIXANTE-SEPTIEME.

DE L'IMPRIMERIE DE LA SOCIÉTÉ LITTÉRAIRE-
TYPOGRAPHIQUE.

1 7 8 5.

LETTRES

DE L'IMPERATRICE

DE RUSSIE

ET

DE M. DE VOLTAIRE.

LETTRES

DE L'IMPERATRICE

DE RUSSIE

ET

DE M. DE VOLTAIRE.

LETTRE PREMIERE.

DE L'IMPERATRICE.

J'AI mis fous les vers du portrait de *Pierre le grand* que M. de *Voltaire* m'a envoyés, par M. de *Balk*, 1763. *Que Dieu le veuille !*

J'ai commis un péché mortel en recevant la lettre adreffée au géant (1) : j'ai quitté un tas de fuppliques, j'ai retardé la fortune de plufieurs perfonnes, tant j'étais avide de la lire. Je n'en ai pas même eu de repentir. Il n'y a point de cafuiftes dans mon empire, et jufqu'ici je n'en étais pas bien fâchée. Mais voyant le befoin d'être ramenée à mon devoir, j'ai trouvé qu'il n'y avait point de meilleur moyen que de céder

---

(1) M. *Pictet*, génevois d'une très-grande taille, était alors à Pétersbourg. On n'a trouvé ni la lettre dont M. de *Voltaire* l'avait chargé pour l'impératrice, ni les vers pour le portrait de *Pierre le grand*.

—— au tourbillon qui m'emporte et de prendre la plume
1763. pour prier M. de *Voltaire*, très-férieufement, de ne
me plus louer avant que je l'aye mérité. Sa réputation
et la mienne y font également intéreffées. Il dira qu'il
ne tient qu'à moi de m'en rendre digne, mais en
vérité, dans l'immenfité de la Ruffie, un an n'eft
qu'un jour, comme mille ans devant le Seigneur.
Voilà mon excufe de n'avoir pas encore fait le bien
que j'aurais dû faire.

Je répondrai à la prophétie de *Jean-Jacques
Rouffeau* en lui donnant, j'efpère, auffi long-temps
que je vivrai, un démenti fort impoli. Voilà mon
intention; refte à voir les effets. Après cela, Monfieur,
j'ai envie de vous dire: *Priez Dieu pour moi.*

J'ai reçu auffi avec beaucoup de reconnaiffance le
fecond tome de *Pierre le grand*. Si dans le temps que
vous avez commencé cet ouvrage, j'avais été ce que
je fuis aujourd'hui, j'aurais fourni bien d'autres
mémoires. Il eft vrai qu'on ne peut affez s'étonner
du génie de ce grand homme. Je vais faire imprimer
fes lettres originales que j'ai ordonné de ramaffer de
toutes parts. Il s'y peint lui-même. Ce qu'il y avait
de plus beau dans fon caractère, c'eft que, quelque
colérique qu'il fût, la vérité avait toujours fur lui
un afcendant infaillible: et pour cela feul il méri-
terait, je penfe, une ftatue.

Je regrette aujourd'hui pour la première fois de ma
vie de ne point faire de vers; je ne peux répondre aux
vôtres qu'en profe, mais je peux vous affurer que
depuis 1746, que je difpofe de mon temps, je vous ai
les plus grandes obligations. Avant cette époque je ne
lifais que des romans, mais par hafard vos ouvrages

me tombèrent dans les mains ; depuis je n'ai cessé
de les lire et n'ai voulu d'aucuns livres qui ne fussent
aussi bien écrits, et où il n'y eût autant à profiter.
Mais où les trouver ? Je retournais donc à ce premier
moteur de mon goût et de mon plus cher amusement.
Assurément, Monsieur, si j'ai quelques connaissances,
c'est à lui seul que je les dois. Mais puisqu'il se
défend par respect de me dire qu'il baise mon billet,
il faut par bienséance que je lui laisse ignorer que
j'ai de l'enthousiasme pour ses ouvrages. Je lis à
présent l'Essai sur l'histoire générale : je voudrais
savoir chaque page par cœur, en attendant les œuvres
du grand *Corneille*, pour lesquelles j'espère que la
lettre de change est expédiée.

CATERINE.

LETTRE II.

DE L'IMPERATRICE.

L'IMPERATRICE de Russie est très-obligée au neveu
de l'abbé *Bazin* de ce qu'il a bien voulu lui dédier
l'ouvrage (1) de son oncle qui assurément n'a rien
de commun avec *Abraham Chaumeix*, maître d'école
à Moscou, où il enseigne l'*a b c* aux petits enfans.
Elle a lu ce beau livre d'un bout à l'autre avec
beaucoup de plaisir, et ne s'est point trouvée supé-
rieure à ce qu'elle a lu parce qu'elle fait partie de
ce genre-humain si enclin à goûter les absurdités les

1763.

1765.

(1) La première édition de la Philosophie de l'histoire, que l'auteur a fait
servir depuis d'introduction à l'Essai sur les mœurs, &c.

——— plus étrangès ; elle eſt perſuadée que ce livre ne
1765. manquera pas d'en éprouver ſa part , et qu'à Paris
il ſera infailliblement livré au feu , au pied d'un
grand eſcalier; ce qui lui donnera un luſtre de plus.

Comme le neveu de l'abbé *Bazin* a gardé un
profond ſilence ſur le lieu de ſa réſidence , on a
adreſſé cette réponſe à M. de *Voltaire* ſi connu pour
protéger et favoriſer les jeunes gens dont les talens
font eſpérer qu'ils feront un jour utiles au genre-
humain. Cet illuſtre auteur eſt prié de faire parvenir
ce peu de lignes à ſa deſtination ; et ſi par haſard il
ne connaiſſait point ce neveu de l'abbé *Bazin* , on
eſt perſuadé qu'il excuſera cette démarche en faveur
du mérite éclatant de ce jeune homme.

CATERINE.

LETTRE III.

DE L'IMPERATRICE.

Le $\frac{11}{22}$ d'auguſte.

MONSIEUR, puiſque, Dieu merci, le neveu de
l'abbé *Bazin* eſt trouvé , vous voudrez bien qu'une
ſeconde fois je m'adreſſe à vous pour lui faire parvenir dans ſa retraite le petit paquet ci-joint, en
témoignage de ma reconnaiſſance pour les douceurs
qu'il me dit. Je ſerais très-aiſe de vous voir aſſiſter
tous les deux à mon carrouſel, duſſiez-vous vous
déguiſer en chevaliers inconnus. Vous en auriez tout
le temps : la pluie continuelle qui tombe depuis

plufieurs femaines m'a obligée de renvoyer cette fête au mois de juin de l'année prochaine.

Ma devife eft une abeille qui volant de plante en plante amaffe fon miel pour le porter dans fa ruche, et l'infcription eft l'*Utile*. Chez vous les inférieurs inftruifent, et il ferait facile aux fupérieurs d'en faire leur profit : chez nous c'eft tout le contraire ; nous n'avons pas tant d'aifance.

L'attachement du neveu *Bazin* pour feue ma mère lui donné un nouveau degré de confidération chez moi : je trouve ce jeune homme très-aimable, et je le prie de me conferver les fentimens qu'il me témoigne. Il eft très-bon et très-utile d'avoir de pareilles connaiffances. Vous voudrez bien, Monfieur, être affuré que vous partagez avec le neveu mon eftime, et tout ce que je lui dis eft également pour vous auffi.

CATERINE.

P. S. Des capucins qu'on tolère à Mofcou, car la tolérance eft générale dans cet empire (il n'y a que les jéfuites qui ne font pas foufferts), s'étant opiniâtrés cet hiver à ne vouloir pas enterrer un français (qui était mort fubitement), fous prétexte qu'il n'avait pas reçu les facremens, *Abraham Chaumeix* fit un factum contre eux pour leur prouver qu'ils devaient enterrer un mort. Mais ce factum ni deux réquifitions du gouverneur ne purent porter ces pères à obéir. A la fin on leur fit dire de choifir, ou de paffer la frontière, ou d'enterrer ce français. Ils partirent ; et j'envoyai d'ici des auguftins plus dociles qui, voyant qu'il n'y avait pas à badiner, firent tout

A 4

ce qu'on voulut. Voilà donc *Abraham Chaumeix* devenu raifonnable en Ruffie ; il s'oppofe à la per- fécution. S'il prenait de l'efprit, il ferait croire les miracles aux incrédules. Mais tous les miracles du monde n'effaceront pas la tache d'avoir empêché l'impreffion de l'Encyclopédie.

LETTRE IV.

DE M. DE VOLTAIRE.

L'ABEILLE eft utile fans doute,
On la chérit, on la redoute,
Aux mortels elle fait du bien,
Son miel nourrit, fa cire éclaire :
Mais quand elle a le don de plaire,
Ce fuperflu ne gâte rien.

Minerve, propice à la terre,
Inftruifit les groffiers humains,
Planta l'olivier de fes mains,
Et battit le dieu de la guerre.

Cependant elle difputa
La pomme due à la plus belle ;
Quelque temps Pâris héfita,
Mais Achille eût été pour elle.

MADAME,

Que votre Majefté impériale pardonne à ces mauvais vers ; la reconnaiffance n'eft pas toujours

éloquente : fi votre devife eft une abeille, vous avez
une terrible ruche ; c'eft la plus grande qui foit au
monde ; vous rempliffez la terre de votre nom et
de vos bienfaits. Les plus précieux pour moi font les
médailles qui vous repréfentent. Les traits de votre
Majefté me rappellent ceux de la princeffe votre mère.

J'ai encore un autre bonheur, c'eft que tous ceux
qui ont été honorés des bontés de votre Majefté font
mes amis ; je me tiens redevable de ce qu'elle a fait
fi généreufement pour les *Diderot* , les d'*Alembert* et
les *Calas*. Tous les gens de lettres de l'Europe
doivent être à vos pieds.

C'eft vous , Madame , qui faites les miracles ;
vous avez rendu *Abraham Chaumeix* tolérant ; et s'il
approche de votre Majefté il aura de l'efprit ; mais
pour les capucins, votre Majefté a bien fenti qu'il
n'était pas en fon pouvoir de les changer en hommes,
depuis que St *François* les a changés en bêtes. Heureufement votre académie va former des hommes
qui n'auront pas affaire à St *François*.

Je fuis plus vieux, Madame, que la ville où
vous régnez et que vous embelliffez. J'ofe même
ajouter que je fuis plus vieux que votre Empire ,
en datant fa nouvelle fondation du créateur *Pierre
le grand* dont vous perfectionnez l'ouvrage. Cependant je fens que je prendrais la liberté d'aller faire
ma cour à cette étonnante abeille qui gouverne cette
vafte ruche, fi les maladies qui m'accablent, me
permettaient, à moi pauvre bourdon, de fortir de
ma cellule.

Je me ferais préfenter par M. le comte de
Schouvalof et par madame fa femme que j'ai eu

—— l'honneur de poſſéder quelques jours dans mon petit hermitage. Votre Majeſté impériale a été le ſujet de nos entretiens, et jamais je n'ai tant éprouvé le chagrin de ne pouvoir voyager.

Oſerais-je, Madame, dire que je ſuis un peu fâché que vous vous appeliez *Caterine :* les héroïnes d'autrefois ne prenaient point de nom de ſaintes : *Homère*, *Virgile* auraient été bien embarraſſés avec ces noms-là ; vous n'étiez pas faite pour le calendrier.

Mais ſoit *Junon*, *Minerve* ou *Vénus*, ou *Cérès*, qui s'ajuſtent bien mieux à la poëſie en tout pays, je me mets aux pieds de votre Majeſté impériale, avec reconnaiſſance et avec le plus profond reſpect.

L E T T R E V.

D E L ' I M P E R A T R I C E.

A Pétersbourg, $\frac{17}{28}$ novembre.

Monsieur, ma tête eſt auſſi dure que mon nom eſt peu harmonieux ; je répondrai par de la mauvaiſe proſe à vos jolis vers. Je n'en ai jamais fait, mais je n'en admire pas moins pour cela les vôtres. Ils m'ont ſi bien gâtée que je ne puis preſque en ſouffrir d'autres. Je me renferme dans ma grande ruche ; on ne ſaurait faire différens métiers à la fois.

Jamais je n'aurais cru que l'achat d'une bibliothéque m'attirerait tant de complimens : tout le monde m'en fait ſur celle de M. *Diderot*. Mais avouez, vous à qui l'humanité en doit pour le

1765.

foutien que vous avez donné à l'innocence et à la vertu dans la perfonne des *Calas*, qu'il aurait été cruel et injufte de féparer un favant d'avec fes livres.

Démétri, métropolite (*a*) de Novogorod n'eft ni perfécuteur, ni fanatique. Il n'y a pas un principe dans le Mandement d'*Alexis* (1) qu'il n'avouât, ne prêchât, ne publiât, fi cela était utile ou néceffaire : il abhorre la propofition des *deux puiffances*. Plus d'une fois il m'a donné des exemples que je pourrais vous citer. Si je ne craignais de vous ennuyer, je les mettrais fur une feuille féparée afin de la brûler fi vous ne vouliez pas la lire.

La tolérance eft établie chez nous : elle fait loi de l'Etat ; et il eft défendu de perfécuter. Nous avons, il eft vrai, des fanatiques qui, faute de perfécution, fe brûlent eux-mêmes ; mais fi ceux des autres pays en fefaient autant, il n'y aurait pas grand mal ; le monde n'en ferait que plus tranquille, et *Calas* n'aurait pas été roué. Voilà, Monfieur, les fentimens que nous devons au fondateur de cette ville que nous admirons tous deux.

Je fuis bien fâchée que votre fanté ne foit pas auffi brillante que votre efprit : celui-ci en donne aux autres. Ne vous plaignez point de votre âge, et vivez les années de *Mathufalem*, duffiez-vous tenir dans le calendrier la place que vous trouvez à propos de me refufer. Comme je ne me crois point en droit d'être chantée, je ne changerai point mon nom contre celui de l'envieufe et jaloufe *Junon* : je n'ai

---

(*a*) Les métropolites ne diffèrent des autres évêques et archevêques que par une cape blanche ; celui-ci l'a reçue pour m'avoir couronnée.

(1) Voyez le volume des Facéties.

1765.
pas affez de préfomption pour prendre celui de *Minerve;* je ne veux point du nom de *Vénus*, il y en a trop fur le compte de cette belle dame. Je ne fuis pas *Cérès* non plus ; la récolte a été très-mauvaife en Ruffie cette année : le mien au moins me fait efpérer l'interceffion de ma patronne là où elle eft ; et à tout prendre je le crois le meilleur pour moi. Mais en vous affurant de la part que je prends à ce qui vous regarde , je vous en éviterai l'inutile répétition.

CATERINE.

LETTRE VI.

DE M. DE VOLTAIRE.

24 janvier.

MADAME,

1766.
La lettre, dont votre Majefté impériale m'honore, m'a tourné la tête ; elle m'a donné des patentes de prophète. Je ne me doutais pas que l'archevêque de Novogorod fe fût en effet déclaré contre le fyftême abfurde des *deux puiffances.* J'avais raifon fans le favoir, ce qui eft encore un caractère de prophétie. Les incrédules pourront m'objecter que cet arche- vêque ne s'appelle pas *Alexis*, mais *Démétri.* Je pourrai répondre avec tous les commentateurs qu'il faut de l'obfcurité dans les prophéties, et que cette obfcurité rend toujours la vérité plus claire. J'ajouterai qu'il n'y a qu'à changer *Alex* en *Démé*, et *is* en *tri*, pour avoir le véritable nom de l'archevêque. Il n'y aura

certainement que des impies qui puiffent ne fe pas
rendre à des preuves fi évidentes.

Je fuis fi bien prophète, que je prédis hardiment à
votre Majefté la plus grande gloire et le plus grand
bonheur. Ou les hommes deviendront entièrement
fous, ou ils admireront tout ce que vous faites de
grand et d'utile; cette prédiction même vient un
peu comme les autres, après l'événement.

Il me femble que fi cet autre grand homme, *Pierre
premier*, s'était établi dans un climat plus doux que
fur le lac Ladoga, s'il avait choifi Kiovie ou quelque
autre terrain plus méridional, je ferais actuellement
à vos pieds en dépit de mon âge. Il eft trifte de
mourir fans avoir admiré de près celle qui préfère
le nom de *Caterine* aux noms des divinités de
l'ancien temps et qui le rendra préférable. Je n'ai
jamais voulu aller à Rome; j'ai fenti toujours de
la répugnance à voir des moines dans le Capitole,
et les tombeaux des *Scipions* foulés aux pieds des
prêtres; mais je meurs de regret de ne point voir
des déferts changés en villes fuperbes, et deux mille
lieues de pays civilifés par des héroïnes. L'hiftoire
du monde entier n'a rien de femblable, c'eft la plus
belle et la plus grande des révolutions; mon cœur
eft comme l'aimant, il fe tourne vers le Nord.

D'*Alembert* a bien tort de n'avoir pas fait le voyage,
lui qui eft encore jeune. Il a été piqué de la petite
injuftice qu'on lui fefait; mais l'objet qui eft fort
mince ne troublait point fa philofophie. Tout cela
eft réparé aujourd'hui. Je crois que l'Encyclopédie
eft en chemin pour aller demander une place dans
la bibliothéque de votre palais.

Que votre Majesté impériale daigne recevoir avec bonté ma reconnaissance, mon admiration, mon profond respect.

Feu l'abbé Bazin.

LETTRE VII.

DE L'IMPERATRICE.

A Pétersbourg, le $\frac{28 \text{ juin.}}{9 \text{ juillet.}}$

MONSIEUR, la lueur de l'étoile du Nord n'est qu'une aurore boréale.

Les bienfaits répandus à quelques centaines de lieues, et dont il vous plaît de faire mention, ne m'appartiennent pas : les *Calas* doivent ce qu'ils ont reçu à leurs amis ; M. *Diderot* la vente de sa bibliothéque, au sien ; mais les *Calas* et les *Sirven* vous doivent tout. Ce n'est rien que de donner un peu à son prochain de ce dont on a un grand superflu ; mais c'est s'immortaliser que d'être l'avocat du genre-humain, le défenseur de l'innocence opprimée. Ces deux causes vous attirent la vénération due à de tels miracles. Vous avez combattu les ennemis réunis des hommes : la superstition, le fanatisme, l'ignorance, la chicane, les mauvais juges, et la partie du pouvoir qui repose entre les mains des uns et des autres. Il faut bien des vertus et des qualités pour surmonter ces obstacles. Vous avez montré que vous les possédez : vous avez vaincu.

Vous désirez, Monsieur, un secours modique pour les *Sirven* : le puis-je refuser ! me louerez-vous de cette action ? y a-t-il de quoi ? Je vous avoue que j'aimerais mieux qu'on ignorât ma lettre de change. Si cependant vous penfez que mon nom, tout peu harmonieux qu'il eft, faffe quelque bien à ces victimes de l'efprit de perfécution, je me remets à votre prévoyance, et vous me nommerez, pourvu feulement que cela même ne leur nuife pas. J'ai mes raifons pour le croire. Mes aventures avec l'évêque de Roftof ont été traitées publiquement, et vous en pouvez, Monfieur, communiquer le mémoire à votre gré, comme une pièce authentique.

J'ai lu avec beaucoup d'attention l'imprimé qui accompagnait votre lettre. Il eft bien difficile de réduire en pratique les principes qu'il contient. Malheureufement le grand nombre y fera long-temps oppofé. Il eft cependant poffible d'émouffer la pointe des opinions qui mènent à la deftruction des humains. Voici mot à mot ce que j'ai inféré entre autres chofes à ce fujet dans une inftruction au comité qui refondra nos lois :

,, Dans un grand empire qui étend fa domination ,, fur autant de peuples divers qu'il y a de différentes ,, croyances parmi les hommes, la faute la plus ,, nuifible au repos et à la tranquillité de fes citoyens ,, ferait l'intolérance de leurs différentes religions. ,, Il n'y a même qu'une fage tolérance également ,, avouée de la religion orthodoxe et de la poli- ,, tique, qui puiffe ramener toutes les brebis égarées ,, à la vraie croyance. La perfécution irrite les ,, efprits ; la tolérance les adoucit et les rend moins ,, obftinés ; elle étouffe ces difputes contraires au ,, repos de l'Etat et à l'union des citoyens. ,,

1766.

Après cela fuit un précis du livre de l'Efprit des lois, fur la magie, &c. qu'il ferait trop long de rapporter ici. Il y eft dit tout ce qu'on peut dire pour préferver d'un côté les citoyens des maux que peuvent produire de pareilles accufations, fans cependant troubler de l'autre la tranquillité des croyances, ni fcandalifer les confciences des croyans. J'ai cru que c'était l'unique voie praticable d'introduire le cri de la raifon, que de l'appuyer fur le fondement de la tranquillité publique dont chaque individu fent continuellement le befoin et l'utilité.

Le petit comte de *Schouvalof* de retour dans fa patrie m'a fait le récit de l'intérêt que vous avez bien voulu prendre à tout ce qui me regarde. Je finis par vous en marquer ma gratitude.

CATERINE.

LETTRE VIII.

DE M. DE VOLTAIRE.

Du 22 décembre.

MADAME,

QUE votre Majefté impériale me pardonne; non, vous n'êtes point l'*Aurore boréale ;* vous êtes affurément l'aftre le plus brillant du Nord, et il n'y en a jamais eu d'auffi bienfefant que vous. *Andromède, Perfée* et *Califto* ne vous valent pas. Tous ces aftres-là auraient laiffé *Diderot* mourir de faim. Il a été perfécuté dans fa patrie, et vos bienfaits viennent l'y

chercher.

chercher. *Louis XIV* avait moins de magnificence
que votre Majefté; il récompenfa le mérite dans les
pays étrangers, mais on lui indiquait ce mérite;
vous le cherchez, Madame, et vous le trouvez.
Vos foins généreux pour établir la liberté de con-
fcience en Pologne font un bienfait que le genre-
humain doit célébrer, et j'ambitionne bien d'ofer
parler au nom du genre-humain, fi ma voix peut
encore fe faire entendre.

En attendant, Madame, permettez-moi de publier
ce que vous avez daigné m'écrire au fujet de l'archevêque de Novogorod, et fur la tolérance. Ce que
vous écrivez eft un monument de votre gloire;
nous fommes trois, *Diderot*, d'*Alembert* et moi qui
vous dreffons des autels; vous me rendez païen : je
fuis avec idolâtrie, Madame, aux pieds de votre
Majefté, mieux qu'avec un profond refpect.

Le prêtre de votre temple.

LETTRE IX.

DE L'IMPERATRICE.

A Pétersbourg, $\frac{\text{29 décembre.}}{\text{9 janvier.}}$

MONSIEUR, je viens de recevoir votre lettre du
22 de décembre, dans laquelle vous me donnez une
place décidée parmi les aftres. Je ne fais fi ces places-
là valent la peine qu'on les brigue. Je ne voudrais
point être mife au rang de ceux que le genre-humain

Correfp. de l'impér. de R... &c.　　　　B

1766.

1767.

a adorés pendant fi long-temps, par tout autre que vous et vos dignes amis dont vous me parlez. En effet, quelque peu d'amour propre qu'on fe fente, il eft impoffible de défirer de fe voir l'égal des oignons, des chats, des veaux, des peaux d'ânes, de bœufs, de ferpens, des crocodiles, des bêtes de toute efpèce, &c. &c. &c. Après cette énumération, quel eft l'homme qui voulût des temples?

Laiffez-moi donc, je vous prie, fur la terre; j'y ferai plus à portée d'y recevoir vos lettres et celles de vos amis les d'*Alembert* et les *Diderot* : j'y ferai témoin de la fenfibilité avec laquelle vous vous intéreffez à tout ce qui regarde les lumières de notre fiècle, partageant fi parfaitement ce titre avec eux.

Malheur aux perfécuteurs! ils méritent d'être rangés parmi ces divinités. Voilà leur vraie place.

Au refte, Monfieur, foyez perfuadé que votre approbation m'encourage beaucoup.

L'article dont je vous ai fait part, et qui regarde la tolérance, ne paraîtra au grand jour qu'à la fin de l'été prochain.

Je me fouviens de vous avoir écrit dans une lettre précédente ce que je penfais de la publication des pièces qui concernent l'archevêque de Novogorod ; cet eccléfiaftique a donné depuis peu encore une preuve des fentimens que vous lui connaiffez. Un homme qui avait traduit un livre, le lui porta : il lui dit qu'il lui confeillait de le fupprimer, parce qu'il contenait les principes qui établiffent les *deux puiffances*.

Soyez affuré, Monfieur, que tel titre que vous preniez, il ne nuira jamais chez moi à la confidé-

ration qui eſt due à celui qui plaide avec toute
l'étendue de ſon génie la cauſe de l'humanité.   1767.

CATERINE.

L'imprimé ci-joint (*) vous fera juger ſi la juſtice
eſt de notre côté.

LETTRE X.

DE M. DE VOLTAIRE.

A Ferney , 27 février.

MADAME,

VOTRE Majeſté impériale daigne donc me faire
juge de la magnanimité avec laquelle elle prend le
parti du genre-humain. Ce juge eſt trop corrompu
et trop perſuadé qu'on ne peut répondre que des
ſottiſes tyranniques à votre excellent mémoire. Ne
pouvoir jouir des droits de citoyen parce qu'on
croit que le Saint-Eſprit ne procède que du Père,
me paraît ſi fou et ſi ſot, que je ne croirais pas cette
bêtiſe ſi celles de mon pays ne m'y avaient préparé.
Je ne ſuis pas fait pour pénétrer dans vos ſecrets
d'Etat ; mais je ferais bien attrapé ſi votre Majeſté
n'était pas d'accord avec le roi de Pologne ; il eſt
philoſophe, il eſt tolérant par principe ; j'imagine
que vous vous entendez tous deux comme larrons

(*) Manifeſte ſur les diſſentions de Pologne.

B 2

—— en foire pour le bien du genre-humain , et pour
1767. vous moquer des prêtres intolérans.

　　Un temps viendra , Madame, je le dis toujours,
où toute la lumière nous viendra du Nord : votre
Majesté impériale a beau dire ; je vous fais étoile,
et vous demeurerez étoile. Les ténèbres cimmé-
riennes resteront en Espagne ; et à la fin même,
elles se dissiperont. Vous ne serez ni oignon , ni
chatte, ni veau d'or, ni bœuf Apis ; vous ne serez
point de ces dieux qu'on mange, vous êtes de ceux
qui donnent à manger. Vous faites tout le bien que
vous pouvez au dedans et au dehors. Les sages
feront votre apothéose de votre vivant ; mais vivez
long-temps , Madame, cela vaut cent fois mieux
que la divinité ; si vous voulez faire des miracles,
tâchez seulement de rendre votre climat un peu plus
chaud. A voir tout ce que votre Majesté fait , je
croirai que c'est pure malice à elle , si elle n'entre-
prend pas ce changement: j'y suis un peu intéressé ;
car dès que vous aurez mis la Russie au trentième
degré au lieu des environs du soixantième, je vous
demanderai la permission d'y venir achever ma vie ;
mais en quelque endroit que je végette, je vous
admirerai malgré vous , et je ferai avec le plus
profond respect, Madame , de votre Majesté impériale , &c.

LETTRE XI.

DE L'IMPERATRICE.

A Moſcou, le $\frac{15}{26}$ mars.

MONSIEUR, j'ai reçu votre lettre du 27 février où vous me conſeillez de faire un miracle pour changer le climat de ce pays. Cette ville-ci était autrefois très-accoutumée à voir des miracles, ou plutôt les bonnes gens prenaient ſouvent les choſes les plus ordinaires pour des effets merveilleux. J'ai lu dans la préface du concile du tzar *Ivan Baſilewitz*, que lorſque le tzar eut fait ſa confeſſion publique, il arriva un miracle : le ſoleil parut en plein midi, ſes rayons donnèrent ſur lui, et ſur tous les pères raſſemblés. Notez que ce prince, après avoir fait une confeſſion générale, à haute voix, finit par reprocher au clergé, dans des termes très-vifs, tous ſes déſordres, et conjura le concile de le corriger, lui et ſon clergé auſſi.

A préſent les choſes ſont changées. *Pierre le grand* a mis tant de formalités pour conſtater un miracle, et le ſynode les remplit ſi ſtrictement, que je crains d'expoſer celui dont il vous plaît de me charger avant votre arrivée. Cependant je ferai tout ce qui ſera en mon pouvoir pour procurer à la ville de Pétersbourg un meilleur air. Il y a trois ans qu'on eſt après à ſaigner par des canaux les marais qui l'entourent, à abattre les forêts de ſapins qui la couvrent au midi ; et à préſent il y a déjà trois grandes terres

B 3

—— occupées par des colons, là où un homme à pied ne pouvait paſſer ſans avoir de l'eau juſqu'à la ceinture : les habitans ont ſemé l'automne dernière leurs premiers grains.

Comme vous paraiſſez, Monſieur, prendre intérêt à ce que je fais, je joins à cette lettre la moins mauvaiſe traduction françaiſe du Manifeſte que j'ai ſigné le 14 décembre de l'année paſſée, et qui a été ſi fort eſtropié dans les gazettes d'Hollande, qu'on ne ſavait pas trop ce qu'il pouvait ſignifier. En ruſſe c'eſt une pièce eſtimée : la richeſſe et les expreſſions fortes de notre langue l'ont rendue telle. La traduction en a été d'autant plus pénible. Au mois de juin cette grande aſſemblée commencera ſes ſéances, et nous dira ce qui lui manque. Après quoi on travaillera à des lois que l'humanité, j'eſpère, ne déſapprouvera pas. D'ici à ce temps-là j'irai faire un tour dans différentes provinces, le long du Volga ; et au moment peut-être que vous vous y attendrez le moins, vous recevrez une lettre datée de quelque bicoque de l'Aſie.

Je ferai là, comme par-tout ailleurs, remplie d'eſtime et de conſidération pour le ſeigneur du château de Ferney.

CATERINE.

LETTRE XII.

DE M. DE VOLTAIRE.

26 mai.

Un voyage en Afie! allez-vous l'entreprendre,
  Belle et fublime Taleftris ?
  Que ferez-vous dans ce pays ?
  Vous n'y verrez point d'Alexandre.

Hélas! votre Majefté impériale ferait le tour du globe qu'elle ne rencontrerait guère de rois dignes d'elle. Elle voyage comme *Cérès* la légiflatrice, en fefant du bien au monde. Je ne fais point la langue ruffe ; mais, par la traduction que vous daignez m'envoyer, je vois qu'elle a des inverfions et des tours qui manquent à la nôtre. Je ne fuis pas comme une dame de la cour de Verfailles qui difait : C'eft bien dommage que l'aventure de la tour de Babel ait produit la confufion des langues, fans cela tout le monde aurait toujours parlé français.

L'empereur de la Chine, *Cam-hi*, votre voifin, demandait à un miffionnaire fi on pouvait faire des vers dans les langues de l'Europe; il ne pouvait le croire.

Que votre Majefté impériale daigne agréer mes fentimens et le très-profond refpect de ce vieux fuiffe, &c.

B 4

LETTRE. XIII.

DE L'IMPERATRICE.

A Cafan, le $\frac{18}{29}$ mai.

JE vous avais menacé d'une lettre de quelque bicoque de l'Afie, je vous tiens parole aujourd'hui.

Il me femble que les auteurs de l'Anecdote fur Bélifaire (*) et de la Lettre fur les panégyriques (**) font proches parens du neveu de l'abbé *Bazin*. Mais, Monfieur, ne vaudrait-il pas mieux renvoyer tout panégyrique des gens après leur mort, crainte que tôt ou tard ils ne donnent un démenti, vu l'inconféquence et le peu de ftabilité des chofes humaines? Je ne fais fi, après la révocation de l'édit de Nantes, on a fait beaucoup de cas des panégyriques de *Louis XIV:* les réfugiés au moins n'étaient pas difpofés à leur donner du poids.

Je vous prie, Monfieur, d'employer votre crédit auprès du favant du canton d'Uri, pour qu'il ne perde pas fon temps à faire le mien avant mon décès.

Ces lois dont on parle tant, au bout du compte, ne font point faites encore. Eh! qui peut répondre de leur bonté? C'eft la poftérité, et non pas nous, en vérité, qui fera à portée de décider cette queftion. Imaginez, je vous prie, qu'elles doivent fervir pour

(*) Volume des Facéties.
(**) Mélanges littéraires, tome III.

l'Europe et pour l'Afie : et quelle différence de climat, de gens, d'habitudes, d'idées même !

Me voilà en Afie ; j'ai voulu voir cela par mes yeux. Il y a dans cette ville vingt peuples divers qui ne fe reffemblent point du tout. Il faut pourtant leur faire un habit qui leur foit propre à tous. Ils peuvent fe bien trouver des principes généraux ; mais les détails ? Et quels détails ! J'allais dire, c'eft prefque un monde à créer, à unir, à conferver. Je ne finirais pas, et en voilà beaucoup trop de toutes façons.

Si tout cela ne réuffit pas, les lambeaux de lettres que j'ai trouvés cités dans le dernier imprimé, paraîtront oftentation (et que fais-je moi ?) aux impartiaux et à mes envieux. Et puis mes lettres n'ont été dictées que par l'eftime, et ne fauraient être bonnes à l'impreffion. Il eft vrai qu'il m'eft bien flatteur et honorable de voir par quel fentiment tout cela a été cité chez l'auteur de la Lettre fur les pané-gyriques ; mais Bélifaire dit que c'eft-là juftement le moment dangereux pour mon efpèce. Bélifaire ayant raifon par-tout, fans doute n'aura pas tort en ceci. La traduction de ce dernier livre eft finie, et va être imprimée. Pour faire l'effai de cette traduction, on l'a lue à deux perfonnes qui ne connaiffaient point l'original. L'un s'écria : Qu'on me crève les yeux pourvu que je fois *Bélifaire*, j'en ferai affez récom-penfé ; l'autre dit : Si cela était, j'en ferais envieux.

En finiffant, Monfieur, recevez les témoignages de ma reconnaiffance pour toutes les marques d'amitié que vous me donnez ; mais, s'il eft poffible, pré-fervez mon griffonnage de l'impreffion.

CATERINE.

LETTRE XIV.

DE M. DE VOLTAIRE.

29 janvier.

MADAME,

On dit qu'un vieillard, nommé *Siméon*, en voyant un petit enfant, s'écria dans sa joie : Je n'ai plus qu'à mourir *puifque j'ai vu mon falutaire*. Ce *Siméon* était prophète, il voyait de loin tout ce que ce petit juif devait faire.

Moi qui ne fuis ni juif ni prophète, mais qui fuis auffi vieux que *Siméon*, je n'aurais pas deviné en 1700 qu'un jour la raifon, auffi inconnue au patriarche *Nicou* qu'au facré collége, et auffi mal-voulue des papas et des archimandrites que des dominicains, viendrait à Mofcou, à la voix d'une princeffe née en Allemagne, et qu'elle affemblerait dans fa Grand'Salle, des idolâtres, des mufulmans, des grecs, des latins, des luthériens, qui tous deviendraient fes enfans.

C'eft ce triomphe de la raifon qui eft mon *falutaire;* et en qualité d'être raifonnable, je mourrai fujet dans mon cœur de votre Majefté impériale, bien-faitrice du genre-humain.

Je fuis retiré auprès de la petite ville de Genève, où il n'y a pas vingt mille habitans, et la difcorde règne depuis quatre ans dans ce trou, dans le temps que *Caterine feconde*, qui eft bien la *première*, réunit tous les efprits dans un empire plus vafte que l'empire romain.

Je ne fuis pas en tout de l'avis du refpectable auteur de l'Ordre effentiel des fociétés : je vous avoue, Madame, qu'en qualité de voifin de deux républiques, je ne crois point du tout que la puiffance légiflatrice foit de droit divin copropriétaire de mes petites chaumières ; mais je crois fermement que de droit humain on doit vous admirer et vous aimer.

Feu l'abbé *Bazin* difait fouvent qu'il craignait horriblement le froid ; mais que s'il n'était pas fi vieux, il irait s'établir au midi d'Aftracan, pour avoir le plaifir de vivre fous vos lois.

J'ai rencontré ces jours paffés fon neveu qui penfe de même. Le profeffeur en droit *Bourdillon* (1) eft dans les mêmes fentimens ; ce pauvre *Bourdillon* s'eft plaint à moi amèrement de ce qu'on l'avait trompé fur l'évêque de Cracovie. Je l'ai confolé en lui difant qu'il avait raifon fur tout le réfte, et que l'événement l'a bien juftifié. Votre Majefté impériale ne faurait croire à quel point ce pédant républicain vous eft attaché, toute fouveraine que vous êtes.

Je ramaffe, Madame, toutes les fottifes férieufes ou comiques de feu l'abbé *Bazin* et de fon neveu, et même celles qu'on leur attribue ; il y en a qu'on n'oferait envoyer au pape, mais qu'on peut mettre hardiment dans la bibliothéque d'une impératrice philofophe. Ce recueil affez gros partira dès qu'il fera relié.

L'empereur *Juftinien* et le grand capitaine *Bélifaire*

(1) Nom fous lequel l'ouvrage fur les diffentions de Pologne a été publié. Voyez Politique et Légiflation, tome II.

ont été impitoyablement déclarés damnés par la forbonne. J'en ai été très-affligé, car je m'intéreffais beaucoup à leur falut. Je ne fais pas encore bien pofitivement fi votre Eglife grecque eft damnée auffi; je m'en informerai, Madame, car je vous fuis encore plus attaché qu'à l'empereur *Juftinien*. Je fouhaite que vous viviez encore plus long-temps que lui.

Que votre Majefté impériale daigne agréer le profond refpect, l'admiration et l'attachement inviolable du vieux folitaire, moitié français, moitié fuiffe, coufin germain du neveu de l'abbé *Bazin*.

LETTRE XV.

DE M. DE VOLTAIRE.

A Ferney, 15 novembre.

MADAME,

J'EUS l'honneur de dépêcher à votre Majefté impériale, le 15 mars dernier, à l'adreffe du fieur *B. Le Maiftre* à Hambourg, un affez gros ballot, marqué I. D. R., N° 1.

Votre Majefté a des affaires un peu plus importantes que celles de ce ballot. D'un côté elle force les Polonais à être tolérans et heureux en dépit du nonce du pape; et de l'autre elle paraît avoir affaire aux mufulmans malgré *Mahomet*. S'ils vous font la guerre, Madame, il pourra bien leur arriver ce que *Pierre le grand* avait eu autrefois en vue, c'était de faire de Conftantinople la capitale de l'empire ruffe. Ces barbares méritent d'être punis 1768. par une héroïne du peu d'attention qu'ils ont eu jufqu'ici pour les dames. Il eft clair que des gens qui négligent tous les beaux arts, et qui enferment les femmes, méritent d'être exterminés. J'efpère tout de votre génie et de votre deftinée. *Mouftapha* ne doit pas tenir contre *Caterine.* On dit que *Mouftapha* n'a point d'efprit, qu'il n'aime point les vers, qu'il n'a jamais été à la comédie et qu'il n'entend point le français; il fera battu fur ma parole. Je demande à votre Majefté impériale la permiffion de venir me mettre à fes pieds et de paffer quelques jours à fa cour dès qu'elle fera établie à Conftantinople, car je penfe très-férieufement que fi jamais les Turcs doivent être chaffés de l'Europe, ce fera par les Ruffes. L'envie de vous plaire les rendra invincibles.

Que votre Majefté daigne agréer les fouhaits et le profond refpect de votre admirateur, de votre très-zélé, très-ardent ferviteur.

LETTRE XVI.

DE L'IMPERATRICE.

A Pétersbourg, $\frac{6}{17}$ décembre.

MONSIEUR, je fuppofe que vous me croyez un peu d'inconféquence: je vous ai prié, il y a environ un an, de m'envoyer tout ce qui a jamais été écrit par l'auteur dont j'aime le mieux à lire les ouvrages; j'ai reçu au mois de mai paffé le ballot que j'ai défiré, accompagné du bufte de l'homme le plus illuftre de notre fiècle.

J'ai fenti une égale fatisfaction de l'un et l'autre envoi : ils font depuis fix mois le plus bel ornement de mon appartement, et mon étude journalière ; mais jufqu'ici je ne vous en ai accufé ni la réception ni fait mes remercîmens. Voici comme je raifonnais : un morceau de papier mal griffonné, rempli de mauvais français, eft un remercîment ftérile pour un tel homme ; il faut lui faire mon compliment par quelque action qui puiffe lui plaire. Différens faits fe font préfentés ; mais le détail en ferait trop long : enfin j'ai cru que le meilleur ferait de donner par moi-même un exemple qui pût devenir utile aux hommes. Je me fuis fouvenue que par bonheur je n'avais pas eu la petite vérole. J'ai fait écrire en Angleterre pour avoir un inoculateur : le fameux docteur *Dimfdale* s'eft réfolu de paffer en Ruffie. Il m'a inoculée le 12 octobre. Je n'ai pas été au lit un feul inftant , et j'ai reçu du monde tous les jours. Je vais tout de fuite faire inoculer mon fils unique.

Le grand maître de l'artillerie , le comte *Orlof*, ce héros qui reffemble aux anciens Romains du beau temps de la république, qui en a le courage et la générofité , doutant s'il avait eu cette maladie , eft à préfent entre les mains de notre anglais , et le lendemain de l'opération il s'en alla à la chaffe dans une très-grande neige. Nombre de courtifans ont fuivi fon exemple , et beaucoup d'autres s'y préparent. Outre cela on inocule à préfent à Pétersbourg dans trois maifons d'éducation et dans un hôpital établi fous les yeux de M. *Dimfdale*.

Voilà, Monfieur, les nouvelles du pôle. J'efpère qu'elles ne vous feront point indifférentes.

Les écrits nouveaux font plus rares. Cependant il vient de paraître une traduction françaife de l'inftruction ruffe donnée aux députés qui doivent compofer le projet de notre code. On n'a pas eu le temps de l'imprimer. Je me hâte de vous envoyer le manufcrit, afin que vous voyiez mieux de quel point nous partons. J'efpère qu'il n'y a pas une ligne qu'un honnête homme ne puiffe avouer.

J'aimerais bien de vous envoyer des vers en échange des vôtres ; mais qui n'a pas affez de cervelle pour en faire de bons, fait mieux de travailler de fes mains. Voilà ce que j'ai mis en pratique : j'ai tourné une tabatière que je vous prie d'accepter. Elle porte l'empreinte de la perfonne qui a pour vous le plus de confidération ; je n'ai pas befoin de la nommer, vous la reconnaîtrez aifément.

J'oubliais, Monfieur, de vous dire que j'ai augmenté le peu ou point de médecine qu'on donne pendant l'inoculation, de trois ou quatre excellens fpécifiques que je recommande à tout homme de bon fens de ne point négliger en pareille occafion. C'eft de fe faire lire l'Ecoffaife, Candide, l'Ingénu, l'Homme aux quarante écus, et la Princeffe de Babylone. Il n'y a pas moyen après cela de fentir le moindre mal.

P. S. La lettre ci-jointe était écrite il y a trois femaines. Elle attendait le manufcrit ; on a été fi long-temps à le tranfcrire et à le rectifier, que j'ai eu le temps, Monfieur, de recevoir votre lettre du 15 novembre. Si je fais auffi aifément la guerre contre les Turcs que j'ai eu de facilité à introduire l'inoculation, vous courez rifque d'être fommé à tenir bientôt la promeffe que vous me faites de venir me trouver dans un gîte où, dit-on, fe font perdus tous ceux qui en ont fait la conquête. Voilà de quoi faire paffer cette tentation à qui la prendra.

Je ne fais fi *Mouftapha* a de l'efprit; mais j'ai lieu de croire qu'il dit: *Mahomet, ferme les yeux!* quand il veut faire des guerres injuftes à fes voifins. Si le fuccès de cette guerre fe déclare pour nous, j'aurai beaucoup d'obligation à mes envieux : ils m'auront procuré une gloire à laquelle je ne penfais pas.

Tant pis pour *Mouftapha* s'il n'aime ni la comédie ni les vers. Il fera bien attrapé fi je parviens à mener les Turcs au même fpectacle auquel la troupe de *Paoli* joue fi bien. Je ne fais fi ce dernier parle français, mais il fait combattre pour fes foyers et fon indépendance.

Pour nouvelles d'ici je vous dirai, Monfieur, que tout le monde généralement veut être inoculé, qu'il y a un évêque qui va fubir cette opération, et qu'on a inoculé ici dans un mois plus de perfonnes qu'à Vienne dans huit.

Je ne faurais, Monfieur, vous témoigner affez ma reconnaiffance pour toutes les chofes obligeantes que vous voulez bien me dire, mais furtout pour le vif intérêt que vous prenez à tout ce qui me regarde. Soyez perfuadé que je fens tout le prix de votre eftime, et qu'il n'y a perfonne qui ait pour vous plus de confidération que

CATERINE.

Je prends encore une fois la plume pour vous prier de vous fervir de cette fourrure contre le vent

de

de bife et la fraîcheur des Alpes qu'on m'a dit vous ——
incommoder quelquefois. Adieu, Monfieur ; lors de 1768.
votre entrée dans Conftantinople j'aurai foin de faire
porter à votre rencontre un bel habit à la grecque
doublé des plus riches dépouilles de la Sibérie. Cet
habit eft bien plus commode et plus beau que les
habits étriqués dont toute l'Europe fait ufage, et
dont aucun fculpteur ne veut, ni ne peut vêtir
fes ftatues, crainte de les faire paraître ridicules et
mefquines.

LETTRE XVII.

DE L'IMPERATRICE.

A Pétersbourg, le $\frac{8}{19}$ décembre.

MONSIEUR, le porteur de celle-ci vous remettra
de ma part trois paquets numérotés 1, 2 et 3.

En ouvrant le premier, vous faurez ce que contiennent les deux autres. Je vous fais mille excufes
d'avoir tardé fi long-temps : cent chofes enfemble
m'ont empêchée de vous envoyer ces papiers. Le
prince *Kouflowftki* lieutenant de mes gardes a regardé
comme une faveur diftinguée d'être envoyé à Ferney.
Je lui en fais gré. Si j'étais à fa place, j'en ferais
autant.

Adieu, Monfieur ; portez-vous bien, et foyez
affuré que perfonne ne s'intéreffe plus à tout ce qui
vous regarde que

CATERINE.

Correfp. de l'impér. de R...&c.   C

LETTRE XVIII.

DE M. DE VOLTAIRE.

A Ferney , février.

CETTE belle et noire peliffe
Eft celle que perdit le pauvre Mouftapha
Quand notre brave impératrice
De fes mufulmans triompha ;
Et ce beau portrait que voilà ,
C'eft celui de la bienfaitrice
Du genre-humain qu'elle éclaira.

Voilà ce que j'ai dit , Madame , en voyant le cafetan dont votre Majefté impériale m'a honoré par les mains de M. le prince *Kouflowflky*, capigi-bachi de vos janiffaires , et furtout cette boîte tournée de vos belles et auguftes mains , et ornée de votre portrait.

Qui le voit et qui le touche
Ne peut borner fes fens à le confidérer ;
Il ofe y porter une bouche
Qu'il n'ouvre déformais que pour vous admirer.

Mais quand on a fu que la boîte était l'ouvrage de vos propres mains , ceux qui étaient dans ma chambre ont dit avec moi :

Ces mains que le ciel a formées
Pour lancer les traits des amours

Ont préparé déjà ces flèches enflammées ,
Ces tonnerres d'airain dont vos fières armées
Au monarque farmate affurent des fecours :
Et la Gloire a crié de la tour byzantine ,
Aux peuples enchantés que votre nom foumet :
   Victoire à Catherine ,
   Nazarde à Mahomet.

Qu'eft devenu le temps où l'empereur d'Allemagne aurait , dans les mêmes circonftances , envoyé des armées à Belgrade , et où les Vénitiens auraient couvert de vaiffeaux les mers du Péloponèfe ? Eh bien, Madame, vous triompherez feule. Montrez-vous feulement à votre armée vers Kiovie ou plus loin, et je vous réponds qu'il n'y a pas un de vos foldats qui ne foit un héros invincible. Que *Mouftapha* fe montre aux fiens, il n'en fera que de gros cochons comme lui.

Quelle fierté imbécille dans cette tête coiffée d'un turban à aigrette ! Tous les rois de l'Europe ne devraient-ils pas venger le droit des gens que la Porte ottomane viole tous les jours avec un orgueil fi groffier ?

Ce n'eft pas affez de faire une guerre heureufe contre ces barbares pour la terminer par une paix telle quelle ; ce n'eft pas affez de les humilier ; il faudrait les reléguer pour jamais en Afie. (1)

(1) M. de *Voltaire* avait envoyé à l'impératrice , dans cette même lettre , un mémoire d'un officier français qui propofait de renouveler dans la guerre des Turcs , l'ufage des chars de guerre , abfolument abandonné par les anciens depuis l'epoque de la guerre medique.

L E T T R E   X I X.

D E   M.   D E   V O L T A I R E.

A Ferney , 26 février.

MADAME,

Quoi ! pendant que votre Majeſté impériale ſe prépare à battre le grand-turc , elle forme un corps de lois chrétiennes. Je lis l'inſtruction préliminaire qu'elle a eu la bonté de m'envoyer. *Lycurgue* et *Solon* auraient ſigné votre ouvrage et n'auraient pas été peut-être capables de le faire. Cela eſt net , précis, équitable , ferme et humain. Les légiſlateurs ont la première place dans le temple de la gloire, les conquérans ne viennent qu'après. Soyez ſûre que perſonne n'aura dans la poſtérité un plus grand nom que vous ; mais au nom de Dieu battez les Turcs, malgré le nonce du pape en Pologne , qui eſt ſi bien avec eux.

De tous les préjugés deſtructrice brillante ,
Qui du vrai dans tout genre embraſſez le parti ,
Soyez à la fois triomphante ,
Et du ſaint-père et du mufti.

Eh, Madame, quelle leçon votre Majeſté impériale donne à nos petits-maîtres français , à nos ſages maitres de ſorbonne , à nos eſculapes des écoles de médecine ! Vous vous êtes fait inoculer avec moins d'appareil qu'une religieuſe ne prend un lavement. Le prince impérial a ſuivi votre exemple. M. le comte *Orlof* va à la chaſſe dans la neige après s'être fait donner

la petite vérole : voilà comme *Scipion* en aurait ufé,   ——
fi cette maladie, venue d'Arabie , avait exifté de   1769.
fon temps.

Pour nous autres, nous avons été fur le point de
ne pouvoir être inoculés que par arrêt du parlement.
Je ne fais pas ce qui eft arrivé à notre nation, qui
donnait autrefois de grands exemples en tout ; mais
nous fommes bien barbares en certains cas, et bien
pufillanimes dans d'autres.

Madame, je fuis un vieux malade de foixante et
quinze ans. Je radote peut-être, mais je vous dis
au moins ce que je penfe; et cela eft affez rare quand
on parle à des perfonnes de votre efpèce. La Majefté
impériale difparaît fur mon papier devant la perfonne. Mon enthoufiafme l'emporte fur mon profond
refpect.

L E T T R E   X X.

D E M. D E V O L T A I R E.

A Ferney, 27 mai.

La lettre dont votre Majefté impériale m'honore,
en date du 15 avril (1) , m'a fait plus de bien que
le mois de mai. Le beau temps ranime un peu les
vieillards, mais vos fuccès me donnent des forces.
Vous daignez me dire que vous fentez que je vous
fuis attaché; oui, Madame, je le fuis et je dois l'être
indépendamment de toutes vos bontés ; il faudrait
être bien infenfible pour n'être pas touché de tout

(1) On n'a point trouvé cette lettre.

ce que vous faites de grand et d'utile. Je ne crois pas qu'il y ait dans vos Etats un feul homme qui s'intéreffe plus que moi à l'accompliffement de tous vos deffeins.

Permettez-moi de vous dire, fans trop d'audace, qu'ayant penfé comme vous fur toutes les chofes qui ont fignalé votre règne, je les ai regardées comme des événemens qui me devenaient en quelque façon perfonnels. Les colonies, les arts de toute efpèce, les bonnes lois, la tolérance, font mes paffions; et cela eft fi vrai qu'ayant, dans mon obfcurité et dans mon hameau, quadruplé le petit nombre des habitans, bâti leurs maifons, civilifé des fauvages, et prêché la tolérance, j'ai été fur le point d'être très-violemment perfécuté par des prêtres. Le fupplice abominable du chevalier de *la Barre*, dont votre Majefté impériale a fans doute entendu parler, et dont elle a frémi, me fit tant d'horreur, que je fus alors fur le point de quitter la France et de retourner auprès du roi de Pruffe. Mais aujourd'hui c'eft dans un plus grand empire que je voudrais finir mes jours.

Que votre Majefté juge donc combien je fuis affligé, quand je vois les Turcs vous forcer à fufpendre vos grandes entreprifes pacifiques pour une guerre qui, après tout, ne peut être que très-difpendieufe, et qui prendra une partie de votre génie et de votre temps.

Quelques jours avant de recevoir la lettre dont je remercie bien fenfiblement votre Majefté, j'écrivis à M. le comte de *Schouvalof* votre chambellan, pour lui demander s'il était vrai qu'Azof fût entre vos

mains. Je me flatte qu'à préfent vous êtes auffi
maîtreffe de Tangarock.

Plût à Dieu que votre Majefté eût une flotte
formidable fur la mer Noire. Vous ne vous bornerez
pas fans doute à une guerre défenfive ; j'efpère bien
que *Mouftapha* fera battu par terre et par mer. Je
fais bien que les janiffaires paffent pour de bons
foldats; mais je crois les vôtres fupérieurs. Vous
avez de bons généraux , de bons officiers , et les
Turcs n'en ont point encore : il leur faut du temps
pour en former. Ainfi toutes les apparences font
croire que vous ferez victorieufe. Vos premiers
fuccès décident déjà de la réputation des armes , et
cette réputation fait beaucoup. Votre préfence ferait
encore davantage. Je ne ferais point furpris que
votre Majefté fît la revue de fon armée fur le
chemin d'Andrinople ; cela eft digne de vous. La
légiflatrice du Nord n'eft pas faite pour les chofes
ordinaires. Vous avez dans l'efprit un courage qui
me fait tout efpérer. ·

J'ai revu l'ancien officier qui propofa des chariots
de guerre , dans la guerre de 1756. Le comte
d'*Argenfon* , miniftre de la guerre , en fit faire un
effai. Mais comme cette invention ne pouvait réuffir
que dans de vaftes plaines , telles que celle de Lutzen ,
on ne s'en fervit pas. Il prétend toujours qu'une
demi - douzaine feulement de ces chars , précédant
un corps de cavalerie où d'infanterie , pourraient
déconcerter les janiffaires de *Mouftapha* , à moins
qu'ils n'euffent des chevaux de frife devant eux.
C'eft ce que j'ignore. Je ne fuis point du métier des
meurtriers ; je ne fuis point homme à projets ; je

prie feulement votre Majefté de me pardonner mon zèle. D'ailleurs il eft dit dans un livre qui ne ment jamais, que *Salomon* avait douze mille chars de guerre dans un pays où il n'y eut avant lui que des ânes.

Et il eft dit encore dans le beau livre des Juges qu'*Adonaï* était victorieux dans les montagnes, mais qu'il fut vaincu dans les vallées, parce que les habitans avaient des chars de guerre.

Je fuis bien loin de défirer une ligue contre les Turcs; les croifades ont été fi ridicules qu'il n'y a pas moyen d'y revenir; mais j'avoue que fi j'étais vénitien, j'opinerais pour envoyer une armée en Candie, pendant que votre Majefté battrait les Turcs vers Yaffi ou ailleurs; fi j'étais un jeune empereur des Romains, la Bofnie et la Servie me verraient bientôt, et je viendrais enfuite vous demander à fouper à Sophie ou à Philippopoli de Romanie, après quoi nous partagerions à l'amiable.

Je vous fupplierais de permettre que le nonce du pape en Pologne, qui a déchaîné fi faintement les Turcs contre la tolérance, fût du fouper; car je fuppofe qu'il ferait votre prifonnier. Je crois, Madame, que votre Majefté lui en dirait tout doucement de bonnes fur l'horreur et l'infamie d'avoir excité une guerre civile, pour ravir aux diffidens les droits de la patrie, et pour les priver d'une liberté que la nature leur donnait, et que vos bienfaits leur avaient rendue; je ne fais rien de fi honteux et de fi lâche dans ce fiècle. On dit que les jéfuites polonais ont eu une grande part aux Saint-Barthelemi conti-nuelles qui défolent ce malheureux pays. Ma feule confolation eſt d'eſpérer que ces turpitudes horribles tourneront à votre gloire : ou je me trompe fort, ou vos ennemis ne feront parvenus qu'à faire graver fur vos médailles : *Triomphatrice de l'empire ottoman, et pacificatrice de la Pologne.*

LETTRE XXI.

DE L'IMPERATRICE.

A Pétersbourg, le $\frac{3}{14}$ juillet.

MONSIEUR, j'ai reçu le 20 de juin votre lettre du 27 mai. Je ſuis charmée d'apprendre que le printemps rétablit votre ſanté, quoique la politeſſe vous faſſe dire que mes lettres y contribuent. Cependant je n'oſe leur attribuer cette vertu. Soyez-en bien aiſe ; car d'ailleurs vous pourriez en recevoir ſi ſouvent qu'à la fin elles vous ennuyeraient.

Tous vos compatriotes, Monſieur, ne penſent pas comme vous ſur mon compte ; j'en connais qui aiment à ſe perſuader qu'il eſt impoſſible que je puiſſe faire quelque choſe de bien, qui donnent la torture à leur eſprit pour en convaincre les autres : et malheur à leurs ſatellites, s'ils oſaient penſer autrement qu'ils ne font inſpirés ! Je ſuis aſſez bonne pour croire que c'eſt un avantage qu'ils me donnent ſur eux, parce que celui qui ne fait les choſes que par la bouche de ſes flatteurs, les fait mal, voit dans un faux jour, et agit en conféquence. Comme au reſte ma gloire ne dépend pas d'eux, mais bien de mes principes, de mes actions, je me confole

—— de n'avoir pas leur approbation. En bonne chré-
1769. tienne je leur pardonne, et j'ai pitié de ceux qui
m'envient.

Vous dites, Monfieur, que vous penfez comme
moi fur différentes chofes que j'ai faites, et que
vous vous y intéreffez. Eh bien, Monfieur, fachez
que ma belle colonie de Saratof monte à vingt-fept
mille ames, et qu'en dépit du gazetier de Cologne
elle n'a rien à craindre des incurfions des Turcs, des
Tartares, &c.; que chaque canton a des églifes de
fon rite; qu'on y cultive les champs en paix, et que
de trente ans ils ne payeront aucune charge.

D'ailleurs, nos charges font fi modiques, qu'il n'y
a pas de payfan en Ruffie qui ne mange une poule
quand il lui plaît, et que depuis quelque temps il y
a des provinces où ils préfèrent les dindons aux
poules; que la fortie du blé, permife avec certaines
reftrictions qui précautionnent contre les abus fans
gêner le commerce, ayant fait hauffer le prix de
cette denrée, accommode fi bien le cultivateur que
la culture augmente d'année en année; que la population eft pareillement augmentée d'un dixième dans
beaucoup de provinces depuis fept ans. Nous avons
la guerre, il eft vrai; mais il y a bien du temps que
la Ruffie fait ce métier-là, et qu'elle fort de chaque
guerre plus floriffante qu'elle n'y était entrée.

Nos lois vont leur train: on y travaille tout doucement. Il eft vrai qu'elles font devenues caufes
fecondes, mais elles n'y perdront rien. Ces lois feront
tolérantes; elles ne perfécuteront, ne tueront, ni ne
brûleront perfonne. Dieu nous garde d'une hiftoire
pareille à celle du chevalier de *la Barre*! On mettrait

aux petites maiſons les juges qui oſeraient faire de
pareilles procédures.

Depuis la guerre j'ai fait deux nouvelles entre-
priſes : je bâtis Azof et Tangarock, où il y a un port
commencé et ruiné par *Pierre I.* Voilà deux bijoux
que je fais enchâſſer, et qui pourraient bien n'être
pas du goût de *Mouſtapha.* L'on dit que le pauvre
homme ne fait que pleurer. Ses amis l'ont engagé
dans cette guerre malgré lui et à ſon corps défendant.
Ses troupes ont commencé par piller et brûler leur
propre pays : à la ſortie des janiſſaires de la capitale,
il y a eu plus de mille perſonnes de tuées ; l'envoyé
de l'empereur , ſa femme, ſes filles, battues., volées,
traînées par les cheveux , et ſous les yeux du ſultan
et de ſon viſir, ſans que perſonne oſât empêcher
ce déſordre : tant ce gouvernement eſt faible et mal
arrangé.

Voilà donc ce fantôme ſi terrible, dont on prétend
me faire peur !

L'on dirait que l'eſprit humain eſt toujours le
même. Le ridicule des croiſades paſſées n'a pas
empêché les eccléſiaſtiques de Podolie , ſoufflés par
le nonce du pape , de prêcher une croiſade contre
moi ; et les fous de ſoi-diſant confédérés ont pris
la croix d'une main , et ſe ſont ligués de l'autre
avec les Turcs, auxquels ils ont promis deux de
leurs provinces. Pourquoi ? afin d'empêcher un
quart de leur nation de jouir des droits de citoyen.
Et voilà pourquoi encore ils brûlent et ſaccagent leur
propre pays. La bénédiction du pape leur promet
le paradis : conſéquemment les Vénitiens et l'empereur ſeraient excommuniés, je penſe, s'ils prenaient

——— les armes contre ces mêmes Turcs, défenseurs aujour-
d'hui des croisés contre quelqu'un qui n'a touché ni
en blanc ni en noir à la loi romaine.

Vous verrez encore, Monsieur, que ce sera le
pape qui mettra opposition au souper que vous me
proposez à Sophie. Rayez, s'il vous plait, Philippopoli du nombre des villes; elle a été réduite en
cendres ce printemps par les troupes ottomanes qui
y ont passé, parce qu'on voulait les empêcher de la
piller.

Adieu, Monsieur, soyez persuadé de la considération toute particulière que j'ai pour vous.

CATERINE.

LETTRE XXII.

DE L'IMPERATRICE.

A Pétersbourg, le $\frac{4}{15}$ d'auguste.

J'AI reçu, Monsieur, votre belle lettre du 26
février: je ferai mon possible pour suivre vos conseils.
Si *Mouslapha* n'est pas rossé, ce ne sera pas assurément
votre faute, ni la mienne, ni celle de mon armée:
mes soldats vont à la guerre contre les Turcs comme
s'ils allaient à la noce.

Si vous pouviez voir tous les embarras dans
lesquels ce pauvre *Mouslapha* se trouve à la suite du
pas précipité qu'on lui a fait faire, contre l'avis de
son divan et des gens les plus raisonnables, il y aurait
des momens où vous ne pourriez vous empêcher de

le plaindre comme homme, et comme homme très-
mal dans fes affaires.

Il n'y a rien qui me prouve plus la part fincère
que vous prenez, Monfieur, à ce qui me regarde
que ce que vous me dites fur ces chars de nouvelle
invention; mais nos gens de guerre reffemblent à
ceux de tous les autres pays : les nouveautés non
éprouvées leur paraiffent douteufes.

Vivez, Monfieur, et réjouiffez-vous lorfque mes
braves guerriers auront battu les Turcs. Vous favez,
je penfe, qu'Azof, à l'embouchure du Tanaïs, eft
déjà occupé par mes troupes. Le dernier traité de
paix ftipulait que cette place refterait abandonnée
de part et d'autre : vous aurez vu par les gazettes
que nous avons envoyé promener les Tartares dans
trois différens endroits, lorfqu'ils ont voulu piller
l'Ukraine : cette fois-ci ils s'en font retournés auffi
gueux qu'ils étaient fortis de la Crimée. Je dis gueux,
car les prifonniers qu'on a faits font couverts de
lambeaux, et non d'habits. S'ils n'ont pas réuffi
felon leurs défirs chez nous, en revanche ils fe font
dédommagés en Pologne. Il eft vrai qu'ils y ont été
invités par leurs alliés les protégés du nonce du pape.

Je fuis bien fâchée que votre fanté ne réponde
pas à mes fouhaits : fi les fuccès de mes armées
peuvent contribuer à la rétablir, je ne manquerai
pas de vous faire part de tout ce qui nous arrivera
d'heureux. Jufqu'ici je n'ai encore, Dieu merci,
que de très-bonnes nouvelles ; de tous côtés on
renvoye bien étrillé tout ce qui fe montre de Turcs
ou de Tartares, mais furtout les mutins de Pologne.
J'efpère avoir dans peu des nouvelles de quelque

chofe de plus décifif que des affaires de parti entre troupes légères.

Je fuis avec un eftime bien particulière, &c.

CATERINE.

LETTRE XXIII.

DE L'IMPERATRICE.

A Pétersbourg, $\frac{11}{22}$ feptembre.

J'AI vu, Monfieur, par votre lettre au comte de *Schouvalof*, que la prétendue dévaftation de la nouvelle Servie, que les gazettes fanatiques ont tant prônée, vous avait donné quelque appréhenfion ; cependant il eft très-vrai que les Tartares, quoiqu'ils aient attaqué nos frontières de trois côtés, ont trouvé partout une réfiftance convenable, et fe font retirés fans caufer de dommages confidérables. Toute cette expédition n'a duré que trois jours, durant un froid exceffif, mêlé de vent et de neige ; ce qui a caufé beaucoup de perte aux Tartares, tant en hommes qu'en chevaux.

Mais que direz-vous, Monfieur, lorfque vous faurez que les belles Circaffiennes, indignées d'être renfermées dans le férail de Conftantinople, comme des animaux dans une écurie, ont perfuadé à leurs pères et à leurs frères de fe foumettre à la Ruffie ? Le fait eft que les Circaffiens des montagnes m'ont prêté ferment de fidélité. Ce font ceux qui habitent le pays nommé Cabarda ; et c'eft une fuite de la victoire qu'ont remportée nos Kalmoucs foutenus de

troupes régulières, fur les Tartares du Kouban fujets ——
de *Mouſtapha*, et qui habitent le pays que traverſe la 1769.
rivière de ce nom au-delà du Tanaïs.

Adieu, Monſieur; portez-vous bien et moquons-
nous de *Mouſtapha* le victorieux.

CATERINE.

A propos, j'ai entendu dire qu'on avait défendu
de vendre à Conſtantinople et à Paris mon inſtruction pour le code.

LETTRE XXIV.

DE M. DE VOLTAIRE.

A Ferney, 2 ſeptembre.

MADAME,

La lettre dont votre Majeſté impériale m'honore,
du 14 juillet, a tranſporté le vieux chevalier de la
guerrière et de la légiſlatrice *Thomyris*, devant qui
l'ancienne *Thomyris* ferait aſſurément peu de choſe.
Il eſt bien beau de faire fleurir une colonie auſſi
nombreuſe que celle de Saratof malgré les Turcs,
les Tartares, la gazette de Cologne et le Courrier
d'Avignon.

Vos deux bijoux d'Azof et de Tangarock qui
étaient tombés de la couronne de *Pierre le grand*,
feront un des plus beaux ornemens de la vôtre, et
j'imagine que *Mouſtapha* ne dérangera jamais votre
coiffure.

Tout vieux que je ſuis, je m'intéreſſe à ces belles

Circaffiennes qui ont prêté à votre Majefté ferment de fidélité, et qui prêteront fans doute le même ferment à leurs amans. Dieu merci, *Mouftapha* ne tâtera pas de celles-là. Les deux parties qui compofent le genre-humain doivent être vos très-obligées.

Il eft vrai que votre Majefté a deux grands enne-mis, le pape et le padisha des Turcs. *Conftantin* ne s'imaginait pas qu'un jour fa ville de Rome appar-tiendrait à un prêtre, et qu'il bâtiffait fa ville de Conftantinople pour des Tartares. Mais auffi il ne prévoyait pas qu'il fe formerait un jour vers la Moska et la Néva un empire auffi grand que le fien.

Votre vieux chevalier conçoit bien, Madame, qu'il y a dans les confédérés de Pologne quelques fanatiques enforcelés par des moines. Les croifades étaient bien ridicules; mais qu'un nonce du pape ait fait entrer le grand-turc dans fa croifade contre vous, cela eft digne de la farce italienne. Il y a là un mélange d'horreur et d'extravagance dont rien n'approche : je n'entends rien à la politique, mais je foupçonne pourtant que, parmi ces folies, il y a des gens qui ont quelques grands deffeins. Si votre Majefté ne voulait que de la gloire, on vous en laifferait jouir; vous l'avez affez méritée; mais il paraît qu'on ne veut pas que votre puiffance égale votre renommée : on dit que c'eft trop à la fois. On ne peut guère forcer les hommes à l'admiration fans exciter l'envie.

Je vois, Madame, que je ne pourrai faire ma cour à votre Majefté cette année dans les Etats de *Mouftapha*, le digne allié du pape. Il faut que je remette mon voyage à l'année prochaine. J'aurai à

la

la vérité foixante et dix-fept ans, et je n'ai pas la vigueur d'un turc; mais je ne vois pas ce qui pourrait m'empêcher de venir dans les beaux jours faluer l'étoile du Nord et maudire le croiffant. Notre madame *Geoffrin* a bien fait le voyage de Varfovie, pourquoi n'entreprendrais-je pas celui de Pétersbourg au mois d'avril ? J'arriverais en juin, je m'en retournerais en feptembre ; et fi je mourais en chemin , je ferais mettre fur mon petit tombeau : Ci gît l'admirateur de l'augufte *Catherine*, qui a eu l'honneur de mourir en allant lui préfenter fon profond refpect.

Je me mets aux pieds de votre Majefté impériale.

L'hermite de Ferney.

LETTRE XXV.

DE L'IMPERATRICE.

A Pétersbourg, $\frac{15}{26}$ feptembre.

Monsieur, il n'y a rien de plus flatteur pour moi que le voyage que vous voulez entreprendre pour me venir trouver : je répondrais mal à l'amitié que vous me témoignez, fi je n'oubliais en ce moment la fatisfaction que j'aurais à vous voir pour ne m'occuper que de l'inquiétude que je reffens en penfant à quoi vous expoferait un voyage auffi long et auffi pénible. La délicateffe de votre fanté m'eft connue; j'admire votre courage, mais je ferais incon- folable fi par malheur votre fanté était affaiblie par ce voyage : ni moi, ni toute l'Europe ne me le par- donnerions. Si jamais l'on fefait ufage de l'épitaphe qu'il vous a plu de compofer, et que vous m'adreffez fi gaiement, on me reprocherait de vous y avoir expofé. Outre cela, Monfieur, il fe pourrait, fi les chofes reftent dans l'état où elles font, que le bien de mes affaires demandât ma préfence dans les provinces méridionales de mon empire; ce qui doublerait votre chemin et les incommodités inféparables d'une telle diftance.

Au refte, Monfieur, foyez affuré de la parfaite confidération avec laquelle je fuis, &c.

CATERINE.

LETTRE XXVI.

DE M. DE VOLTAIRE.

17 octobre.

MADAME,

LE très-vieux et très-indigne chevalier de votre Majefté impériale était accablé de mille faux bruits qui couraient et qui l'affligeaient. Voilà tout à coup la nouvelle confolante qui fe répand de tous côtés que votre armée a battu complétement les efclaves de *Mouftapha* vers le Niefter. Je renais, je rajeunis, ma légiflatrice eft victorieufe; celle qui établit la tolérance, et qui fait fleurir les arts, a puni les ennemis des arts; elle eft victorieufe, elle jouit de toute fa gloire. Ah, Madame, cette victoire était néceffaire; les hommes ne jugent que par le fuccès. L'envie eft confondue. On n'a rien à répondre à

une bataille gagnée; des lauriers fur une tête pleine
d'efprit et d'une force de raifon fupérieure, font le 1769.
plus bel effet du monde.

On m'a dit qu'il y avait des français dans l'armée
turque, je ne veux pas le croire. Je ne veux pas
avoir à me plaindre de mes compatriotes; cependant
j'ai connu un colonel qui a fervi en Corfe, et qui
avait la rage d'aller voir des queues de cheval; je
lui en fis honte, je lui repréfentai combien fa rage
était peu chrétienne; je lui mis devant les yeux la
fupériorité du nouveau Teftament fur l'Alcoran,
mais furtout je lui dis que c'était un crime de lèfe-
galanterie françaife de combattre pour de vilaines
gens qui enferment les femmes, contre l'héroïne de
nos jours. Je n'ai plus entendu parler de lui depuis
ce temps-là. S'il eft votre prifonnier, je fupplie
votre Majefté impériale de lui ordonner de venir
faire amende-honorable dans mon petit château,
d'affifter à mon *Te Deum*, ou plutôt à mon *Te Deam*,
et de déclarer à haute voix que les *Mouftapha* ne
font pas dignes de vous déchauffer.

Aurai-je encore affez de voix pour chanter vos
victoires? J'ai l'honneur d'être de votre académie;
je dois un tribut. M. le comte *Orlof* n'eft-il pas
notre préfident? Je lui enverrais quelque ennuyeufe
ode pindarique, fi je ne le foupçonnais de ne pas
trop aimer les vers français.

Allons donc, héritier des céfars, chef du faint
Empire romain, avocat de l'Eglife latine, allons
donc. Voilà une belle occafion. Pouffez en Bofnie,
en Servie, en Bulgarie; allons, Vénitiens; équipez
vos vaiffeaux, fecondez l'héroïne de l'Europe.

Et votre flotte, Madame, votre flotte!.......
1769. Que Borée la conduife, et qu'enfuite un vent d'occident la faffe entrer dans le canal de Conftantinople!

Léandre et *Héro*, qui êtes toujours aux Dardanelles, béniffez la flotte de Pétersbourg. Envie, taifez-vous; peuples, admirez! C'eft ainfi que parle le malade de Ferney; mais ce n'eft pas un tranfport au cerveau, c'eft le tranfport du cœur.

Que votre Majefté impériale daigne agréer le profond refpect et la joie de votre très-humble et très-dévot hermite.

LETTRE XXVII.

DE L'IMPERATRICE.

A Pétersbourg, $\frac{7}{18}$ octobre.

Monsieur, vous direz que je fuis une importune avec mes lettres, et vous aurez raifon; mais prenez-vous en à vous-même: vous m'avez dit plus d'une fois que vous fouhaitiez d'apprendre la défaite de *Mouftapha*: eh bien, ce victorieux empereur des Turcs a perdu la Moldavie entière. Yaffi eft pris; le vifir s'eft enfui en grande confufion au-delà du Danube. Voilà ce qu'un courrier m'annonce ce matin, et ce qui fera taire la gazette de Paris, le Courrier d'Avignon, et le nonce qui fait la gazette de Pologne.

Adieu, Monfieur; portez-vous bien, et foyez perfuadé que je réponds bien à l'amitié que vous me témoignez.

CATERINE.

LETTRE XXVIII.

DE M. DE VOLTAIRE.

A Ferney, 30 octobre.

MADAME,

VOTRE Majesté impériale me rend la vie, en tuant des turcs. La lettre dont elle m'honore, du 22 septembre, me fait sauter de mon lit en criant: *Allah, Catharina!* J'avais donc raison, j'étais plus prophète que *Mahomet;* DIEU et vos troupes victorieuses m'avaient donc exaucé quand je chantais: *Te Catharinam laudamus, te dominam confitemur.* L'ange *Gabriel* m'avait donc instruit de la déroute entière de l'armée ottomane, de la prise de Choczin, et m'avait montré du doigt le chemin d'Yassi.

Je suis réellement, Madame, au comble de la joie; je suis enchanté; je vous remercie, et pour ajouter à mon bonheur, vous devez toute cette gloire à M. le nonce. S'il n'avait pas déchaîné le divan contre votre Majesté, vous n'auriez pas vengé l'Europe.

Voilà donc ma législatrice entièrement victorieuse. Je ne sais pas si on a tâché de supprimer à Paris et à Constantinople votre Instruction pour le code de la Russie; mais je sais qu'on devrait la cacher aux Français; c'est un reproche trop honteux pour nous de notre ancienne jurisprudence ridicule et barbare,

D 3

—— preſque entièrement fondée ſur les décrétales des
1769. papes, et ſur la juriſprudence eccléſiaſtique.

Je ne ſuis pas dans votre ſecret; mais le départ de
votre flotte me tranſporte d'admiration. Si l'ange
Gabriel ne m'a pas trompé, c'eſt la plus belle entre-
priſe qu'on ait faite depuis *Annibal*.

Permettez que j'envoye à votre Majeſté la copie
de la lettre que j'écris au roi de Pruſſe : comme vous
y êtes pour quelque choſe, j'ai cru devoir la ſou-
mettre à votre jugement.

Que Dieu me donne de la ſanté, et certainement
je viendrai me mettre à vos pieds l'été prochain pour
quelques jours, ou même pour quelques heures, ſi
je ne puis mieux faire.

Que votre Majeſté impériale pardonne au déſordre
de ma joie, et agrée le profond reſpect d'un cœur
plein de vous.

L'hermite de Ferney.

LETTRE XXIX.

DE L'IMPERATRICE.

A Péterſbourg, $\frac{29 \text{ octobre.}}{9 \text{ novembre.}}$

Monsieur, je ſuis bien fâchée de voir par votre
obligeante lettre du 17 d'octobre que mille fauſſes
nouvelles ſur notre compte vous aient affligé. Cependant il eſt très-vrai que nous avons fait la plus
heureuſe campagne dont il y ait d'exemple. La levée
du blocus de Choczin par le manque de fourrages
était le ſeul déſavantage qu'on pouvait nous donner.

Mais quelle fuite a-t-elle eue? La défaite entière de la multitude que *Mouſtapha* avait envoyée contre nous.

Ce n'eſt pas le grand-maître de l'artillerie, le comte *Orlof*, qui a la préſidence de l'académie, c'eſt ſon frère cadet qui fait ſon unique occupation de l'étude. Ils ſont cinq frères; il ſerait difficile de nommer celui qui a le plus de mérite, et de trouver une famille plus unie par l'amitié. Le grand-maître eſt le ſecond; deux de ſes frères ſont préſentement en Italie. Lorſque j'ai montré au grand-maître l'endroit de votre lettre où vous me dites, Monſieur, que vous le ſoupçonnez de ne pas trop aimer les vers français, il m'a répondu qu'il ne poſſédait pas aſſez la langue françaiſe pour les entendre. Et je crois que cela eſt vrai, car il aime beaucoup la poëſie de ſa langue maternelle.

J'eſpère, Monſieur, que vous me donnerez bien-tôt des nouvelles de ma flotte. Je crois qu'elle a paſſé Gibraltar. Il faudra voir ce qu'elle fera : c'eſt un ſpectacle nouveau que cette flotte dans la Médi-terranée. La ſage Europe n'en jugera que par l'événement.

Je vous avoue, Monſieur, que ce m'eſt toujours une ſatisfaction bien agréable lorſque je vois la part que vous prenez à ce qui m'arrive.

Soyez perſuadé que je ſens tout le prix de votre amitié. Je vous prie de me la continuer et d'être aſſuré de la mienne.

CATERINE.

D 4

LETTRE XXX.

DE M. DE VOLTAIRE.

A Ferney, 28 novembre.

MADAME,

LA lettre du 18 octobre dont votre Majeſté impériale m'honore, me rajeunit tout d'un coup de ſeize ans, de ſorte que me voilà un jeune homme de ſoixante ans, tout propre à faire une campagne dans vos troupes contre *Mouſtapha.* J'avais été aſſez faible pour être alarmé des fauſſes nouvelles de quelques gazettes qui prétendaient que les Turcs étaient revenus à Choczin, qu'ils s'en étaient rendus maîtres, et qu'ils rentraient en Pologne. Vous ne ſauriez croire de quel poids énorme la lettre de votre Majeſté m'a ſoulagé.

Par les derniers vaiſſeaux arrivés de Turquie à Marſeille on apprend que le nombre des mécontens augmente à Conſtantinople, et que le ſérail eſt obligé d'apaiſer les murmures par des menſonges; triſte reſſource. La fraude eſt bientôt découverte, et alors l'indignation redouble. On a beau faire tirer le canon des ſept tours et de Topana, pour de prétendues victoires, la vérité perce à travers la fumée du canon, et vient effrayer *Mouſtapha* ſur ſes tapis de zibeline.

Je ne ſerais point étonné que ce tyran imbécille (qu'il me pardonne cette expreſſion) ne fût détrôné

dans quatre mois, quand votre flotte fera près des
Dardanelles, et que fon fucceffeur ne demandât
humblement la paix à votre Majefté. Il ne m'appartient pas de lire dans l'avenir, encore moins même
dans le préfent ; mais je ne faurais m'imaginer que
les Vénitiens ne profitent pas d'une fi belle occafion.
Il me femble que votre Majefté prend *Mouftapha*
de tous les fens.

Quand une fois on a tiré l'épée, perfonne ne peut
prévoir comment les chofes finiront ; je ne fuis point
prophète, Dieu m'en garde, mais il y a long-temps
que j'ai dit que fi l'empire turc eft jamais détruit, ce
ne fera que par le vôtre. Je me flatte que *Mouftapha*
payera bien cher fon amitié chrétienne pour le nonce
du pape en Pologne. Tout ce que je fais bien certainement, c'eft que, Dieu merci, votre Majefté eft
couverte de gloire. Je ne fuis plus indigné contre ceux
qui l'ont conteftée, car leur humiliation me fait trop
de plaifir. Ce n'eft pas fur les feuls Turcs que vous
remportez la victoire, mais fur ceux qui ofaient être
jaloux de la fermeté et de la grandeur de votre ame
que j'ai toujours admirée.

Que votre Majefté impériale daigne agréer mon
remercîment, ma joie, mes vœux, mon enthoufiafme pour votre perfonne, et mon profond refpect.

LETTRE XXXI.

DE L'IMPERATRICE.

A Pétersbourg, le $\frac{2}{13}$ décembre.

MONSIEUR, nous fommes fi loin d'être chaffés de la Moldavie et de Choczin, comme la gazette de France le publie, qu'il n'y a que quelques jours que j'ai reçu la nouvelle de la prife de Galatzo, place fortifiée fur le Danube, où un férafquier et un bacha ont été tués, au dire des prifonniers. Mais ce qu'il y a de bien vérifié, c'eft qu'entre ces derniers fe trouve le prince de Moldavie *Morocordato*. Trois jours après, nos troupes légères amenèrent de Buchereft, capitale de la Valachie, le prince hofpodar, fon frère et fon fils à Yaffi, au lieutenant général *Stoffeln* qui y commande. Tous ces meffieurs pafferont leur carnaval, non pas à Venife, mais à Pétersbourg. Buchereft eft occupé préfentement par mes troupes. Il ne refte plus guère de poftes aux Turcs dans la Moldavie, de ce côté-ci du Danube.

Je vous mande ces détails, Monfieur, afin que vous puiffiez juger de l'état des chofes, qui affurément n'ont point un afpect affligeant pour tous ceux qui, comme vous, veulent bien s'intéreffer à mes affaires.

Je crois ma flotte à Gibraltar. Si elle n'a pas encore franchi ce détroit, vous faurez plutôt de fes nouvelles que moi. Que Dieu conferve *Mouftapha!* Il conduit fi bien fes affaires, que je ne voudrais point que malheur lui arrivât. Ses amitiés, fes liaifons, tout

y contribue : fon gouvernement eft fi aimé de fes
fujets, que les habitans de Galatzo fe joignirent à 1769.
nos troupes, au moment même de la prife, pour
courir fur le miférable refte du corps turc qui venait
de les quitter et qui fuyait à toutes jambes.

Voilà, Monfieur, ce que j'avais à vous dire en
réponfe à votre lettre, remplie d'amitiés, du 28
novembre. Je vous prie de me continuer ces fentimens, dont je fais un fi grand cas, et d'être affuré
des miens.

CATERINE.

LETTRE XXXII.

DE M. DE VOLTAIRE.

A Ferney, 2 janvier.

MADAME,

J'APPRENDS que la flotte de votre Majefté impériale eft en très-bon état à Port-Mahon; permettez 1770.
que je vous en témoigne ma joie. On dit qu'on
travaille par les ordres de votre Majefté, dans Azof,
à préparer des galères et des brigantins. *Mouftapha*
fera bien furpris quand il fe verra attaqué par le Pont-
Euxin et par la mer Egée, lui qui ne fait ce que
c'eft que la mer Egée et l'Euxin; non plus que fon
grand-vifir ni fon mufti. J'ai connu un ambaffadeur
de la fublime Porte qui avait été intendant de la
Romélie : je lui demandai des nouvelles de la Gréce,
il me répondit qu'il n'avait jamais entendu parler

—— de ce pays-là. Je lui parlai d'Athènes, aujourd'hui
1770. Sétine, il ne la connaiſſait pas davantage.

Je ne puis me défendre de redire encore à votre
Majeſté que ſon projet eſt le plus grand et le plus
étonnant qu'on ait jamais formé; que celui d'*Annibal*
n'en approchait pas. J'eſpère bien que le vôtre ſera
plus heureux que le ſien : en effet, que pourront
vous oppoſer les Turcs? Ils paſſent pour les plus
mauvais marins de l'Europe, et ils ont actuellement
très-peu de vaiſſeaux. *Léandre* et *Héro* vous favori-
feront du haut des Dardanelles.

L'homme qui avait la rage d'aller ſervir dans
l'armée du grand-viſir, n'a point mis ſon projet en
exécution. Je lui avais conſeillé d'aller plutôt faire
une campagne dans vos armées; il voulait voir,
diſait-il, comment les Turcs font la guerre; il l'aurait
bien mieux vu ſous vos drapeaux, il aurait été
témoin de leur fuite.

Il paraît un manifeſte des Géorgiens qui déclare
net qu'ils ne veulent plus fournir de filles à *Mouſtapha*.
Je ſouhaite que cela ſoit vrai, et que toutes leurs
filles ſoient pour vos braves officiers qui le méritent
bien; la beauté doit être la récompenſe de la valeur.

Suis-je aſſez heureux pour que les troupes de votre
Majeſté aient pénétré d'un côté juſqu'au Danube,
et de l'autre juſqu'à Erzerom? Je bénis Dieu,
Madame, quand je ſonge que vous devez tout cela
à l'évêque de Rome et à ſon nonce apoſtolique; il
ne s'attendait pas qu'il vous rendrait de ſi grands
ſervices.

Je remercie votre Majeſté de m'avoir fait connaître
les cinq frères qui ſont l'ornement de votre cour.

Je commence à croire réellement qu'ils vous accom-
pagneront à Conftantinople.

J'ai écrit deux lettres à M. de *Schouvalof* depuis
quatre mois ; point de réponfe. Il y a bien plus de
plaifir à avoir affaire à votre Majefté ; elle daigne
écrire ; elle fait de quelle joie elle me comble en
.m'apprenant fes victoires ; j'ai le plaifir de les apprendre tout doucement à ceux qu'on en croit fâchés. Le
public fait des vœux pour votre profpérité , vous
aime et vous admire. Puiffe l'année 1770 être encore
plus glorieufe que 1769!

Je me mets aux pieds de votre Majefté impériale.

Le vieillard des Alpes.

LETTRE XXXIII.

DE L'IMPERATRICE.

Le $\frac{8}{19}$ de janvier.

M onsieur, je fuis très-fenfible de ce que vous
partagez ma fatisfaction fur l'arrivée de nos vaiffeaux
au Port-Mahon. Les voilà plus proches des ennemis que de leurs propres foyers : cependant il faut
qu'ils aient fait gaiement ce trajet, malgré les tem-
pêtes et la faifon avancée, puifque les matelots ont
compofé des chanfons.

Les Géorgiens en effet ont levé le bouclier contre
les Turcs, et leur refufent le tribut annuel de recrues
pour le férail. *Héraclius*, le plus puiffant de leurs
princes, eft un homme de tête et de courage. Il a
ci-devant contribué à la conquête de l'Inde fous le

—————— fameux *Sha-Nadir*. Je tiens cette anecdote de la propre bouche du père d'*Héraclius*, mort ici, à Pétersbourg, en 1762.

Mes troupes ont passé le Caucase cette automne, et se sont jointes aux Géorgiens. Il y a eu par-ci par-là de petits combats avec les Turcs ; les relations en ont été imprimées dans les gazettes. Le printemps nous fera voir le reste.

D'un autre côté nous continuons à nous fortifier dans la Moldavie et la Valachie, et nous travaillons à nettoyer cette rive-ci du Danube. Mais ce qu'il y a de mieux, c'est qu'on sent si peu la guerre dans l'empire, qu'on ne se souvient pas d'avoir vu un carnaval où généralement tous les esprits fussent plus portés à inventer des amusemens que pendant celui de cette année. Je ne sais si l'on en fait autant à Constantinople. Peut-être y invente-t-on des ressources pour continuer la guerre. Je ne leur envie point ce bonheur ; mais je me félicite de n'en avoir pas besoin, et me moque de ceux qui ont prétendu qu'hommes et argent me manquaient. Tant pis pour ceux qui aiment à se tromper ; ils trouvent aisément, pour de l'argent, des flatteurs qui leur en donneront à garder.

Puisque mon exactitude ne vous est point à charge, soyez assuré, Monsieur, que je la continuerai pendant cette année 1770, que je vous souhaite heureuse. Que votre santé se fortifie comme Azof et Tangarock le font déjà.

Je vous prie d'être persuadé de mon amitié et de ma sensibilité.

CATERINE.

LETTRE XXXIV.

DE M. DE VOLTAIRE.

A Ferney, 2 février.

MADAME,

VOTRE Majesté daigne m'apprendre que les hospodars de Valachie et de Moldavie ne feront pas leur carnaval à Venise ; mais votre Majesté ne pourrait-elle pas les faire souper avec quelque amiral de Tunis et d'Alger ? On dit que ces animaux d'Afrique se sont approchés un peu trop près de quelques-uns de vos vaisseaux, et que vos canons les ont mis fort en désordre : voilà un bon augure ; voilà votre Majesté victorieuse sur les mers comme sur la terre, et sur des mers que vos flottes n'avaient jamais vues.

Non, je ne veux plus douter d'une entière révolution. Les sultanes turques (1) ne résisteront pas plus que les Algériens. Pour les sultanes du sérail de *Mouſtapha*, elles appartiennent de droit aux vainqueurs.

On m'assure que votre Majesté très-impériale est à présent maîtresse de la mer Noire, que M. de *Tottleben* fait des merveilles avec les Mingreliennes et les Circassiennes, que vous triomphez par-tout. Je suis plus heureux que vous ne pensez, Madame, car, bien que je ne sois ni sorcier ni prophète, j'avais soutenu violemment qu'une partie de ces grands événemens arriverait, non pas tout. Je ne prévoyais

(1) On entend ici par sultanes les vaisseaux commandans des flottes ottomanes.

_____ pas qu'une flotte partirait de la Néva pour aller vers
1770. la mer de Marmara.

Cette entreprife vaut mieux que les chars de *Cyrus*,
et furtout que ceux de *Salomon*, qui ne lui fervirent
à rien; mes chars, Madame, baiffent pavillon devant
vos vaiffeaux.

Mais en fefant la guerre d'un pôle à l'autre, votre
Majefté n'aurait-elle pas befoin de quelques officiers?
Le roi de Sardaigne vient de réformer un régiment
huguenot, qui le fert lui et fon père depuis 1689.
La religion l'a emporté fur la reconnaiffance; peut-
être quelques officiers, quelques fergens de ce
régiment ambitionneraient la gloire de fervir fous
vos drapeaux. Ils pourraient fervir à difcipliner des
Monténégrins, fi vos belliqueufes troupes ne vou-
laient pas d'étrangers. Je connais un de ces officiers,
jeune, brave et fage, qui aimerait mieux fe battre
pour vous que pour le grand-turc et fes amis, s'il
en a. Mais, Madame, je ne dois qu'admirer et me
taire.

Daignez agréer la joie exceffive, la reconnaiffance
fans bornes, le profond refpect du vieil hermite des
Alpes.

Votre Majefté impériale a trop de juftice pour ne
pas gronder M. le chambellan, comte de *Schouvalof*,
qui n'a point répondu à mes lettres d'enthoufiafte.

LETTRE

LETTRE XXXV.

DE M. DE VOLTAIRE.

9 février.

MADAME,

On dit qu'enfin *Mouſtapha* ſe réſout à demander grâce, qu'il commence à concevoir que votre Majeſté impériale eſt quelque choſe ſur le globe, et que l'étoile du Nord eſt plus forte que ſon croiſſant.

Je ne ſais ſi le chevalier de *Tott* ſera le médiateur de la paix. Je me flatte que du moins ſa Hauteſſe payera les frais du procès que ſa petiteſſe vous a intenté ſi mal à propos; et qu'il ſe défera de ſa belle coutume de loger aux ſept tours les miniſtres des puiſſances auxquelles il fait la guerre, coutume qui devait armer l'Europe contre lui.

Votre Majeſté va reprendre ſes habits de légiſlatrice après avoir quitté ſa robe d'amazone : elle n'aura pas de peine à pacifier la Pologne; enfin mon étoile du Nord ſera bien plus brillante que nos ſoleils du Midi.

Je ſuis toujours fâché que mon étoile n'établiſſe pas ſon zénith directement ſur le canal de la mer Noire; mais enfin ſi la paix eſt écrite dans le ciel, il faut bien que votre belle et auguſte main la ſigne : je me ſoumets aux ordres du deſtin. C'eſt une autre ſacrée Majeſté qui de tout temps a mené les majeſtés de ce bas monde.

Correſp. de l'impér. de R... &c.   E

——— Elle vient d'envoyer le duc de *Choiseul*, et le duc
1770. de *Praslin*, et le parlement de Paris à la campagne,
au milieu de l'hiver. Elle a fait un cordelier pape.
Elle va ôter au pauvre *Ali-Bey* l'espérance d'être
Pharaon en Egypte, et pourrait bien le réduire à
l'état que *Joseph* prédit au grand pannetier de *Pharaon*.

Le destin fait de ces tours-là tous les jours sans
y songer; les bons chrétiens comme vous, Madame,
disent, que c'est la Providence, et je le dis aussi pour
vous faire ma cour.

Cependant, si votre Majesté est prédestinée à ne
point convenir des articles avec le divan, je supplie
votre Providence de faire passer le Danube à vos
troupes victorieuses et de donner des fêtes à M. le
prince *Henri* dans l'Atméidan.

Je murmure un peu contre ce destin qui m'a
donné soixante et dix-sept ans, et une santé si faible
avec une passion si violente de voir la cour de mon
héroïne garnie de ses héros.

J'ai le malheur de me mettre de loin à ses pieds
avec le plus profond respect.

                                        L'hermite de Ferney.

P. S. J'ai écrit une lettre en vers au roi de Danemarck, dans laquelle se trouve le nom de votre
Majesté impériale, mais je n'ose vous l'envoyer sans
votre permission.

LETTRE XXXVI.

1770.

DE L'IMPERATRICE.

Le $\frac{18 \text{ février.}}{1 \text{ mars.}}$

Monsieur, en réponfe à votre lettre du 2 février, je vous dirai que le hofpodar de Moldavie eft mort, que celui de Valachie qui fe trouve ici, a beaucoup d'efprit ; que nous continuons à être les maîtres de ces deux provinces, malgré les gazettes qui nous en chaffent fouvent.

Le fultan avait fait un nouvel hofpodar *in partibus infidelium*, auquel il avait ordonné d'aller avec une armée innombrable fe mettre en poffeffion de Buchereft : il ne trouva que fix à fept mille hommes, avec lefquels il fut battu, comme il faut, au mois de janvier, et il penfa être fait prifonnier. La femaine paffée j'ai reçu la nouvelle de la prife de Giorgione fur le Danube, et de la défaite d'un corps turc de feize mille hommes fous cette place. Nous avons chanté le *Te Deum* pour cet avantage et pour tant d'autres remportés depuis le 4 de janvier.

On dit ma flotte partie de Mahon. Il faut efpérer que nous en entendrons parler bientôt, et qu'elle prendra la liberté de donner un démenti à ceux qui foutiennent qu'elle eft hors d'état d'agir. Je trouve très-plaifant que l'envie ait recours au menfonge pour en impofer au monde. Un pareil affocié eft toujours prêt à faire banqueroute. Le peu de vaiffeaux turcs qui exiftent, manque de matelots. Les

E 2

—— mufulmans ont perdu l'envie de fe laiffer tuer pour
1770. les caprices de fa Hauteffe.

M. *Tottleben* a paffé le Caucafe, et il eft en quartier
d'hiver en Géorgie. Mais, comme la mauvaife faifon
eft courte dans ces pays, j'efpère qu'il ouvrira bientôt
la campagne.

Lorfque la première divifion de ma flotte relâcha
en Angleterre, le comte *Czernifchef*, alors ambaffadeur
à cette cour, était inquiet de ce que quelques vaiffeaux avaient befoin de radoub, &c. L'amiral anglais
leur dit de n'être point inquiets. Jamais expédition
maritime de quelque importance ; ajouta-t-il, ne s'eft
faite fans de pareils inconvéniens : cela eft neuf pour
vous, chez nous c'eft l'affaire de tous les jours.

Je fouhaite, Monfieur, que vous ayez le plaifir de
voir vos prophéties s'accomplir : peu de prophètes
peuvent fe vanter d'un tel avantage.

Soyez affuré, Monfieur, de mon amitié et de ma
confidération la plus diftinguée.

CATERINE.

LETTRE XXXVII.

DE M. DE VOLTAIRE.

A Ferney, 10 mars.

MADAME,

J'AURAIS eu l'honneur de remercier plutôt votre Majefté impériale, fi je n'avais pas été cruellement malade. Je n'ai pas la force de vos fujets. Il s'en faut beaucoup : je me flatte furtout qu'ils auront celle de continuer à bien battre les Turcs.

Votre Majefté m'a dit un grand mot; je ne manque ni d'hommes, ni d'argent; je m'en aperçois bien, puifqu'elle fait acheter des tableaux à Genève, et qu'elle les paye fort cher. La cour de France ne vous reffemble pas, elle n'a point d'argent, et elle nous prend le nôtre.

La lettre dont votre Majefté a daigné m'honorer, m'était bien néceffaire pour confondre tous les bruits qu'on affecte de répandre. Je me donne le plaifir de mortifier les conteurs de mauvaifes nouvelles.

Le roi de Pruffe vient de m'envoyer cinquante vers français fort jolis; mais j'aimerais mieux qu'il vous envoyât cinquante mille hommes pour faire diverfion, et que vous tombaffiez fur *Mouftapha* avec toutes vos forces réunies. Toutes les gazettes difent que ce gros cochon va fe mettre à la tête de trois cents mille hommes; mais je crois qu'il faut bien rabattre de ce calcul. Trois cents mille combattans avec tout ce qui fuit pour le fervice et la

E 3

—— nourriture d'une telle armée, monteraient à près de cinq cents mille. Cela eft bon du temps de *Cyrus* et de *Thomyris*, et lorfque *Salomon* avait quarante mille chars de guerre, avec deux ou trois milliars de roubles en argent comptant, fans parler de fes flottes d'ophir.

Voici le temps où les flottes de votre Majefté, qui font un peu plus réelles que celles de *Salomon*, vont fe fignaler. La terre et les mers vont retentir, ce printemps, de nouvelles vraies et fauffes. J'ofe fupplier votre Majefté impériale de daigner ordonner qu'on m'envoye les véritables. Ecrire un code de lois d'une main, et battre *Mouftapha* de l'autre, eft une chofe fi neuve et fi belle, que vous excufez fans doute, Madame, mon extrême curiofité.

J'ai encore une autre grâce à vous demander, c'eft de vouloir bien vous dépêcher d'achever ces deux grands ouvrages, afin que j'aye le plaifir d'en parler à *Pierre le grand*, à qui je ferai bientôt ma cour dans l'autre monde.

J'efpère lui parler auffi d'un jeune prince *Galitzin* qui me fait l'honneur de coucher ce foir dans ma chaumière de Ferney. Je fuis toujours enchanté de l'extrême politeffe de vos fujets. Il ont autant d'agrément dans l'efprit que de valeur dans le cœur. On n'était pas fi poli du temps de *Catherine première*. Vous avez apporté dans votre empire toutes les grâces de madame la princeffe votre mère, que vous avez embellies.

Vivez heureufe, Madame; achevez tous vos ouvrages; foyez la gloire du fiècle et de l'Europe. Je recommande *Mouftapha* à vos braves troupes : ne

pourrait-il pas aller paſſer le carnaval de 1771 à ——
1770.
Veniſe avec *Candide*?

Je reçois une lettre de M. le comte de *Schouvalof*
votre chambellan, qui me fait voir qu'il a reçu les
miennes, et que la petaudière polonaiſe ne les a pas
arrêtées.

Que votre Majeſté impériale daigne toujours agréer
mon profond reſpect, mon admiration et mon
enthouſiaſme pour elle.

LETTRE XXXVIII.

DE L'IMPERATRICE.

A Pétersbourg, $\frac{20}{31}$ mars.

MONSIEUR, j'ai reçu, il y a trois jours, votre
lettre du 10 de mars. Je ſouhaite que celle-ci trouve
votre ſanté tout-à-fait rétablie, et que vous parveniez
à un âge plus avancé que celui de *Mathuſalem*. Je ne
fais pas au juſte ſi les années de cet honnête homme
avaient douze mois; mais je veux que les vôtres en
aient treize, comme l'année de la liſte civile en
Angleterre.

Vous verrez, Monſieur, par la feuille ci-jointe
ce que c'était que notre campagne d'été et celle
d'hiver, ſur le compte deſquelles je ne doute point
qu'on ne débite mille fauſſetés. C'eſt la reſſource
d'une cauſe faible et injuſte que de faire flèche de
tout bois. Les gazettes de Paris et de Pologne ayant
mis ſur notre compte tant de combats perdus, et
l'événement leur ayant donné le démenti, elles ſe

E 4

—— font avifées de faire mourir mon armée par la pefte.
1770. Ne trouvez-vous pas cela très-plaifant? Au printemps
apparemment les peftiférés reffufciteront pour combattre. Le vrai eft qu'aucun des nôtres n'a eu la pefte. .

Je ne puis qu'être très-fenfible à votre amitié, Monfieur : vous voudriez armer toute la chrétienté pour
m'affifter. Je fais grand cas de l'amitié du roi de Pruffe,
mais j'efpère que je n'aurai pas befoin des cinquante
mille hommes que vous voulez qu'il me donne contre
Mouftapha.

Puifque vous trouvez trop fort le compte de
trois cents mille hommes à la tête defquels l'on prétend que le Sultan marchera en perfonne ; il faut
que je vous parle de l'armement turc de l'année
paffée ; il vous fera juger de ce fantôme felon fa
vraie valeur. Au mois d'octobre *Mouftapha* trouva
à propos de déclarer la guerre à la Ruffie : il n'y
était pas plus préparé que nous. Lorfqu'il apprit
que nous nous défendions avec vigueur, cela
l'étonna ; car on lui avait fait efpérer beaucoup de
chofes qui n'arrivèrent pas. Alors il ordonna que
des différentes provinces de fon empire, un million
cent mille hommes fe rendraient à Andrinople pour
prendre Kiovie , paffer l'hiver à Mofcou., et écrafer
la Ruffie.

La Moldavie feule eut ordre de fournir un million
de boiffeaux de grains pour l'armée innombrable des
mufulmans. Le hofpodar répondit que la Moldavie
dans l'année la plus fertile n'en recueillait pas tant,
et que cela lui était impoffible. Mais il reçut un
fecond commandement d'exécuter les ordres donnés ;
et on lui promit de l'argent.

Le train d'artillerie pour cette armée était à proportion de la multitude. Il devait confifter en fix cents pièces de canon qu'on affigna des arfenaux ; mais lorfqu'il s'agit de les mettre en mouvement, on laiffa là le plus grand nombre; et il n'y eut qu'une foixantaine de pièces qui marchèrent.

Enfin, au mois de mars plus de fix cents mille hommes fe trouvèrent à Andrinople. Mais comme ils manquaient de tout, la défertion commença à s'y mettre. Cependant le vifir paffa le Danube avec quatre cents mille hommes. Il y en avait cent quatre-vingt mille fous Choczin le 28 d'auguste. Vous favez le refte. Mais vous ignorez peut-être que le vifir repaffa, lui feptième, le pont du Danube, et qu'il n'avait pas cinq mille hommes lorfqu'il fe retira à Balada. C'était tout ce qui lui reftait de cette prodigieufe armée. Ce qui n'avait pas péri, s'était enfui dans la réfolution de retourner chez foi.

Notez, s'il vous plaît, qu'en allant et en venant ils pillaient leurs propres provinces, et qu'ils brûlèrent les endroits où ils trouvèrent de la réfiftance. Ce que je vous dis eft vrai ; et j'ai plutôt diminué qu'augmenté les chofes, de peur qu'elles ne paruffent fabuleufes.

Tout ce que je fais de ma flotte, c'eft qu'une partie eft fortie de Mahon, et qu'une autre va quitter l'Angleterre où elle a hiverné. Je crois que vous en aurez plutôt des nouvelles que moi. Cependant je ne manquerai pas de vous faire part, en fon temps, de celles que je recevrai, avec d'autant plus d'empreffement que vous le fouhaitez.

Vous me priez, Monfieur, d'achever inceffamment

—— et la guerre et les lois, afin que vous en puiffiez porter la nouvelle à *Pierre le Grand* dans l'autre monde : permettez que je vous dife que ce n'eft pas le moyen de me faire finir de fitôt. A mon tour, je vous prie bien férieufement de remettre cette partie le plus long-temps que faire fe pourra. Ne chagrinez pas vos amis de ce monde pour l'amour de ceux qui font dans l'autre. Si là bas, ou là haut, chacun a le choix de paffer fon temps avec telle compagnie qu'il lui plaira, j'y arriverai avec un plan de vie tout prêt, et compofé pour ma fatisfaction. J'efpère bien d'avance que vous voudrez m'accorder quelques quarts d'heure de converfation dans la journée : *Henri IV* fera de la partie, *Sully* auffi, et point *Mouftapha*.

Je vois toujours avec bien du plaifir le fouvenir que vous avez de ma mère, qui eft morte bien jeune et à mon grand regret.

Soyez affuré, Monfieur, de tous les fentimens que vous me connaiffez, et de l'eftime diftinguée que je ne cefferai d'avoir pour vous.

CATERINE.

LETTRE XXXIX.

DE M. DE VOLTAIRE.

A Ferney, 10 avril.

MADAME,

MON enthoufiafme a redoublé par la lettre du premier mars, dont votre Majefté impériale a daigné m'honorer. Il n'y a point de prêtre grec qui foit plus enchanté de votre fupériorité continuelle fur les circoncis que moi miférable baptifé dans l'Eglife romaine. Je me crois né dans les anciens temps héroïques, quand je vois une de vos armées au-delà du Caucafe, les autres fur les bords du Danube, et vos flottes dans la mer Egée. Je plains fort le hofpodar de la Moldavie. Ce pauvre gète n'a pas joui long-temps de l'honneur de voir *Thomyris*. Pour le hofpodar de la Valachie, puifqu'il a de l'efprit, il reftera à votre cour.

Il ne refte plus d'autre reffource à vos ennemis, que de mentir.

Les gazetiers reffemblent à M. de *Pourceaugnac* qui difait : Il m'a donné un foufflet, mais je lui ai bien dit fon fait.

Je m'imagine très-férieufement que la grande armée de votre Majefté impériale fera dans les plaines d'Andrinople au mois de juin. Je vous fupplie de me pardonner fi j'ofe infifter encore fur les chars de *Thomyris*. Ceux qu'on met à vos pieds font d'une fabrique toute différente de ceux de l'antiquité. Je ne fuis point du métier des homicides. Mais hier deux excellens meurtriers allemands m'affurèrent que l'effet de ces chars était immanquable dans une première bataille, et qu'il ferait impoffible à un bataillon ou à un efcadron de réfifter à l'impétuofité et à la nouveauté d'une telle attaque. Les Romains fe moquaient des chars de guerre, et ils avaient raifon ; ce n'eft plus qu'une mauvaife plaifanterie quand on y eft accoutumé : mais la première vue doit certainement effrayer et mettre tout en défordre. Je ne fais d'ailleurs rien de moins difpendieux et de plus aifé à manier. Un effai de cette machine, avec trois ou quatre efcadrons feulement, peut faire beaucoup de bien fans aucun inconvénient.

Il y a très-grande apparence que je me trompe, puifqu'on n'eft pas de mon avis à votre cour ; mais je demande une feule raifon contre cette invention. Pour moi j'avoue que je n'en vois aucune.

Daignez encore faire examiner la chofe ; je ne parle qu'après les officiers les plus expérimentés. Ils difent qu'il n'y a que les chevaux de frife qui puiffent rendre cette manœuvre inutile, car pour le canon le rifque eft égal des deux côtés ; et après tout, on ne hafarde de perdre par efcadron que deux charrettes, quatre chevaux et quatre hommes.

Encore une fois, je ne fuis point meurtrier, mais je crois que je le deviendrais pour vous fervir.

Il y a quinze jours que les officiers du régiment de Montfort, que j'avais engagés à fervir votre

Majefté impériale, ont pris parti ; les uns font rentrés au fervice favoyard, les autres font allés en France; il y en a un qui a l'honneur d'être capitaine dans l'armée de Genève, confiftant en fix cents hommes. Genève eft actuellement le théâtre de la plus cruelle guerre en deçà du Rhin. Il y a eu même quatre perfonnes affaffinées par derrière dans l'Eglife militante de *Calvin*. Je m'imagine que dorénavant l'Eglife grecquè en ufera ainfi, et qu'elle ne verra plus que le dos des mufulmans ; en ce cas, les chars ne feront bons qu'à courir après eux.

Je me mets aux pieds de votre Majefté, comme le hofpodar de Valachie, et j'envie fa deftinée.

Que votre Majefté impériale daigne toujours agréer le profond refpect, la reconnaiffance et l'admiration du vieil hermite de Ferney.

J'ai reçu une belle lettre de M. le comte de *Schouvalof* votre chambellan ; mais il ne me dit point le jour où votre cour fera dans Stamboul.

LETTRE XL.

DE M. DE VOLTAIRE.

A Ferney, ce 18 mai.

MADAME,

LEs glaces de mon âge me laiffent encore quelque feu ; il s'allume pour votre caufe. On eft un peu *Mouftapha* à Rome et en France ; je fuis *Caterin*, et je mourrai *Caterin*. La lettre dont votre Majefté impériale daigne m'honorer, du 31 mars, me

—— comblait de joie; les nouvelles qu'on répand aujour-
d'hui m'accablent d'affliction.

On parle de viciffitudes, et je n'en voulais pas ;
on dit que les Turcs ont repaffé le Danube en force,
et qu'ils ont repris la Valachie; il faudra donc les
battre encore : mais c'était dans les plaines d'Andrinople que je voulais une victoire ; ils envoient,
dit-on, une flotte dans la Morée. On ajoute que
les Lacédémoniens font en petit nombre ; enfin, on
me donne mille inquiétudes. Pour toute réponfe je
maudis *Mouftapha*, et je prie la *fainte Vierge* de
fecourir les fidelles. Je fuis sûr que vos mefures font
bien prifes en Gréce, que l'on a donné des armes
aux Spartiates, que les Monténégrins fe joignent à
eux, que la haine contre la tyrannie turque les
anime, que vos troupes marchant à leur tête les
rendront invincibles.

Pour les Vénitiens, ils joueront votre jeu, mais
quand vous aurez gagné la partie.

Si l'Egypte a fecoué le joug de *Mouftapha*, je ne
doute pas que votre Majefté n'ait quelque part à
cette révolution ; celle qui a pu faire venir des flottes
de la Néva dans le Péloponèfe, aura bien envoyé
un habile négociateur dans le pays des pyramides.
La mer Noire doit être couverte de vos faïques;
ainfi Stamboul peut ne recevoir de vivres ni de
l'Egypte, ni de la Gréce, ni du Voncara d'Enghis.
Vous affaillez ce vafte empire depuis Colchos jufqu'à Memphis. Voilà mes idées; elles font moins
grandes que ce que votre Majefté a fait jufqu'ici.
Le revers, annoncé de la Valachie, m'ôte le fommeil fans m'ôter l'efpérance : le roman des chars

de *Cyrus* me plaît toujours dans un terrain fec comme ——
les plaines d'Andrinople et le voifinage de Stamboul. **1770.**

Je ne trouve point que les tableaux génevois foient
trop chers , je trouve feulement votre Majefté impériale généreufe ; mais j'oferais défirer cent capitaines
de plus au lieu de cent tableaux. Je voudrais que
tout fût employé à vous faire triompher, et que
vous achevaffiez votre code , plus beau que celui
de *Juftinien*, dans la ville où il le figna. Si votre
Majefté veut me rendre la fanté et prolonger ma
vie , je la conjure de vouloir bien me faire parvenir
quelque bonne nouvelle qui ne plaira pas à frère
Ganganelli, mais qui réjouira beaucoup le capucin
de Ferney, tout prêt à étrangler les Turcs avec fon
cordon.

Je redouble mes vœux ; mon ame eft aux pieds de
votre Majefté impériale.

LETTRE XLI.

DE L'IMPERATRICE.

Le $\frac{9}{20}$ de mai.

M ONSIEUR, vos deux lettres , la première du
10 , et la feconde du 14 d'avril , me font parvenues
l'une après l'autre avec leurs inclufes. Tout de fuite
j'ai commandé deux chars felon le deffin et la
defcription que vous avez bien voulu m'envoyer ,
et dont je vous fuis bien obligée. J'en ferai faire
l'épreuve en ma préfence, bien entendu qu'ils ne feront
mal à perfonne dans ce moment-là. Nos militaires

conviennent que ces chars feraient leur effet contre des troupes rangées : ils ajoutent que la façon d'agir des Turcs dans la campagne paffée était d'entourer nos troupes en fe difperfant, et qu'il n'y avait jamais un efcadron ou un batáillon enfemble. Les janiffaires feuls choififfaient des endroits couverts, comme bois, chemins creux, &c. pour attaquer par troupes ; et alors les canons font leur effet. En plufieurs occafions nos foldats les ont reçus à coup de baïonnettes, et les ont fait rétrograder.

Vous avez raifon, Monfieur ; l'Eglife grecque voit jufqu'ici par-tout le dos des mufulmans, et même en Morée. Quoique je n'aye point encore de nouvelle directe de ma flotte , cependant les nouvelles publiques répètent tant qu'elle s'eft emparée du Péloponèfe , qu'à la fin il faudra bien croire qu'il en eft quelque chofe. La moitié de la flotte n'y était point encore lorfque la defcente s'eft faite.

Soyez affuré, Monfieur, que je fais un cas infini de votre amitié, et des témoignages réitérés que vous m'en donnez. Je fuis très-fenfible encore à la part que vous prenez à cette guerre, qui finira comme elle pourra. Nous aurons affaire à *Mouſtapha* de près ou de loin, comme la Providence le jugera à propos.

Quoi qu'il en foit, je vous prie d'être perfuadé que *Caterine II* ne ceffera jamais d'avoir une eftime et une confidération particulière pour l'illuftre hermite de Ferney.

LETTRE

LETTRE XLII.

DE L'IMPERATRICE.

Le $\frac{16}{27}$ de mai.

Monsieur, un courrier parti de devant Coron en Morée, de la part du comte *Féodor Orlof*, m'a apporté l'agréable nouvelle qu'après que ma flotte eut abordé le 17 février à Porto-Vitello mes troupes fe joignirent aux Grecs qui défiraient de recouvrer leur liberté. Ils fe partagèrent en deux corps, dont l'un prit le nom de légion orientale de Sparte, et le fecond celui de légion du nord de Sparte. La première s'empara dans peu de jours de Paffava, de Berdoni, et de Mififtra qui eft l'ancienne Sparte. La feconde s'en alla prendre Calamata, Léontari et Arcadie. Ils firent quatre mille prifonniers turcs dans ces différentes places qui fe rendirent après quelque défenfe; celle de Mififtra furtout fut plus férieufe que les autres.

La plupart des villes de la Morée font affiégées. La flotte s'était portée de Porto-Vitello à Coron; mais cette dernière ville n'était point prife encore le 29 de mars, jour du départ du courrier. Cependant on en attendait fi bien la réduction dans peu, qu'on avait déjà dépêché trois vaiffeaux pour s'emparer de Navarin. Le 28, on avait reçu la nouvelle devant Coron d'une affaire qui s'était paffée entre les Grecs et les Turcs, au paffage de l'ifthme de Corinthe. Le

Corresp. de l'impér. de R... &c. F

——— commandant turc a été fait prifonnier en cette occafion.

Je me hâte de vous donner ces bonnes nouvelles, Monfieur, parce que je fais qu'elles vous feront plaifir, et que cela eft bien authentique puifqu'elles me viennent directement. Je m'acquitte auffi par-là de la promeffe que je vous ai faite de vous communiquer les nouvelles auffitôt que je les aurais reçues. Soyez affuré, Monfieur, de l'invariabilité de mes fentimens.

CATERINE.

Voilà la Gréce au point de redevenir libre, mais elle eft bien loin encore d'être ce qu'elle a été: cependant on entend avec plaifir nommer ces lieux dont on nous a tant rebattu les oreilles dans notre jeuneffe.

LETTRE XLIII.

DE L'IMPERATRICE.

A ma maiſon de campagne de Czarskozelo, le $\frac{26}{6}$ mai. juin.

Monsieur, je me hâte de répondre à votre lettre du 18 mai que j'ai reçue hier au ſoir, parce que je vous vois en peine. Les viciſſitudes que les adhérens de *Mouſtapha* répandent que mon armée doit avoir eſſuyées, la perte de la Valachie, ſont des contes dont je n'ai ſenti d'autre chagrin que celui de vous voir appréhender que cela ne ſoit vrai. Dieu merci, rien de tout cela n'exiſte. Je vous ai mandé, la poſte paſſée, les nouvelles que j'ai reçues de la Morée, qui, pour premier début, paraiſſent aſſez ſatisfeſantes. J'eſpère que par votre interceſſion la *ſainte Vierge* n'abandonnera pas les fidelles.

Dormez tranquillement, Monſieur; les affaires de votre favorite (après ce que vous me dites, et l'amitié que vous ne ceſſez de me témoigner, je prends hardiment ce titre) vont un train très-honnête : elle-même en eſt contente, et ne craint les Turcs ni par terre ni par mer.

Cette flotte turque, dont on fait tant de bruit, eſt merveilleuſement équipée! Faute de matelots, on a mis ſur les vaiſſeaux de guerre les jardiniers du ſérail.

——— , Après avoir bien bataillé , viendra la paix ; temps pendant lequel j'efpère achever mon code.

Adieu , Monfieur ; portez-vous bien , et foyez affuré qu'on ne faurait ajouter à la fenfibilité que j'ai pour toutes les marques d'amitié que vous me donnez. Rien auffi n'égale l'eftime que j'en fais.

CATERINE.

LETTRE XLIV.

DE M. DE VOLTAIRE.

A Ferney , 4 juillet.

MADAME,

J'AI reçu la lettre dont votre Majefté impériale m'honore, en date du 27 mai. Je vous admire en tout; mon admiration eft ftérile , mais elle voudrait vous fervir : encore une fois je ne fuis pas du métier, mais je parierais ma vie que dans une plaine ces chars armés, foutenus par vos troupes, détruiraient tout bataillon ou tout efcadron ennemi qui marcherait régulièrement ; vos officiers en conviennent : le cas peut arriver. Il eft difficile que dans une bataille tous les corps turcs attaquent en défordre, difperfés et voltigeans vers les flancs de votre armée ; mais s'ils combattent d'une manière fi irrégulière , en fauvages fans difcipline , vous n'aurez pas befoin des chars de *Thomyris* ; il fuffira de leur ignorance et de leur emportement pour les faire battre comme vous les avez toujours battus.

Je ne conçois pas comment votre Majesté n'est 1770. pas encore maîtresse de Brahilof et de Bender, au moment que je vous écris ; mais peut-être ces deux places font-elles prises, et nous n'en avons pas encore la nouvelle.

Les gazettes me font toujours une peine égale à mon attachement ; je crains que les Turcs ne soient en force dans le Péloponèse.

Je n'entends plus parler de la révolution prétendue arrivée en Egypte ; tout cela m'inquiéte pour mes chers Grecs et pour vos armes victorieuses qui ne me font pas moins chères.

La France envoie une flotte contre Tunis ; j'aimerais encore mieux qu'elle envoyât trente vaisseaux de ligne contre Constantinople.

Votre entreprise fur la Gréce eft fans contredit la plus belle manœuvre qu'on ait faite depuis deux mille ans ; mais il faut qu'elle réuffiffe pleinement : ce n'eft pas affez qu'elle vous faffe un honneur infini. *Où eft le profit, là eft la gloire*, difait notre roi *Louis XI* qui ne vous égalait en rien.

Je donnerais tout ce que j'ai au monde pour voir votre Majesté impériale fur le fofa de *Mouftapha*. Son palais eft affez vilain, fes jardins auffi ; vous auriez bientôt fait de cette prifon le lieu le plus délicieux de la terre. Daignez, je vous en conjure, me dire fi vous efpérez y parvenir. Il me femble qu'il ne faudrait qu'une bataille, elle ferait décifive.

Je ne reviens point de ma furprife. Votre Majesté eft obligée de diriger des armées en Valachie, en Pologne, dans la Beffarabie, dans la Géorgie ; et elle trouve encore du temps pour daigner m'écrire : je fuis ftupéfait et confus autant que reconnaiffant. Daignez toujours agréer mon profond refpect et mon enthoufiafme pour votre Majefté impériale.

Le très-vieux hermite de Ferney.

L E T T R E   X L V.

D E   M.   D E   V O L T A I R E.

A Ferney , 20 juillet.

MADAME,

VOTRE lettre du 6 juin, que je foupçonne être du *nouveau ftyle*, me fait voir que votre Majefté impériale prend quelque pitié de ma paffion pour elle. Vous me donnez des confolations , mais auffi vous me donnez quelques craintes afin de tenir votre adorateur en haleine. Mes confolations font vos victoires , et ma crainte eft que votre Majefté ne faffe la paix l'hiver prochain.

Je crois que les nouvelles de la Gréce nous viennent quelquefois un peu plutôt par la voie de Marfeille qu'elles n'arrivent à votre Majefté par les courriers. Selon ces nouvelles , les Turcs ont été quatre fois battus , et tout le Péloponèfe eft à vous.

Si *Ali-Bey* s'eft en effet emparé de l'Egypte , comme on le dit , voilà deux grandes cornes arrachées au croiffant des Turcs ; et l'étoile du Nord eft certainement beaucoup plus puiffante que leur lune. Pourquoi

donc faire la paix quand on peut pouffer fi loin fes
conquêtes ?

Votre Majefté me dira que je ne penfe pas affez en
philofophe, et que la paix eft le plus grand des biens.
Perfonne n'eft plus convaincu que moi de cette vérité;
mais permettez-moi de défirer très-fortement que cette
paix foit fignée de votre main dans Conftantinople.
Je fuis perfuadé que fi vous gagnez une bataille un
peu honnête en de çà ou en de là du Danube, vos
troupes pourront marcher droit à la capitale.

Les Vénitiens doivent certainement profiter de
l'occafion ; ils ont des vaiffeaux et quelques troupes.
Lorfqu'ils prirent la Morée, ils n'étaient appuyés que
par la diverfion de l'empereur en Hongrie : ils ont
aujourd'hui une protection bien plus puiffante ; il
me paraît que ce n'eft pas le temps d'héfiter.

Mouftapha doit vous demander pardon, et les Vénitiens doivent vous demander des lois.

Ma crainte eft encore que les princes chrétiens,
ou foi-difant tels, ne foient jaloux de l'étoile du
Nord : ce font des fecrets dans lefquels il ne m'eft pas
permis de pénétrer.

Je crains encore que vos finances ne foient déran-
gées par vos victoires mêmes ; mais je crois celles de
Mouftapha plus en défordre par fes défaites. On dit
que votre Majefté fait un emprunt chez les Hollan-
dais; le padisha turc ne pourra emprunter chez perfonne, et c'eft encore un avantage que votre Majefté
a fur lui.

Je paffe de mes craintes à mes confolations. Si vous
faites la paix, je fuis bien fûr qu'elle fera très-glo-
rieufe, que vous conferverez la Moldavie, la Valachie,

—— Azof , et la navigation fur la mér Noire, au moins jufqu'à Trébifonde. Mais que deviendront mes pauvres Grecs ? que deviendront ces nouvelles légions de Sparte ? Vous renouvelerez fans doute les jeux ifthmi- ques , dans lefquels les Romains affurèrent aux Grecs leur liberté par un décret public ; et ce fera l'action la plus glorieufe de votre vie. Mais comment main- tenir la force de ce décret, s'il ne refte des troupes en Gréce ? Je voudrais encore que le cours du Danube, et que la navigation fur ce fleuve vous appartinffent le long de la Valachie , de la Moldavie , et même de la Beffarabie. Je ne fais fi j'en demande trop ou fi je n'en demande pas affez : ce fera à vous de décider et de faire frapper une médaille qui éternifera vos fuccès et vos bienfaits. Alors *Thomyris* fe changera en *Solon*, et achevera fes lois tout à fon aife. Ces lois feront le plus beau monument de l'Europe et de l'Afie ; car, dans tous les autres Etats , elles font faites après coup , comme on calfate des vaiffeaux qui ont des voies d'eau ; elles font innombrables, parce qu'elles font faites fur des befoins toujours renaiffans ; elles font contradictoires, attendu que ces befoins ont toujours changé ; elles font très-mal rédigées, parce qu'elles ont prefque toujours été écrites par des pédans , fous des gouvernemens barbares. Elles reffemblent à nos villes bâties irrégulièrement au hafard , mêlées de palais et de chaumières dans des rues étroites et tortueufes.

Enfin , que votre Majefté donne des lois à deux mille lieues de pays , après avoir donné fur les oreilles à *Mouftapha*.

Voilà les confolations du vieux hermite qui ,

jufqu'à fon dernier moment, fera pénétré pour vous
du plus profond refpect, de l'admiration la plus
jufte, et d'un dévouement fans bornes pour votre
Majefté impériale.

LETTRE XLVI.

DE L'IMPERATRICE.

A Pétersbourg, le $\frac{10}{21}$ juillet.

MONSIEUR, en réponfe à votre lettre et à vos
queftions du 4 juillet, je vous annonce que, felon
vos fouhaits, le comte *Romanzof*, qui commande mon
armée en Moldavie, a remporté la victoire la plus
complète fur nos ennemis, le 7 de ce mois, à douze
lieues environ du Danube. Notre droite était appuyée
au Pruth. Le camp turc était retranché de quatre
retranchemens qui furent tous emportés à la pointe
du jour, la baïonnette à la main. Le carnage dura
quatre heures, après lefquelles mes troupes fe trouvèrent maîtreffes du champ de bataille, du camp des
Turcs, de trente canons de fonte, d'une grande
quantité de provifions de bouche et de munitions de
guerre, et de beaucoup de prifonniers.

Notre perte n'eft point confidérable : il n'y a pas
même eu un officier de marque bleffé ou tué. Au
départ du courrier on pourfuivait encore les fuyards.
L'armée turque était de quatre-vingts mille hommes
commandés par le kan de Crimée et par trois bachas.

Le comte *Romanzof* me marque qu'il a fait chanter
le *Te Deum* dans la propre tente du kan de Crimée,

qui doit être la plus belle des tentes poffibles. Le fiége de Bender doit être commencé dans ce moment ; et puis nous verrons.

Je ne vous entretiendrais point de tous ces faits de guerre , fi vous ne m'aviez paru défirer d'en être informé.

Soyez perfuadé du cas que je fais de votre amitié; j'y répondrai toujours avec empreffement, quelque affaire que j'aye.

CATERINE.

LETTRE XLVII.

DE L'IMPERATRICE.

Le $\frac{22 \text{ juillet.}}{2 \text{ augufte.}}$

Monsieur, je vous ai mandé , il y a dix jours, que le comte *Romanzof* avait battu le kan de Crimée, combiné avec un corps confidérable de turcs ; qu'on leur avait pris tentes , artillerie , &c. fur la petite rivière nommée Larga : j'ai le plaifir aujourd'hui de vous informer qu'hier au foir un courrier du comte m'a apporté la nouvelle que mon armée a remporté, le jour même que je vous écrivis (le 21 juillet), une victoire complette fur celle du feigneur *Mouftapha*, commandée par le vifir *Ali-Bey*, par l'aga des janiffaires et par fept ou huit bachas. Ils ont été forcés dans leurs retranchemens : leur artillerie au nombre de cent trente canons, leur camp, leurs bagages, les munitions en tout genre , font tombés entre nos

mains. Leur perte eft confidérable ; la nôtre fi modefte
que je crains d'en faire mention, afin que le fait ne
paraiffe fabuleux. Cependant le combat a duré cinq
heures.

Le comte de *Romanzof*, que je viens de faire maréchal pour cette victoire, me mande que, tels que les
anciens Romains, mon armée ne demande jamais
combien il y a d'ennemis, mais feulement où font-ils ?
Cette fois-ci les Turcs étaient au nombre de cent
cinquante mille, retranchés fur les hauteurs que baigne
le Kogul, ruiffeau à vingt-cinq werftes du Danube,
ayant Ifmaïlof derrière eux.

Mais, Monfieur, mes nouvelles ne fe bornent pas
là : j'ai des avis certains, quoiqu'ils ne foient point
directs, que ma flotte a battu celle des Turcs devant
Napoli de Romanie, et qu'elle a difperfé les vaiffeaux
ennemis qu'elle n'a pas coulés à fond.

Le fiége de Bender a été ouvert encore le 24 juillet.
Le prince *Proforofski* a fait un butin immenfe en bef-
tiaux de toute efpèce, entre Oczakof et Bender. Ma
flotte d'Azof croit en grandeur et en efpérance en face
du feigneur *Mouftapha*.

Je ne puis rien vous dire de Brahilof, finon que
c'eft un vieux château fur le bord du Danube, que
le général *Renne* avait pris le jour même de la bataille
du Pruth, année 1711.

Il ne dépend que des Grecs de faire revivre la
Gréce. J'ai fait mon poffible pour orner les cartes
géographiques de la communication de Corinthe à
Mofcou. Je ne fais ce qui en fera.

Pour vous faire rire, je vous dirai que le fultan a
eu recours aux prophètes, aux forciers, aux devins

—— et aux fous qui paffent pour faints chez les mufulmans. Ils lui ont prédit que le 21 ferait un jour extrêmement fortuné pour l'empire ottoman. Tout de fuite fa Hauteffe a envoyé un courrier au vifir, pour lui dire de paffer le Danube ce jour-là, et de profiter de l'heureufe conftellation. Nous verrons un peu fi les revers pourront ramener ce prince à la raifon, et s'ils ne le défabuferont pas des tromperies et des menfonges.

Vos chers Grecs ont donné dans plufieurs occafions des preuves de leur ancien courage, et l'efprit ne leur manque pas.

Adieu, Monfieur; portez-vous bien : continuez-moi votre amitié, et foyez affuré de la mienne.

CATERINE.

LETTRE XLVIII.

DE M. DE VOLTAIRE.

A Ferney, 11 augufte.

MADAME,

CHAQUE lettre dont votre Majefté impériale m'honore, me guérit de la fièvre que me donnent les nouvelles de Paris. On prétendait que vos troupes avaient eu par-tout de grands défavantages; qu'elles avaient évacué entièrement la Morée et la Valachie; que la pefte s'était mife dans vos armées; que tous les revers avaient fuccédé à vos fuccès : votre Majefté

eſt mon médecin; elle me rend une pleine ſanté. Je ——— 1770.
ne manque pas d'écrire ſur le champ l'état des choſes,
dès que j'en ſuis inſtruit; j'alonge les viſages de ceux
qui attriſtaient le mien.

Daignez donc, Madame, avoir la bonté de me
conſerver cette ſanté que vous m'avez rendue; il ne
faut pas abandonner ſon malade dans ſa convaleſ-
cence.

J'ai encore de petits reſſentimens de fièvre quand
je vois que les Vénitiens ne ſe décident pas, que les
Géorgiens n'ont pas formé une armée, et qu'on n'a
nullè nouvelle poſitive de la révolution de l'Egypte.

Il y a un Brahilof, un Bender qui me cauſent
encore des inſomnies; je vois dans mes rêves leurs
garniſons priſonnières de guerre, et je me réveille en
ſurſaut.

Votre Majeſté dira que je ſuis un malade bien
impatient, et que les Turcs ſont beaucoup plus
malades que moi. Sans mes principes d'humanité, je
dirais que je voudrais les voir tous exterminés, ou
du moins chaſſés ſi loin qu'ils ne revinſſent jamais.

Nous autres Français, Madame, nous valons mieux
qu'eux : nous diſons prodigieuſement de ſottiſes,
nous en feſons beaucoup, mais tout cela paſſe bien
vîte; on ne s'en ſouvient plus au bout de huit jours.
La gaieté de la nation ſemble inaltérable. On apprend
à Paris le tremblement de terre qui a bouleverſé
trente lieues de pays à Saint-Domingue; on dit : C'eſt
dommage; et on va à l'opéra. Les affaires les plus
ſérieuſes ſont tournées en ridicule.

Nous ſommes actuellement dans la plus belle ſaiſon
du monde; voilà un temps charmant pour battre les

1770. Turcs. Eſt-ce que ces barbares-là attaqueront toujours comme des houſſards? ne ſe préſenteront-ils jamais bien ferrés, pour être enfilés par quelques-uns de mes chars babyloniques?

Je voudrais du moins avoir contribué à vous tuer quelques turcs; on dit que pour un chrétien c'eſt une œuvre fort agréable à D I E U. Cela ne va pas à mes maximes de tolérance; mais les hommes font pétris de contradictions; et d'ailleurs votre Majeſté me tourne la tête.

Encore une fois, Madame, quelques nouvelles par charité de cinq ou ſix villes priſes, et de cinq ou ſix combats gagnés, quand ce ne ferait que pour faire taire l'envie.

Je me mets aux pieds de votre Majeſté impériale, avec le plus profond reſpect et la plus vive impatience.

L'hermite de Ferney.

LETTRE XLIX.

DE L'IMPERATRICE.

Le $\frac{9}{20}$ d'aguste.

Monsieur, vous me dites, dans votre lettre du 20 de juillet, que je vous donne des craintes pour vous tenir en haleine, et que mes victoires font vos confolations : voici une petite dofe de ces dernières que j'ai à vous donner.

Je viens de recevoir un courrier qui m'a apporté les fuites de la bataille du Kogul. Mes troupes fe font avancées fur le Danube, et ont pris pofte fur le bord de ce fleuve, vis-à-vis d'Ifacki. Le vifir et l'aga des janiffaires fe font fauvés fur l'autre bord; mais le refte qui a voulu les imiter a été tué, noyé, et difperfé. Il a fait abattre le pont, et près de deux mille janiffaires ont été faits prifonniers. Vingt canons, cinq mille chevaux, un butin immenfe et une grande quantité de vivres de toute efpèce font tombés entre nos mains. Les Tartares ont envoyé fur le champ prier le maréchal comte de *Romanzof* de les laiffer paffer en Crimée : il leur a fait répondre qu'il exigeait leur hommage ; et il a envoyé un corps confidérable fur la gauche, vers Ifmaïlof, pour leur faire une douce violence. Il y a long-temps que nous favons qu'ils ne demandent pas mieux.

Vous ne voulez point de paix, Monfieur : foyez tranquille ; jufqu'ici on n'en entend point parler. Je conviens avec vous que c'eft une bonne chofe que la

—— paix; lorfqu'elle exiftait, je croyais que c'etait le *non*
1770. *plus ultra* du bonheur : me voilà depuis près de deux
ans en guerre, je vois que l'on s'accoutume à tout. La
guerre en vérité a des momens bien bons. Je lui
trouve un grand défaut , c'eft qu'on n'y aime point
fon prochain comme foi-même. J'étais accoutumée à
penfer qu'il n'eft pas honnête de faire du mal aux
gens ; je me confole cependant un peu aujourd'hui
en difant à *Mouftapha : Tu l'as voulu , George Dandin !*
Et après cette réflexion, je fuis à mon aife comme
ci-devant.

Les grands événemens ne m'ont jamais déplu, et
les conquêtes ne m'ont jamais tentée. Je ne vois point
auffi que le moment de la paix foit bien proche. Il
eft plaifant qu'on faffe accroire aux Turcs que nous
ne pourrons point foutenir long-temps la guerre. Si
la paffion n'infpirait ces gens-là , comment pourraient-
ils avoir oublié que *Pierre le grand* foutint , pendant
trente ans, la guerre , tantôt contre ces mêmes Turcs,
tantôt contre les Suédois , les Polonais, les Perfans ,
fans que l'empire en fût réduit à l'extrémité. Au contraire , la Ruffie eft toujours fortie de chacune de ces
guerres plus floriffante qu'auparavant ; et ce font les
guerres qui ont mis l'induftrie en branle. Chaque
guerre chez nous a été la mère de quelque nouvelle
reffource qui donnait plus de vivacité au commerce
et à la circulation.

Votre projet de paix , Monfieur, me paraît reffembler un peu au partage du lion de la fable ; vous gardez
tout pour votre favorite. Il ne faut point exclure de
cette paix les légions de Sparte ; nous parlerons après
des jeux ifthmiques.

Au

Au moment que j'allais finir cette lettre, je reçois la nouvelle de la prise d'Ismaïlof avec quelques circonstances assez singulières.

Le vifir, avant de passer le Danube, harangua ses troupes, et leur dit qu'il était impossible de résister plus long-temps aux Russes; que lui visir se voyait dans la nécessité de passer de l'autre côté du Danube; qu'il leur enverrait autant de bâtimens qu'il pourrait pour les sauver; mais qu'en cas qu'il ne pût effectuer sa promesse, si les troupes russes venaient à les attaquer, il leur conseillait de mettre bas les armes, et qu'il les assurait que l'impératrice de Russie les ferait traiter avec humanité; que tout ce qu'on leur avait fait accroire jusqu'ici des Russes avait été imaginé par les ennemis des deux empires.

Dès que mes troupes se présentèrent devant Ismaïlof, les Turcs en sortirent, et ceux qui y restèrent mirent bas les armes. La capitulation de la ville fut faite dans une demi-heure. On y prit quarante-huit canons et des magasins considérables de toute espèce. On compte, depuis le 21 jusqu'au 27 juillet, c'est-à-dire depuis la bataille de Kogul, près de huit mille prisonniers; et depuis l'année passée nous avons pris à l'ennemi près de cinq cents canons.

Le comte *Romanzof* a envoyé un corps à droite vers votre Brahilof qui sera pris selon votre intention, et un autre à gauche qui doit s'emparer de Kilia.

Eh bien, Monsieur, êtes-vous content? Je vous prie de l'être autant de mon amitié que je le suis de la vôtre.

CATERINE.

Corresp. de l'impér. de R... &c.   G

L E T T R E L.

D E M. D E V O L T A I R E.

A Ferney , 28 augufte.

MADAME,

MES craintes font diffipées , malgré tous les efforts des diffidens de Pologne et des gazetiers des autres pays ; votre victoire complète remportée fur les Ottomans auprès du Pruth eft une terrible réponfe.

Que votre Majefté impériale me permette de lui témoigner l'excès de ma joie. Je ne fuis plus en peine de la Gréce fur laquelle on me donnait tant d'alarmes. Je vous crois toujours maîtreffe de Navarin et de plufieurs autres places. Il n'eft pas croyable que vos troupes aient évacué ce pays , comme on le dit, lorfque vous battez les Turcs fur mer comme fur terre; et quand même la divifion de vos forces vous obligerait de différer ou même d'abandonner la conquête de la Gréce , ce ferait toujours une entreprife qui vous comblerait de gloire. Je maintiens qu'il ne s'eft rien fait de fi grand depuis *Annibal ;* et cet *Annibal,* qui fut enfin contraint de retourner en Afrique, n'en a pas moins de réputation. Quand vous n'auriez réuffi qu'à porter la terreur aux portes de Conftantinople , à mener vos troupes jufqu'auprès de Corinthe , et à peupler vos Etats d'un grand nombre de familles grecques , vous auriez eu encore un grand avantage ; mais votre dernière victoire me fait tout efpérer.

1770.

Si vous voulez pouffer vos conquêtes, vous les étendrez, je penfe, où il vous plaira ; et fi vous voulez la paix, vous la dicterez. Pour moi je veux toujours que votre Majefté aille fe faire couronner à Conftantinople. Pardonnez-moi cette opiniâtreté ; elle eft prefque auffi forte que celle avec laquelle je fuis attaché à votre perfonne et à votre gloire : et puifque vous êtes devenue ma paffion dominante, je me flatte que votre Majefté impériale daignera toujours recevoir avec bonté le profond refpect et le dévouement inviolable du vieux hermite de Ferney.

LETTRE LI.

DE L'IMPERATRICE.

Le $\frac{18}{29}$ d'augufte.

Monsieur, au rifque de vous importuner trop fouvent, il faut que je vous dife qu'hier je reçus la nouvelle que le général-major, comte *Tottleben*, a pris aux Turcs les deux forts, fitués au delà du mont Caucafe, nommés Schéripan et Bagdat. Il tient bloqués le fort et la ville de Cotatis, en langue du pays Koutai, fur le Phafe qui tombe dans la mer Noire. Mes troupes ne font plus qu'à foixante werftes de cette mer. L'ancienne Trébifonde eft à leur gauche. *Salomon*, prince d'Immirette, agit de concert avec le comte. L'époufe de ce prince vint dans le camp ruffe, et pria le général de permettre qu'à la prife de Bagdat, elle pût jouir de l'honneur d'entrer dans

—— la ville la première. Vous jugez bien qu'elle ne fut
1770. point refusée.

Ce Bagdat n'eft ni auffi beau ni auffi grand que celui
des *Mille et une nuits*. Ne trouvez-vous pas, Monfieur,
Mouftapha bien accommodé, et les gazettes bien
menteufes?

J'oubliais de vous dire qu'avant la prife de ces
villes, le prince *Héraclius* a battu les Turcs fous
Acalziké.

Je me recommande à votre amitié et à vos prières:
on n'en faurait faire un plus grand cas qu'en fait
votre favorite,

CATERINE.

LETTRE LII.

DE M. DE VOLTAIRE.

A Ferney, 5 feptembre.

MADAME,

J'ETAIS fi plein des victoires de votre Majefté
impériale, et fi bouffi d'enthoufiafme et de gloire,
que j'oubliai de vous envoyer les vers que le roi
de Pruffe m'écrivait fur votre refpectable perfonne,
et fur le peu refpectable *Mouftapha;* voici ces vers:

Si monfieur le Mamamouchi
Ne s'était point mêlé des troubles de Pologne,
Il n'aurait point avec vergogne
Vu fes fpahis mis en hachi;
Et de certaine impératrice,
(Qui vaut feule deux empereurs)

Reçu pour prix de fon caprice
Des leçons qui devraient rabaiffer fes hauteurs.
Vous voyez comme elle s'acquitte
De tant de devoirs importans :
J'admire avec le vieil hermite
Ses immenfes projets , fes exploits éclatans :
Quand on pofsède fon mérite ,
On peut fe paffer d'affiftans.

Je n'ai pas l'honneur de penfer comme les têtes couronnées. Je crois fermement que cent mille hommes de troupes auxiliaires en Gréce et fur le Danube n'auraient fait nul mal. Il valait mieux dans votre fituation être fecourue qu'être louée. Votre gloire en a augmenté, mais les conquêtes en ont été retardées.

Les dernières lettres de Venife difent que dans une émeute populaire , les fidelles mufulmans fe font déchaînés contre tous les Francs , qu'ils ont tué l'ambaffadeur de France , et prefque tous fes domef-tiques ; que l'ambaffadeur d'Angleterre n'a pu échapper à la fureur du peuple qu'en fe déguifant en matelot ; que le baile de Venife s'eft long-temps défendu dans fa maifon ; et qu'à la fin le grand feigneur lui a envoyé une garde de mille hommes.

Si ces nouvelles étaient vraies (ce que je ne veux pas croire), quels princes de l'Europe n'arme-raient pas fur le champ pour venger le droit des gens ? Vous feule le foutenez, Madame ; auffi vous feule jouirez d'une gloire immortelle.

Que votre Majefté impériale me permette de me mettre à fes pieds.

Le vieil hermite de Ferney.

G 3

LETTRE LIII.

DE L'IMPERATRICE.

A Pétersbourg, $\frac{31 \text{ augufte.}}{11 \text{ feptembre.}}$

MONSIEUR, quoique cette fois-ci, en réponfe à votre lettre du 11 d'augufte, je n'aye point à vous donner de grands faits de guerre, j'efpère ne pas nuire à votre convalefcence en vous difant qu'après la prife d'Ifmaïlof les Tartares du Bourjak et de Belgorod fe font féparés de la Porte. Ils ont envoyé des délégués aux deux généraux de mes armées pour capituler, et fe font rangés enfuite fous la protection de la Ruffie. Ils ont donné des otages, et ont prêté ferment fur l'Alcoran de ne plus feconder les Turcs ni le kan de Crimée, et de ne point reconnaître le kan, à moins qu'il ne fe foumette aux mêmes conditions, c'eft-à-dire, de vivre tranquille fous la protection de la Ruffie, et de fe détacher de la Porte. On ne fait pas ce qu'eft devenu ce kan. Cependant il y a apparence que, finon lui, du moins une grande partie de fon monde embraffera le même parti.

Les Tartares, dès le commencement de cette guerre, la regardaient comme injufte; ils n'avaient aucun fujet de plainte; le commerce interrompu avec l'Ukraine leur caufait une perte plus réelle qu'ils ne pouvaient efpérer d'avantages par les rapines.

Les mufulmans difent que les deux dernières batailles leur coûtent près de quarante mille hommes:

cela fait horreur, j'en conviens ; mais quand il ——
s'agit de coups, il vaut mieux battre que d'être 1770.
battu.

Je n'oferais, d'après cela, vous demander, Monfieur,
fi vous êtes content ; parce que, quelque amitié que
vous ayez pour moi, je fuis perfuadée que vous ne fauriez voir le malheur de tant d'hommes fans en reffentir
de la peine. J'efpère pourtant que cette même amitié
vous confolera du malheur des Turcs : vous ferez
tolérant et humain ; et il n'y aura aucune contradic-
tion dans vos fentimens. Il eft impoffible que vous
aimiez les ennemis des arts.

Confervez-moi, je vous prie, votre amitié, et
foyez affuré que j'y fuis très-fenfible.

CATERINE.

P. S. Il faut que je vous parle d'un phénomène
nouveau : un grand nombre de déferteurs turcs
viennent à notre armée. On prétend que c'eft une
chofe dont il n'y a jamais eu d'exemple. Ces déferteurs affurent qu'ils font mieux traités chez nous
qu'ils ne le font chez eux.

G 4

LETTRE LIV.

DE M. DE VOLTAIRE.

A Ferney , 14 feptembre.

MADAME,

Nous favions, par Venife et par Marfeille, la nouvelle de vos deux victoires navales, remportées à Napoli de Romanie et à Scio. Je reçois dans l'inftant, aux acclamations de cent mille bouches, le détail que votre Majefté impériale daigne me faire de la victoire de M. le maréchal de *Romanzof* fur ce vifir *Ali-Bey*, et fur tant de bachas fuivis de cent cinquante mille hommes.

Si je meurs des maladies qui m'accablent, je mourrai à demi-content, puifque *Mouftapha* eft à demi-détrôné. Je lui fais bon gré de confulter à la fois des prophètes et des fous. Ces gens-là ont été de tout temps de la même efpèce ; la feule différence eft que les prophètes ont été des fous plus dangereux. Les rigides mufulmans en admettent quatre cents quarante mille, en comptant tous les héros de l'ancien Teftament ; cela ferait une armée beaucoup plus forte que celle d'*Ali-Beg* ou *Ali-Bey*.

Je vois plus que jamais que les chars de *Cyrus* font fort inutiles à vos troupes victorieufes. Si elles rencontrent *Ali-Bey* une feconde fois, elles le battront infailliblement ; mais il faut traverfer le Danube en préfence d'une armée qui eft encore

nombreufe. Il n'y a rien que je ne croye M. le comte
de *Romanzof* capable de faire ; mais ofera-t-on tenter
ce paffage, après lequel il faudrait abfolument ou
prendre Conftantinople, ou n'avoir point de retraite ?
Je lève les mains au ciel, je fais des vœux, et je
me tais.

1770.

Ceux qui fouhaitaient des revers à votre Majefté
feront bien confondus. Eh, pourquoi lui fouhaiter
des difgrâces dans le temps qu'elle venge l'Europe !
Ce font apparemment des gens qui ne veulent pas
qu'on parle grec ; car fi vous étiez fouveraine de
Conftantinople, votre Majefté établirait bien vîte
une belle académie grecque. On vous ferait une
Cateriniade ; les *Zeuxis* et les *Phidias* couvriraient la
terre de vos images ; la chute de l'empire ottoman
ferait célébrée en grec ; Athènes ferait une de vos
capitales ; la langue grecque deviendrait la langue
univerfelle ; tous les négocians de la mer Egée
demanderaient des paffe-ports grecs à votre Majefté.

Je n'aime point les Vénitiens, qui attendent fi
tard à fe faire grecs. Je fuis auffi un peu fâché contre
cet *Ali* d'Egypte, qui ne remue pas plus qu'une
momie. Mais enfin, je n'ai point à me plaindre ;
deux victoires fur mer et deux victoires fur terre
font des faveurs bien honnêtes dont je remercie
votre Majefté impériale du fond de mon cœur.
Je chante des *Te Deum* dans mon lit, et un *De
profundis* pour *Mouftapha*.

Que votre Majefté impériale foit toujours auffi
heureufe qu'elle mérite de l'être, et qu'elle daigne
agréer le profond refpect, la joie et l'attachement
inviolable du vieil hermite des Alpes.

LETTRE LV.

DE L'IMPERATRICE.

Le $\frac{10}{21}$ feptembre.

Monsieur, vous m'avez dit, dans votre dernière lettre, que je devais vous mander la prife d'une demi-douzaine de villes : je penfe vous avoir déjà dit la nouvelle de la prife d'Ifmaïlof fur le Danube ; j'y ajoute aujourd'hui celle de la forterefle de Kilia-Nova. Après plufieurs jours de tranchée ouverte, la garnifon turque de cinq mille hommes a été renvoyée fur l'autre rive de la rivière.

Les lettres de Malte m'ont apporté la confirmation du grand combat naval donné dans le canal de Scio ; et le lendemain de cette action ma flotte a réduit en cendres trente-trois vaiffeaux ennemis qui s'étaient retirés dans le port de Liberno en Afie.

J'efpère, Monfieur, que vous ne ferez pas fâché d'apprendre que ceux qui prennent plaifir à nous faire battre fur le papier, font bien loin de leur compte. Je vous prie de me conferver votre amitié, et d'être affuré, &c.

CATERINE.

LETTRE LVI.

DE M. DE VOLTAIRE.

A·Ferney, 21 feptembre,

MADAME,

Vive l'augufte, l'adorable *Caterine* ! Vivent fes troupes victorieufes ! Sa lettre du 20 augufte, *nouveau ftyle*, eft du plus beau ftyle dont on ait jamais écrit. L'armée d'*Alexandre* forcera enfin les Athéniens à dire du bien d'elle. L'envie eft contrainte d'admirer.

Votre Majefté a bien raifon ; la guerre eft très-utile à un pays quand on la fait avec fuccès fur les frontières. La nation devient alors plus induf-trieufe, plus active, comme plus terrible. Les Turcs font battus de tous côtés chez eux, et chaque victoire augmente encore le courage et l'efpérance de vos troupes. Les échos ont dit à nos Alpes que, tandis que le vifir repaffe le Danube en défordre, le général *Tottleben* a vaincu un corps confidérable de turcs vers Erzerom, et s'eft même emparé de cette ville.

Si la chofe eft vraie , il me femble que votre Majefté ne peut héfiter à fuivre fa deftinée qui l'appelle à fi haute voix. La plus grande des révolutions eft commencée ; votre génie l'achevera. J'ai dit, il y a long-temps, que fi jamais l'empire turc eft détruit, ce fera par la Ruffie ; mon augufte impératrice accomplira ma prédiction. Je ne crains plus la paix après la lettre dont elle m'honore.

Un grand monarque m'avait mandé que non-feulement votre Majefté ferait la paix, mais qu'elle la ferait avec modération ; je ne vois pas pourquoi tant fe modérer avec ce *Mouſtapha*, qui ne fe modérerait point s'il était vainqueur.

Quand je parlais de paix en la redoutant, quand je difais que vous en dicteriez les conditions, j'étais bien loin d'imaginer que votre Majefté abandonnerait ces braves Spartiates. Dieu me préferve de l'en foupçonner ; mais, après tant de victoires, il ne s'agit pas d'obtenir leur grâce auprès de leur vilain maître : il eft temps qu'ils n'aient d'autre maître que ma protectrice, ou plutôt qu'ils foïent libres fous fes drapeaux.

J'ai craint quelque temps que votre armée ne pafsât le Danube, et ne s'exposât à quelques revers. J'ai cru le Danube très-difficile à traverfer en préfence des Turcs, et la retraite plus difficile ; mais à préfent tout me paraît aifé ; la terreur s'eft emparée d'eux, et cette terreur combat pour vous. Je fuis perfuadé que dix mille de vos foldats battraient cinquante mille ofmanlis.

Je ne fuis pas furpris que votre ame, faite pour toutes les grandes chofes, prenne goût à une pareille guerre. Je crois vos troupes de débarquement revenues en Gréce, et votre flotte de la mer Noire menaçant les environs de Conftantinople. Si cette révolution de l'Egypte, dont on m'avait tant flatté, pouvait s'effectuer, je croirais l'empire turc détruit pour jamais.

Il me femble qu'il a manqué aux Vénitiens la première des qualités en politique, la hardieffe. La fineffe n'a jamais réuffi à perfonne dans les grandes chofes ; elle n'eft bonne que pour les moines.

Mais devant qui ofé-je me livrer à mes idées ? Je parle au génie tutélaire du Nord ; je dois me taire , impofer filence à mon enthoufiafme , et refter dans les bornes du profond refpect et de l'attachement qui me met aux pieds de votre Majefté impériale, pour le peu que j'ai à vivre.

L'hermite de Ferney.

LETTRE LVII.

DE L'IMPERATRICE.

A Pétersbourg , le $\frac{16}{27}$ feptembre.

MONSIEUR, que de chofes j'ai à vous dire aujourd'hui! je ne fais par où commencer.

Ma flotte, non pas fous le commandement de mes amiraux, mais fous celui du comte *Alexis Orlof*, après avoir battu la flotte ennemie, l'a brûlée tout entière dans le port de Chefme, anciennement Clazomène. J'en ai reçu, il y a trois jours, la nouvelle directe. Près de cent vaiffeaux de toute efpèce ont été réduits en cendres. Je n'ofe dire le nombre des mufulmans qui ont péri : on le fait monter jufqu'à vingt mille.

Un confeil général de guerre avait terminé la défunion des deux amiraux , en déférant le commandement au général des troupes de terre, qui fe trouvait fur cette flotte , et qui au refte était leur ancien dans le fervice. Le réfultat fut unanimement approuvé de tous, et dès ce moment l'union fut rétablie. Je l'ai toujours dit, les héros font nés pour les grands événemens.

La flotte turque fut pourfuivie depuis Napoli de Romanie, où elle avait été déjà harcelée à deux reprifes, jufqu'à Scio. Le comte *Orlof* favait qu'un renfort était parti de Conftantinople ; il crut qu'il préviendrait la jonction en attaquant l'ennemi fans perte de temps. Arrivé dans le canal de Scio, il vit que cette jonction s'était faite. Il fe trouvait avec neuf vaiffeaux de haut-bord en préfence de feize vaiffeaux de ligne ottomans : le nombre des frégates et autres bâtimens, était encore plus inégal. Il ne balança pas, et trouva la difpofition des efprits telle qu'il n'y eut qu'un avis, qui fut de vaincre ou de mourir. Le combat commença : le comte *Orlof* fe tint au centre ; l'amiral *Spiridof*, qui avait à fon bord le comte *Féodor-Orlof*, commanda l'avant-garde ; le contre-amiral *Elphinflon* l'arrière-garde.

L'ordre de bataille des Turcs était tel qu'une de leurs ailes fe trouvait appuyée contre une île pierreufe, et l'autre à des bas-fonds, de façon qu'ils ne pouvaient être tournés.

Le feu fut terrible de part et d'autre pendant plufieurs heures ; les vaiffeaux s'approchèrent de fi près que le feu de la moufqueterie fe joignit à celui des canons. Le vaiffeau de l'amiral *Spiridof* avait affaire à trois vaiffeaux de guerre et un chebec turcs. Il accrocha, malgré cela, le capitan pacha qui portait quatre-vingt-dix canons ; il y jeta tant de grenades et de matières combuftibles que le feu prit au vaiffeau, fe communiqua au nôtre, et tous deux

fautèrent en l'air, un moment après que l'amiral
Spiridof et le comte *Féodor-Orlof* avec environ quatre-
vingt-dix perfonnes en furent defcendus.

Le comte *Alexis*, voyant dans le plus fort du
combat les vaiffeaux amiraux voler en l'air, crut fon
frère péri. Il fentit alors qu'il était homme ; il
s'évanouit : mais un moment après, reprenant fes
efprits, il ordonna de lever toutes les voiles, et fe
jeta avec fes vaiffeaux entre les ennemis. A l'inftant
de la victoire, un officier lui apporta la nouvelle
que fon frère et l'amiral étaient vivans ; il dit qu'il
ne faurait décrire ce qu'il fentit en ce moment, le
plus heureux de fa vie. Le refte de la flotte turque
fe jeta fans ordre ni règle dans le port de Chefme.

Le lendemain fut employé à préparer les brûlots,
et à canonner l'ennemi dans le port ; à quoi celui-ci
répondit. Mais dans la nuit les brûlots furent lâchés,
et firent fi bien leur devoir qu'en moins de fix
heures la flotte turque fut confumée tout entière.
La terre et l'onde tremblaient, dit-on, de la grande
quantité de vaiffeaux ennemis qui fautaient en l'air.
On l'a fenti jufqu'à Smyrne, qui eft à douze lieues
de Chefme.

Les nôtres, pendant cet incendie, tirèrent du port
un vaiffeau turc de foixante canons, qui fe trouvait
fur le vent, et qui, par cette raifon, n'avait pas
été confumé. Ils s'emparèrent enfuite d'une batterie
que les Turcs avaient abandonnée.

La guerre eft une vilaine chofe ! Monfieur le
comte *Orlof* me dit que le lendemain de l'incendie
de la flotte il vit avec effroi que l'eau du port de

—— Chefme, qui n'eft pas fort grand, était teinte de fang,
1770. tant il y était péri de turcs.

Cette lettre , Monfieur , fervira de réponfe à la
vôtre du 28 d'augufte, où vos alarmes à notre fujet
commençaient déjà à fe diffiper. J'efpère qu'à préfent
vous n'en avez plus. Mes affaires, ce me femble,
vont affez bien. Pour ce qui regarde la prife de
Conftantinople , je ne la crois pas fi prochaine.
Cependant il ne faut , dit-on , défefpérer de rien.
Je commence à croire que cela dépend plus de
Mouftapha que de tout autre. Ce prince s'y eft fi
bien pris jufqu'ici que , s'il continue dans l'opiniâtreté que fes amis lui infpirent , il expofera fon
empire à de très-grands dangers. Il a oublié fon rôle
d'agreffeur.

Adieu , Monfieur ; portez - vous bien. Si des
combats gagnés peuvent vous plaire , vous devez
être bien content de nous. Soyez affuré de l'eftime
et de la confidération que je vous porte.

CATERINE.

LETTRE

LETTRE LVIII.

DE M. DE VOLTAIRE.

A Ferney , 2 octobre.

MADAME,

JE ne vis pas dans le dix-huitième fiècle, je me trouve tranfporté dans les Alpes du temps de la fondation de Babylone. Je vois une héroïne de la maifon d'*Afcanie* , portée fur le trône des *Roxelans* , qui triomphe fur le Scirus , fur le Phafe, fur le Pont-Euxin , fur la mer Egée , fur les rives du Danube. M. d'*Alembert* , qui eft actuellement à Ferney , eft dans le même enthoufiafme que moi , et la feule différence eft qu'il l'exprime mieux. Nous haïffons également *Mouftapha ;* nous ne cherchons , parmi les arbuftes de nos montagnes, que des lauriers pour en orner le portrait de votre Majefté impériale , mais nous n'en trouvons point. Tous les naturaliftes difent qu'on n'en trouve plus qu'en Ruffie.

Après la lettre du 29 augufte, dont votre Majefté impériale m'honore , nous nous attendons fermement que votre armée victorieufe aura paffé le Danube ; que le vifir aura été battu *iterum* vers Andrinople ; que la ville de ce méchant *Conftantin* , qui a été baptifé fi tard , aura ouvert fes portes ; que les dames du férail auront été tirées d'efclavage ; que la flotte de la mer Egée aura donné la main à la

Correfp. de l'impér. de R...&c.   H

flotte du Pont-Euxin ; que *Mouſtapha* ſera parti pour Damas ou pour Alep , &c. &c. &c.

Vous aviez bien raiſon, Madame, de dire , au commencement de cette guerre , que ceux qui vous l'avaient ſuſcitée travaillaient à votre gloire : certainement votre Majeſté leur a une grande obligation.

Nous ne laiſſons pas d'avoir de la gloire auſſi. Il y a dans Paris de très-jolis carroſſes à la nouvelle mode ; et on a inventé des ſurtouts pour le deſſert, qui ſont de très-bon goût : on a même exécuté depuis peu un motet à grands chœurs , qui a fait beaucoup de bruit , du moins dans la ſalle où l'on chantait ; enfin , nous avons une danſeuſe dont on dit des merveilles.

Malgré nos triomphes , l'ame de M. d'*Alembert* et la mienne volent aux Dardanelles , au Danube , à la mer Noire , à Bender , en Crimée , et ſurtout à Pétersbourg : c'eſt là qu'elles ſont à vos pieds , pénétrées d'admiration , de reſpect , de joie , et remplies de l'eſpérance de lui écrire à Stamboul.

De votre Majeſté impériale l'adorateur de latrie , *Voltaire* enſeveli dans Ferney , et criant : *Gloire dans les hauts !*

LETTRE LIX.

DE L'IMPERATRICE.

Le $\frac{7}{18}$ d'octobre.

M ONSIEUR, l'arrivée du prince *Henri* de Pruffe
à Pétersbourg a été fuivie de la prife de Bender, que
je vous annonce. L'un et l'autre m'a empêché de
répondre à vos trois lettres que j'ai reçues confé-
cutivement. Les nouvelles publiques affurent auffi
que le comte *Orlof* s'eft emparé de Lemnos. Nous
voilà entièrement dans le pays des fables : je crains
qu'avec le temps cette guerre ne paraiffe fabuleufe
elle-même.

Si le *Mamamouchi* ne fait pas la paix cet hiver,
je ne réponds point de ce qui lui arrivera l'année
prochaine. Encore un peu de ce bonheur dont nous
avons vu des effais, et l'hiftoire des Turcs pourra
fournir un nouveau fujet de tragédie pour les fiècles
futurs.

Vous direz, Monfieur, que depuis le fuccès de
cette campagne, je fuis dans les grands airs ; mais
c'eft que depuis que j'ai du bonheur, l'Europe me
trouve beaucoup d'efprit. Cependant à quarante
ans on n'augmente guère devant le Seigneur en
efprit et en beauté.

Je penfe effectivement avec vous que bientôt il
fera temps que j'aille étudier le grec dans quelque
univerfité : en attendant on traduit *Homère* en

H 2

—————— ruffe : c'eft toujours quelque chofe pour commencer.
1770. Nous verrons, d'après les circonftances, s'il fera
néceffaire d'aller plus loin. L'efprit du peuple turc
fe range de notre côté ; ils difent que leur fultan eft
infenfé d'expofer fon empire à tant de revers, et
que les confeils de fes amis deviendront funeftes
aux mufulmans.

Adieu, Monfieur ; portez-vous bien, et priez
DIEU pour nous.

C A T E R I N E.

L E T T R E   L X.

D E   L'I M P E R A T R I C E.

Ce $\frac{28 \text{ feptembre.}}{9 \text{ octobre.}}$

MONSIEUR, vous aimez les belles ames : voyez
comme celle du comte *Alexis Orlof* s'eft peinte dans
la réponfe qu'il a faite aux confuls chrétiens de
Smyrne ! Je fuis perfuadée que vous ferez content
de lui (l'imprimé ci-joint la contient). Ai-je tort
quand je dis que ces *Orlof* font nés pour les grandes
chofes ?

Vous me demandez, dans votre lettre du 21
feptembre, fi le général *Tottleben* s'eft emparé d'Erzé-
rom ? Je vous ai informé, je penfe, que fa dernière
conquête était la ville de Cotatis. On ne va pas fi
vîte en guerre, parce qu'il faut faire deux repas par
jour, et que pour que cela fe faffe, il faut avoir ou
trouver de quoi.

Je veux fincèrement la paix, non parce que les
reffources me manquent pour faire la guerre, mais
parce que je hais l'effufion du fang humain. Si monfieur *Mouftapha* fait de l'opiniâtre, j'efpère qu'il nous
trouvera l'année qui vient par-tout où nous pourrons
le perfuader qu'il vaut mieux céder aux circonftances pour fauver fon empire, que de pouffer l'en-
têtement jufqu'à l'extrémité.

Les Grecs, les Spartiates ont bien dégénéré; ils
aiment la rapine mieux que la liberté. Ils font à
jamais perdus s'ils ne profitent point des difpofitions
et des confeils du héros que je leur ai envoyé.

Soyez affuré, Monfieur, qu'on ne faurait fentir
plus de fatisfaction que j'en reffens chaque fois que
je reçois de vos lettres; elles contiennent tant de
témoignages de votre amitié que je ne puis que vous
en être très-obligée.

C A T E R I N E.

P. S. Dans ce moment on vient de m'apporter
la nouvelle que Belgorod, en turc *Akkermann*, fur le
Dniefter, s'eft rendu le 26 de feptembre par capitulation. Bientôt, je penfe, vous entendrez parler
de votre Brahilof.

1770.

LETTRE LXI.

DE M. DE VOLTAIRE.

A Ferney, 12 octobre.

MADAME,

LA lettre de votre Majesté impériale, du 11 septembre, me confirme dans ma joie continue, mais
sans redoublement. Je suis persuadé que si *Mouslapha*,
son visir *Azem* et son mufti étaient informés de
l'intérêt que je prends à eux, ils m'en remercieraient
en me fesant empaler.

Béni soit leur *Allah*, si en effet *Ali* est roi d'Egypte;
mais cette nouvelle grâce de la Providence en faveur
de *Mouslapha* me paraît bien douteuse. Nous le
saurions à Marseille qui envoie continuellement
des vaisseaux au port d'Alexandrie; nous en aurions
eu des nouvelles certaines par Venise; personne n'en
parle. On ne se fait pas roi d'Egypte incognito. J'ose
dire plus : votre Majesté aurait déjà, dans ce pays
de *Pharaon* et de *Moïse*, quelque bon israélite qui
encouragerait la révolution au nom du Seigneur,
et qui vous en rendrait compte. Je me borne donc
à faire les plus tendres vœux pour que mon cher
Mouslapha soit chassé à jamais des bords du Nil et de
ceux du Danube.

Que votre Majesté me permette seulement de
plaindre ces pauvres Grecs, qui ont le malheur
d'appartenir encore à des gens qui parlent turc. Ce

font de petites mortifications que j'éprouve au milieu des plaifirs que me donnent toutes vos victoires. C'eft bien affez qu'en auffi peu de temps vous foyez maîtreffe abfolue de la Moldavie, de la Valachie, de prefque toute la Beffarabie, des deux rivages de la mer Noire, d'un côté vers Azof, et de l'autre vers le Caucafe.

Quand votre Majefté fefait fes belles lois, dont la première était la tolérance, elle ne fe doutait pas qu'une auffi bonne chrétienne deviendrait la protectrice des circoncis du Budziak, tous defcendans en droite ligne de *Tamerlan* et de *Gengis-kan*. Mais puifque vous êtes tous enfans de *Noé* (quoiqu'il n'ait jamais été connu de perfonne, excepté des Juifs) il eft clair que vous êtes tous coufins, et que vous devez vous fupporter les uns les autres. Cette tolérance de votre Majefté pour meffieurs les Tartares-beffarabes, engagera fans doute l'invincible *Mouftapha* à vous demander la paix. Mais que deviendra ma pauvre Gréce? Aurai-je la douleur de voir les enfans du galant *Alcibiade* obéir à d'autres qu'à *Catherine la grande*?

Je remets toujours, Madame, au premier congrès, les intérêts des jeux olympiques et du théâtre d'Athènes entre vos mains; mais j'aime mieux m'en rapporter à une bataille qu'à une affemblée de plénipotentiaires. Vous êtes fi bien fervie par MM. les comtes *Orlof* et par M. le maréchal de *Romanzof*, que, malgré mon humeur pacifique, je préfère fans contredit des victoires nouvelles à un accommodement.

Je fuis un peu preffé, je l'avoue, parce qu'étant fort vieux et malade, je veux jouir au plutôt. Pour

H 4

1770.

peu que vous tardiez à vous affeoir fur le trône de Stamboul, il n'y aura pas moyen que je fois témoin de ce petit triomphe.

Que votre Majefté impériale daigne toujours agréer le profond refpect, et la reconnaiffance, et les défirs honnêtes du vieil hermite de Ferney.

LETTRE LXII.

DE M. DE VOLTAIRE.

A Ferney, 25 octobre.

MADAME,

CLAZOMENE était autrefois une très - belle ville : *Alexandre* l'augmenta ; les Turcs l'ont dévaftée ; mais fous votre empire elle redeviendrait floriffante.

La lettre de votre Majefté impériale, du $\frac{16}{27}$ feptembre, me fait treffaillir de joie et frémir d'horreur. Tous ces comtes *Orlof* font des héros, et je vous vois la plus heureufe ainfi que la première princeffe de l'univers. Je plains beaucoup M. le prince de *Kowlousky*. Comment ne pleurerais-je pas celui qui m'a apporté le portrait de mon héroïne ; mais enfin, il eft mort en vous fervant.

Quel fruit tirera à la fin votre Majefté impériale de tout ce carnage dont *Mouftapha* eft la feule caufe, et dont il doit être auffi las qu'intimidé ? Il faut que ce prince foit enforcelé, fi de fon fofa il ne demande pas la paix à votre trône.

Les Anglais et les Espagnols font prêts à se faire la guerre dans les deux mondes, pour une petite île déferte; mais votre Majesté combat à préfent pour l'empire d'Orient.

On mande de Marfeille qu'*Ali-Bey* s'eft donné en effet en Egypte un pouvoir dont le padisha *Mouftapha* ne peut plus le priver; mais qu'il n'a pas entièrement rompu avec la Porte ottomane. Cependant je perfifte toujours à croire que les provifions ne peuvent plus venir d'Egypte à Conftantinople devant votre flotte victorieufe.

Je crois votre Majefté impériale maîtreffe de la mer Noire; ainfi je ne vois que la Natolie qui puiffe fournir des vivres et des fecours à la capitale de votre ennemi.

Je n'en fais certainement pas affez pour ofer examiner feulement fi votre armée peut paffer ou non le Danube; il ne m'appartient que de faire des fouhaits. Le bruit fe répand que le prince *Repnin* et le général *Bawer* ont traverfé ce fleuve avec des troupes légères pour reconnaître les Turcs et les inquiéter. Je m'en rapporte à la prudence et au zèle de vos généraux; mais j'ofe être prefque fûr que les Turcs ne tiendront pas devant vos troupes. Quand une fois la terreur s'eft emparée d'une nation, elle ne fait qu'augmenter, à moins que le temps ne la raffure. Jamais les conquérans du pays que les Turcs occupent aujourd'hui n'ont donné à leurs ennemis le temps de refpirer.

Je vois que votre Majefté les imite parfaitement: il n'y a point d'ailleurs de faifon pour vos foldats; ils peuvent prendre Bender en octobre, et marcher vers Andrinople en novembre.

Plus vos fuccès font grands , plus mon étonnement redouble qu'on ne les ait pas fecondés, et que la race des Turcs ne foit pas déjà chaffée de l'Europe.

Je penfe que les plus grands princes fe trompent fouvent en politique beaucoup plus que les particuliers dans leurs affaires de famille. Ils aiment fort leurs intérêts , ils les entendent ; et par une fatalité trop commune , ils ne les fuivent prefque jamais.

Quoi qu'il en foit . voici le temps de la plus belle et de la plus noble révolution , depuis les conquêtes des premiers califes. Si cette révolution ne vous eft pas réfervée , elle ne l'eft à perfonne. Je ferais très-affligé que votre Majefté ne retirât de tant de travaux que de la gloire. Votre ame forte et généreufe me dira que c'eft beaucoup ; et moi je prendrai la liberté de répondre qu'après tant de fang et de tréfors prodigués , il faut encore quelque autre chofe : les rayons de la gloire des fouverains , dans de pareilles circonftances , fe comptent par le nombre des provinces qu'ils acquièrent.

Pardon de mes inutiles réflexions. Votre Majefté les excufera, puifque le cœur les dicte ; et vous vous en direz plus en deux mots que je ne vous en dirais en cent pages.

Que votre Majefté impériale daigne agréer , avec fa bonté ordinaire , ma joie de vos fuccès , mon admiration pour meffieurs les comtes *Orlof* , pour vos généraux et vos braves troupes , mes vœux pour des fuccès encore plus grands , mon profond refpect, mon enthoufiafme et mon attachement inviolable.

Le vieil hermite.

LETTRE LXIII.

DE M. DE VOLTAIRE.

A Ferney , 6 novembre,

MADAME,

SI Bender eft pris l'épée à la main , comme on le dit, j'en rends de très-humbles actions de grâces à votre Majefté impériale ; car , dans mon lit où je fuis malade , je n'ai d'autre plaifir que celui de vos vic-toires , et chacune de vos conquêtes eft mon reftaurant.

On confirme encore de Marfeille qu'*Ali-Bey* eft roi d'Egypte, et qu'il s'eft emparé d'Alexandrie où il éta-blit déjà un commerce confidérable avec toutes les nations trafiquantes. Plaife à la vierge *Marie* , à qui *Ali-Bey* ne croit point du tout, que tout cela foit exactement vrai.

Ce qui me fait une peine extrême , c'eft que vos troupes victorieufes ne font point encore dans Andri-nople. Votre Majefté dira que je fuis un vieillard bien impétueux , que rien ne peut me fatisfaire ; que vous avez beau , pour me faire plaifir , battre *Mouftapha* tous les jours, que je ne ferai content que lorfque vous ferez fur les bords de l'Euphrate. Eh bien, Madame, cela eft vrai. La Méfopotamie eft un pays admirable ; on peut s'y faire tranfporter en litière , ce qu'on ne peut pas faire à Pétersbourg vers le mois de novembre. Monfeigneur le prince *Henri* y eft bien ! Oui ; mais c'eft un héros quoiqu'il ne foit pas un

1776. géant : il eſt juſte qu'il voye l'héroïne du Nord, car il eſt auſſi aimable qu'il eſt grand général.

Au reſte, Madame, je ſuppoſe qu'*Ali-Bey* garde l'Egypte en dépôt à votre Majeſté impériale; car ma paſſion veut encore vous donner l'Egypte, afin que votre académie des ſciences, dont j'ai l'honneur d'être, connaiſſe bien les antiquités de ce pays-là; et c'eſt ce que probablement on ne fera jamais ſous un *Ali-Bey*.

On dit que la peſte eſt à Conſtantinople. Il faut que *Mouſtapha* ait fait le dénombrement de ſon peuple; car DIEU d'ordinaire envoie la peſte aux rois qui ont voulu ſavoir leur compte. Il en coûta ſoixante et dix mille juifs au bon roi *David*, et il n'y avait pas grande perte. J'eſpère que votre Majeſté chaſſera bientôt de Stamboul la peſte et les Turcs.

Je me mets aux pieds de votre Majeſté impériale, du fond de mon déſert et de mon néant, avec le plus profond reſpect et une paſſion qui ne fait que croître et embellir.

LETTRE LXIV.

DE M. DE VOLTAIRE.

A Ferney, 20 novembre.

MADAME,

Votre Majesté impériale l'avait bien prévu ; vos ennemis n'ont servi qu'à votre gloire ; et de quelque manière que vous finissiez cette grande guerre, votre gloire ne sera point passagère. Victorieuse et légiflatrice à la fois, vous avez assuré l'immortalité à votre nom. Je suis un peu affligé, en qualité de français, d'entendre dire que c'est un chevalier de *Tott* qui fortifie les Dardanelles. Quoi, c'est ainsi que finissent les Français, qui ont commencé autrefois la première croisade ! Que dirait *Godefroi de Bouillon*, si cette nouvelle pouvait parvenir jusqu'à lui dans le pays où l'on ne reçoit de nouvelles de personne.

On parle toujours de peste en Allemagne ; on la craint, on exige par-tout des billets de santé ; et l'on ne songe pas que si on avait aidé votre Majesté à chasser cette année les Turcs de l'Europe, on aurait pour jamais chassé la peste avec eux. On oublie les plus grands, les plus véritables intérêts, pour un intérêt chimérique, pour une politique qui me paraît bien déraisonnable. Il me semble que l'on fait bien des fautes de plus d'un côté : c'est le fort de la plupart des ministères.

On fe prépare à la guerre en France, et on efpère la paix dont on a le plus grand befoin. Il ferait trop ridicule qu'on éprouvât le plus grand des fléaux pour une méchante île inhabitée ; il ne faut jamais faire la guerre qu'avec l'extrême probabilité d'y gagner beaucoup. Puiffe la guerre contre *Mouflapha* finir par le détrôner, ou du moins par l'appauvrir pour trente ans ! Puiffe votre Majefté impériale jouir d'un triomphe très-durable, et pacifier la Pologne après avoir écrafé la Turquie !

Vous avez deux voifins qui font des vers, le roi de Pruffe et le roi de la Chine ; *Frédèric* en a déjà fait pour vous, j'en attends de *Kien-long*.

Je me mets à vos pieds victorieux et plus blancs que ceux de *Mouflapha*, avec le plus profond refpect et la plus grande paffion.

LETTRE LXV.

DE M. DE VOLTAIRE.

A Ferney, 26 novembre.

MADAME,

IL faut vouloir ce qu'on ne peut empêcher. Je vois qu'on obligera ce gros *Mouſtapha* à vous demander la paix ; mais, au nom de JESUS-CHRIST notre ſauveur, faites-la-lui payer bien cher. Quand votre Majeſté impériale ſera devenue ſon amie, je l'appellerai ſa Hauteſſe. On a débité qu'il voyait familièrement l'ambaſſadeur d'Angleterre deux fois par ſemaine, et qu'il lui parlait en italien ; j'ai bien de la peine à le croire ; les Turcs apprennent l'arabe tout au plus. Je connais des ſouveraines, fort ſupérieures en tout aux *Mouſtaphas*, qui parlent pluſieurs langues en perfection ; mais pour le padisha de Stamboul, je doute fort qu'il ait ce mérite et qu'il ait chez lui une académie.

On dit auſſi qu'il va confier ſes armées invincibles à ſon frère, ce qui contredit un peu les deſſeins pacifiques qu'on lui attribue ; mais ſon frère en fait-il plus que lui ? et puiſqu'il eſt padisha, pourquoi ne commande-t-il pas ſes armées lui-même ?

Je m'imagine qu'il tremblerait de peur devant l'un des quatre *Orlof*, qui valent mieux que les quatre fils *Aimon*, et qui ſont des héros plus réels. Je plains beaucoup plus l'anarchie polonaiſe que l'inſolence ottomane : toutes les deux ſont dans la détreſſe qu'elles méritent. Vive le roi de la Chine, qui fait des vers et qui eſt en paix avec tout le monde!

J'avoue à votre Majeſté que je déteſte le gouverne-ment papal ; je le trouve ridicule et abominable ; il a abruti et enſanglanté la moitié de l'Europe pendant trop de ſiècles. Mais le *Ganganelli* qui règne aujour-d'hui eſt un homme d'eſprit, qui ſent apparemment combien il eſt honteux de laiſſer la ville de *Conſtantin* à des barbares, ennemis de tous les arts; et qu'il faut préférer des grecs, quoique ſchifmatiques, à des mahométans.

Le roi de Sardaigne, qui a des droits à l'île de Cypre, n'aime point ces barbares. Mais, encore une fois, je ne comprends pas l'indifférence des Vénitiens qui pouvaient reprendre Candie en trois mois; encore moins l'impératrice-reine à qui Belgrade, la Boſnie et la Servie étaient ouvertes. On eſt devenu bien modéré avec les Turcs, et bien honnête. Pardon, Madame, de mes réflexions ; mais vous avez daigné m'accoutumer à dire ce que je penſe, et on pardonne tout aux grandes paſſions.

LETTRE

LETTRE LXVI.

DE L'IMPERATRICE.

A Pétersbourg, le $\frac{4}{15}$ décembre.

Monsieur, les répétitions deviennent ennuyeuses. Je vous ai si souvent mandé telle ou telle ville prise, les Turcs battus, &c.! Pour amuser, il faut, dit-on, de la diversité : eh bien, apprenez que votre cher Brahilof a été assiégé, qu'on a donné un assaut, que cet assaut a été repoussé et le siége levé.

Le comte de *Romanzof* s'est fâché : il a envoyé une seconde fois le général-major *Glébof*, avec un renfort vers ce Brahilof. Vous croirez peut-être que les Turcs, encouragés par la levée du siége, se sont défendus comme des lions? point du tout. A la seconde approche de nos troupes ils ont abandonné la place, le canon, et les magasins qui y étaient. M. *Glébof* y est entré et s'y est établi. Un autre corps est allé réoccuper la Valachie.

J'ai reçu avant-hier la nouvelle que Bucharest, la capitale de cette principauté, a été prise le 15 de novembre, après un petit combat avec la garnison turque.

Mais ce qui va vraiment vous divertir, parce que vous souhaitiez que le Danube fût franchi, c'est que le maréchal *Romanzof* envoya, dans le même temps, de l'autre côté du fleuve, quelques centaines de chasseurs et des troupes légères qui partirent d'Ismaïlof sur des bateaux, et s'emparèrent du fort de Soultcha qui est

Corresp. de l'impér. de R... &c.   I *

à quinze werftes de l'endroit où le vifir était campé. Ils envoyèrent la garnifon dans l'autre monde, emmenèrent plufieurs prifonniers, et treize pièces de canon; ils enclouèrent le refte, et revinrent heureufement à Kilia. Le vifir ayant appris cette petite incartade, leva fon camp et s'en fut avec fon monde à Babadaki.

Voilà où nous en fommes; et s'il plaît à *Mouftapha*, nous continuerons, quoique, pour le bien de l'humanité, il ferait bien temps que ce feigneur-là fe rangeât à la raifon.

M. *Totleben* eft allé attaquer Potis fur la mer Noire. Il ne dit pas grand bien des fuccefferus de *Mithridate;* mais en revanche il trouve le climat de l'ancienne Ibérie le plus beau du monde.

Les dernières lettres d'Italie difent ma dernière efcadre à Mahon. Si le fultan ne fe ravife, je lui en enverrai encore une demi-douzaine : on dirait qu'il y prend plaifir.

La maladie préfente des Anglais ne faurait être guérie que par une guerre : ils font trop riches et défunis; une guerre les appauvrira et réunira les efprits. Auffi la nation la veut-elle, mais la cour n'en veut qu'au gouverneur de Buénos-Aires.

Vous voyez, Monfieur, que je réponds à plufieurs de vos lettres par celle-ci. Les fêtes auxquelles le féjour du prince *Henri* de Pruffe, qui part aujourd'hui pour voir Mofcou, a donné lieu, ont un peu dérangé mon exactitude à vous répondre. Je lui en ai donné plufieurs qui ont paru lui plaire : il faut que je vous conte la dernière.

C'était une mafcarade à laquelle il fe trouva trois mille fix cents perfonnes. A l'heure du fouper : entrée d'*Apollon*, des *quatre Saifons*, et des *douze Mois* de l'année ; c'étaient des enfans de huit à dix ans, choifis dans les inftituts d'éducation que j'ai établis pour les nobles des deux fexes. *Apollon*, par un petit difcours, invita la compagnie de fe rendre dans le falon préparé par les *Saifons*, puis il ordonna à fa fuite de préfenter leurs dons à ceux à qui ils étaient deftinés.

Ces enfans s'acquittèrent au mieux de ce qu'ils avaient à dire et à faire. Vous trouverez ci-joints leurs petits complimens qui, il eft vrai, ne font que des enfantillages.

Les cent vingt perfonnes qui devaient fouper dans la falle des *Saifons*, s'y rendirent. Elle était ovale et contenait douze niches, dans chacune defquelles il y avait une table pour dix perfonnes. Chaque niche repréfentait un mois de l'année, et l'appartement était orné en conféquence. Sur les niches on avait pratiqué une galerie qui régnait autour de la falle, et fur laquelle il y avait, outre la foule des mafques, quatre orcheftres.

Lorfqu'on fut placé à table, les quatre *Saifons*, qui avaient fuivi *Apollon*, fe mirent à danfer un ballet avec leur fuite : enfuite arriva *Diane* et fes nymphes. Lorfque le ballet fut fini, la mufique, compofée par *Traïetto* pour cette fête, fe fit entendre, et les mafques entrèrent. A la fin du foupé, *Apollon* vint dire qu'il priait la compagnie de fe rendre au fpectacle qu'il avait préparé. Dans un appartement attenant à la falle, on avait dreffé un théâtre où ces mêmes enfans jouèrent la petite comédie de l'Oracle, après laquelle l'affemblée trouva tant de plaifir à la danfe qu'on ne fe retira qu'à cinq heures du matin. Toute cette fête

1770.

—— avait été préparée avec tant de myſtère, qu'on igno-
rait qu'il y eût autre choſe qu'un bal maſqué. Vingt
et un appartemens étaient remplis de maſques : la
ſalle des *Saiſons* avait dix-neuf toiſes de long, et elle
était large à proportion.

Je penſe qu'*Ali-bey* ne pourra que trouver ſon
compte dans la continuation de la guerre. On dit que
les chrétiens et les Turcs ſont très-contens de lui,
qu'il eſt tolérant, brave, et juſte.

Ne trouvez-vous pas ſingulière cette frénéſie qui a
pris à toute l'Europe de voir la peſte par-tout, et les
précautions priſes en conſéquence, tandis qu'elle n'eſt
qu'à Conſtantinople où elle n'a jamais ceſſé ? J'ai pris
mes précautions auſſi. On parfume tout le monde
juſqu'à étouffer, et cependant il eſt très-douteux que
cette contagion ait paſſé le Danube.

Adieu, Monſieur; portez-vous bien et continuez-
moi votre amitié : perſonne n'en connaît mieux le
prix que moi.

CATERINE.

LETTRE LXVII.

DE M. DE VOLTAIRE.

A Ferney , 22 décembre.

MADAME,

M A paſſion commence à être un peu malheureuſe. Je ne ſais plus de nouvelles ni de votre Majeſté impériale ni de mon ennemi *Mouſtapha.* Tout ce que je puis faire cette fois-ci , c'eſt de vous ennuyer de mon petit commerce avec le roi de la Chine votre voiſin. (1)

Je me ſuis imaginé que les pluies du mois de décembre , la crainte de la peſte et celle de la famine , pourraient ſuſpendre le cours de vos conquêtes , et que votre Majeſté aurait peut - être le temps de s'amuſer d'une eſpèce de petite encyclopédie nouvelle qui paraît devers le mont Jura. Il y eſt parlé de votre très-admirable perſonne , dès la page 17 du premier tome, à propos de l'*alphabet.* Il faut que l'auteur ſoit bien plein de vous , puiſqu'il vous met par-tout où il peut.

Je ne ſais pas quel eſt cet auteur, mais ſans doute c'eſt un homme à qui vous avez marqué de la bonté , et qui doit parler de votre Majeſté au mot *Reconnaiſſance.*

Il y a , dit-on , en France des gens qui trouvent cela mauvais , mais l'univers entier devrait le trouver bon , et ſi j'étais un peu votre victime , j'en ferais bien glorieux.

(1) Epître au roi de la Chine. Volume d'*Epîtres.*

I 3

Il n'y a encore que trois volumes d'imprimés. On les a envoyés par les voitures publiques à votre furintendant des poftes, avec l'adreffe de votre Majefté impériale.

Je prends la liberté de vous parler d'une fabrique de montres établie à Ferney, et de vous offrir fes fervices lorfque votre Majefté, en accordant la paix à *Mouftapha*, voudra lui faire la faveur de lui envoyer une montre avec fon portrait. Il pourra trembler, mais auffi il pourra être attendri. En un mot, ma fabrique de montres eft à votre fervice ; fi j'étais jeune, je la conduirais moi-même à Saratof.

Le roi de Pruffe prétend qu'*Ali-Bey* n'eft point du tout roi d'Egypte ; c'eft encore une raifon pour faire la paix avec cette maudite puiffance ottomane dont tant de gens prennent le parti. Je mourrai certainement de douleur de ne vous pas voir fur le trône de Conftantinople. Je fais bien que la douleur ne fait mourir que dans les romans ; mais auffi vous m'avez infpiré une paffion un peu romanefque, et il faut qu'avec une impératrice telle que vous, mon roman finiffe noblement. J'emporterai avec moi la confolation de vous avoir vue fouveraine des deux bords de la mer Noire et de ceux de la mer Egée.

Daignez agréer, malgré toutes mes déclarations, le très-profond refpect de l'hermite de Ferney.

LETTRE LXVIII.

DE L'IMPERATRICE.

Ce $\frac{12}{23}$ décembre.

Monsieur, jamais menfonge ne fut plus complet
que celui de cette prétendue lettre de l'ambaffadeur
d'Angleterre *Murray* (datée de Conftantinople), où
il eft dit qu'il voit le padisha deux fois par femaine,
et que celui-ci lui parle italien. Aucun miniftre
étranger ne voit le fultan que dans les audiences
publiques. *Mouflapha* ne fait que le turc, et il eft
douteux qu'il fache lire et écrire. Ce prince eft d'un
naturel farouche et fanguinaire : on prétend qu'il eft
né avec de l'efprit ; cela fe peut, mais je lui difpute
la prudence ; il n'en a point marqué dans cette
guerre. Son frère eft moins imprudent que lui ; c'eft
un dévot. Il lui a déconfeillé la guerre, et je ne crois
pas qu'on l'envoie jamais commander.

Mais ce qui vous fera rire peut-être, c'eft que ces
deux princes ont une fœur qui était la terreur de tous
les bachas. Elle avait, avant la guerre, au-delà de
foixante ans ; elle avait été mariée quinze fois ; et
lorfqu'elle manquait de mari, le fultan, qui l'aimait
beaucoup, lui donnait le choix de tous les bachas de
fon empire. Or quand un bacha époufe une princeffe
de la maifon impériale, il eft obligé de renvoyer
tout fon harem. Cette fultane, outre fon âge, était
méchante, jaloufe, capricieufe et intrigante. Son

I 4

—— crédit chez monfieur fon frère était fans bornes , et
1770. fouvent les bachas qu'elle époufait, fans têtes : ce
qui n'était point du tout plaifant pour eux ; mais
cela n'en eft pas moins vrai.

Ah ! Monfieur, vous avez dit tant de belles chofes
fur la Chine, que je n'ofe difputer le mérite des vers
du roi de ce pays. Cependant, par les affaires que
j'ai avec ce gouvernement, je pourrais fournir des
notions qui détruiraient beaucoup de l'opinion qu'on
a de leur favoir-vivre, et qui les feraient paffer pour
des ruftres ignorans ; mais il ne faut pas nuire à fon
prochain. Ainfi je me tais, et j'admire les relations
des délégués de *la Propagande* , fans les contredire.
Au bout du compte, j'ai affaire au gouvernement
tartare qui a conquis la Chine, et non pas aux Chinois originaires.

Continuez-moi, Monfieur, votre amitié et votre
confiance ; et foyez affuré que perfonne ne vous
eftime plus que moi.

CATERINE.

P. S. Les gazettes ont débité que j'avais fait arrêter
nombre de perfonnes de qualité ; je dois vous dire
qu'il n'en eft rien, et qu'ame qui vive, ni grand ni
petit, n'a perdu la liberté. Le prince *Henri* de Pruffe
m'en eft témoin. Je m'en rapporte à lui.

LETTRE LXIX.

DE M. DE VOLTAIRE.

A Ferney, 22 janvier.

MADAME,

L'univers admire vos fêtes ;
Nos Français en sont confondus :
Et je les admire encor plus
A la suite de vos conquêtes.

Ce qui est encore au-dessus de la magnificence, c'est l'esprit ; il n'y a jamais eu de fête imaginée avec plus de génie, mieux ordonnée, plus galante et plus noble. Nous avons eu à Paris des fusées et une illumination pour le mariage du dauphin de France et de la fille d'une impératrice. Il n'y a pas un prodigieux effort de génie dans des bouts de chandelles et dans des fusées volantes. Mais en récompense il y régnait tant d'ordre, qu'il y eut plus de monde tué et blessé que vous n'en avez eu dans votre première victoire remportée sur les Turcs.

Il est vrai que j'aurais voulu qu'*Apollon* eût présenté à votre Majesté impériale l'étendard de *Mahomet* et l'aigrette de héron que le gros *Mouftapha* porte à son gros turban ; mais ce sera pour cette année, à la fin de la campagne.

Les chofes font bien changées chez nous. Les croifades furent autrefois commencées en France. Nous fommes à préfent les meilleurs amis des infidelles.

> La France à l'Eglife échappe :
> Nous avons pris le parti
> De fecourir le mufti
> Et de dépouiller le pape.

Pour moi qui fuis trop peu de chofe pour ofer décider entre les Eglifes grecque, latine , et mufulmane, je ne m'occupe que de votre gloire dans ma retraite. J'aime mieux vos fêtes que celles de St *Nicolas* et de St *Bazile* , de St *Barjone*, furnommé *Pierre*, et même que celle du Bairam.

> Si j'ai pour fainte Catherine
> Un peu plus de dévotion ,
> C'eft parce que mon héroïne
> Defcend jufqu'à porter fon nom.

Paffe pour *Hercule* , voilà un digne faint celui-là ; auffi eft-il le patron d'un comte *Orlof* , et de tous les quatre. On dit qu'un de ces faints vient de faire encore une de ces actions qu'on ne trouve pas dans la Légende ; qu'ayant pris un vaiffeau turc où étaient les meubles et les domeftiques d'un bacha , il les a renvoyés à leur maître. Non-feulement vos courtifans font les maîtres des Turcs , dans l'art de la guerre, mais ils leur apprennent à être polis ; voilà du véritable héroïfme , et c'eft vous qui l'infpirez.

Vous voilà, Madame, à mon avis, la première puiſſance de l'univers ; car je vous mets ſans difficulté au-deſſus du roi de la Chine, votre proche voiſin, quoiqu'il faſſe des vers, et que je lui aye écrit une épître qu'il ne lira pas. Que votre Majeſté impériale jouiſſe long-temps de ſa gloire et de ſon bonheur.

Sans les ſoixante-dix-huit ans qui me talonnent, *Apollon* m'eſt témoin que je n'aurais pas établi une colonie d'horlogers dans mon village. Elle ferait actuellement vers Aſtracan où je l'aurais conduite ; elle ne travaillerait que pour votre Majeſté.

Ma colonie fait réellement d'excellens ouvrages ; elle vous en fera parvenir quelques-uns inceſſamment, et vous verrez qu'on ne peut travailler mieux ni à meilleur compte. Vous dépenſez trop en canons et en vaiſſeaux pour ne pas joindre à vos magnificences une juſte économie, qui eſt au fond la ſource de la grandeur.

Vivez, régnez, Madame, pour la gloire de la Ruſſie, et pour l'exemple du monde.

Que votre Majeſté impériale daigne conſerver ſes bontés à ſon admirateur et à ſon ſujet par le cœur. Je reçois dans ce moment la lettre dont votre Majeſté impériale m'honore, du $\frac{12}{23}$ décembre. Je me doutais bien que la lettre de l'ambaſſadeur d'Angleterre en Turquie était de l'imagination d'un penſionnaire de nos gazetiers. Je remercie plus que jamais vos bontés, qui me fourniſſent de quoi faire taire nos badauds velches.

Quoi, ce brutal de *Sardanapale* turc veut encore faire une campagne ! Ah, Madame, Dieu ſoit béni, il ne vous faudra qu'une ſeule victoire ſur le chemin d'Andrinople pour détrôner cet homme indigne du trône, et que j'ai entendu vanter par quelques-uns de nos velches comme un génie. Mais où ira-t-il? Voilà un *Ali-Bey* ou *Beg* qui ne le recevra pas dans le pays d'*Osiris* ; voilà un bacha d'Acre qui se révolte. Il y a une destinée ; la vôtre est sensible. Votre empire est dans la vigueur de son accroissement, et celui de *Mouflapha* dans sa décadence ; le chevalier de *Tott* ne le sauvera pas de sa ruine.

Je me mets aux pieds de votre Majesté impériale, plein de joie et d'espérance, avec le plus profond respect, et la reconnaissance la plus vive.

L'hermite de Ferney.

LETTRE LXX.

DE L'IMPERATRICE.

A Pétersbourg, $\frac{12}{23}$ janvier.

MONSIEUR, si vous vous trouvez malheureux lorsque *Mouflapha* n'est pas battu coup sur coup, les mois d'hiver ne peuvent que vous donner de l'humeur. Cependant j'ai reçu la consolante nouvelle que Creigova en Valachie, sur la rivière Olta, a été occupé par mes troupes dans le courant du mois dernier.

Il me semble que vous devriez être content de l'année 1770, et qu'il n'y a pas encore de quoi coqueter avec le roi de la Chine mon voisin, à qui, malgré ses vers et votre passion naissante (n'allez pas vous en fâcher), je difpute à peu-près le fens commun. Vous direz que c'eft jaloufie toute pure de ma part ; point du tout : je ne troquerai point mon nez à la romaine contre fa face large et plate ; je n'ai aucune prétention à fon talent de faire de mauvais vers : je n'aime à lire que les vôtres.

L'épître à mon rival eft charmante ; j'en ai d'abord fait part au prince *Henri* de Pruffe, à qui elle a fait un égal plaifir. Mais fi le deftin veut que j'aye un rival auprès de vous , au nom de la vierge *Marie*, que ce ne foit point le roi de la Chine contre qui j'ai une dent. Prenez plutôt monfeigneur *Ali-Bey* d'Egypte qui eft tolérant , jufte , affable , humain. Il eft parfois un peu pillard ; mais il faut paffer quelques défauts à fon prochain. Les lampes d'or de la Mecque l'ont tenté : eh bien , il en faura faire un bon ufage. Il en reviendra de la befogne à *Mouftapha gazi* qui ne fait faire ni la paix ni la guerre. (1)

Vous direz peut-être que je cherche à gêner vos goûts , et que l'inclination ne fe commande point : je ne prétends pas vous gêner, je vous préfente feulement une pétition ou remontrance en faveur d'*Ali* d'Egypte contre le nez camus et les mauvais vers de mon fot voifin, avec lequel, Dieu merci, je n'ai plus de démêlés.

J'ai reçu vos livres, Monfieur ; je les dévore ; je vous en fuis bien redevable , et auffi pour la page 17. Je ferais au défefpoir fi cela fefait tort à l'auteur dans fa patrie. Ce feigneur qui m'avait prife en grippe (2),

(1) *Gazi* en turc , fignifie *vainqueur.*
(2) Le duc de *Choifeul.*

—— n'a plus de voix au chapitre; peut-être ses succes-seurs distingueront-ils mieux les affaires d'avec les passions personnelles, du moins faut-il l'espérer pour le bien des affaires. Je vous prie instamment de me faire tenir la suite de votre encyclopédie, lorsqu'elle paraîtra.

Dites-moi si vous avez reçu la volumineuse description de la fête que j'ai donnée au prince de Prusse. Il y a six jours qu'il nous a quittés; il a paru se plaire ici plus que l'abbé *Chappe*, qui, courant la poste dans un traîneau bien fermé, a tout vu en Russie.

Pour ce qui regarde la manufacture de Ferney, je vous ai déjà écrit de nous envoyer des montres de toute espèce, pour quelques milliers de roubles: je les prendrai toutes.

Le roi de Prusse a beau dire, *Ali-Bey* est souverain maître de l'Egypte. Si je vais à Stamboul, je le prierai d'y venir, afin que vous puissiez le voir de vos yeux. Et comme je ne doute point que vous ne me fassiez le plaisir d'accepter la place de patriarche, vous aurez la consolation d'administrer le sacrement de baptême à *Ali-Bey* par immersion, ou autrement.

Jusque-là, Monsieur, vous voudrez bien ne point mourir de douleur de ce que je ne suis pas encore dans Constantinople. Quelle est la pièce qui finit avant le troisième acte? Quel est le roman qui abandonne son héros à moitié chemin, en quartier d'hiver au bord d'une rivière?

Je suis toujours avec beaucoup d'amitié la plus sincère de vos amies.

CATERINE.

LETTRE LXXI.

DE M. DE VOLTAIRE.

A Ferney, 12 mars.

MADAME,

VOUS êtes bénie par-deſſus toutes les impératrices et par-deſſus toutes les femmes. On m'aſſure qu'un gros corps de vos troupes a paſſé le Danube; que le peu qui reſtait en Valachie de mes ennemis les Turcs a été exterminé; que vos vaiſſeaux bloquent les Dardanelles, et qu'enfin je pourrai me faire tranſporter en litière à Conſtantinople vers la fin d'octobre, ſi je ſuis en vie.

Il eſt vrai que le viſir français, qui n'eſt plus viſir, n'avait à ſe reprocher que ſon peu de coquetterie avec votre Majeſté impériale. Il était d'autant plus coupable en cela, qu'il eſt d'ailleurs très-galant, et qu'il aime les actions nobles, généreuſes et hardies. Je ne l'ai pas reconnu à ce procédé; j'ai eu avec lui de grandes diſputes. Je n'ai jamais cédé; je lui ai toujours mandé que je vous ſerais fidelle, que vous feriez triomphante, et que ſon *Mouſtapha* n'était qu'un gros bœuf appelé *ſultan*. Mes diſputes avec lui n'ont point altéré la bienveillance qu'il m'a toujours témoignée; et actuellement qu'il eſt malheureux, je lui ſuis attaché plus que jamais; comme je ſuis plus que jamais *caterinien*, contre ceux qui ſont aſſez mal-aviſés pour être *mouſtaphites*.

—— Votre Majefté impériale aura, dans le nouveau
1771. roi de Suède, un voifin qui eft en tout fort au-deffus
de fon âge, et qui joint beaucoup d'efprit et de
grâces à de grandes connaiffances. Les voifins ne
font pas toujours amis intimes ; mais celui-ci, jufqu'à
préfent, paraît digne d'être le vôtre. Je ne crois pas
qu'il faffe encore des vers comme *Kien-long*, mais
il paraît valoir beaucoup mieux que votre voifin
oriental.

Ma colonie aura l'honneur d'envoyer, avant un
mois, quelques montres, puifque votre Majefté
daigne le permettre ; elle eft à vos pieds ainfi que
moi.

Mon imagination ne s'occupe à préfent que du
Danube, de la mer Noire, d'Andrinople, de l'Archipel, et de la figure que fera *Mouftapha* avec fon
eunuque noir dans fon harem.

Je fupplie votre Majefté impériale de bien agréer
le profond refpect, la reconnaiffance, et l'enthoufiafme du vieil hermite de Ferney.

LETTRE

LETTRE LXXII.

DE L'IMPERATRICE.

A Pétersbourg, $\frac{3}{14}$ mars.

MONSIEUR, en lifant vos Queftions fur l'encyclopédie, je répétais ce que j'ai dit mille fois :
qu'avant vous perfonne n'écrivit comme vous, et
qu'il eft très-douteux qu'après vous quelqu'un vous
égale jamais. C'eft dans ces réflexions que me trouvèrent vos deux dernières lettres du 22 de janvier et
du 3 de février.

Vous jugez bien, Monfieur, du plaifir qu'elles
m'ont fait. Vos vers et votre profe ne feront jamais
furpaffés; je les regarde comme le *non plus ultrà* de la
littérature françaife, et je m'y tiens. Quand on vous
a lu, l'on veut vous relire encore, et l'on eft dégoûté
des autres lectures.

Puifque la fête que j'ai donnée au prince *Henri* a
eu votre approbation, je vais la croire belle : avant
celle-là je lui en avais donné une à la campagne,
où les bouts de chandelles et les fufées ne furent
pas épargnés. Il n'y eut perfonne de bleffé ; les précautions avaient été bien prifes. L'horrible défaftre
arrivé à Paris, l'an paffé, nous a rendu prudens.
Outre cela, je ne me fouviens pas d'avoir vu depuis
long-temps un carnaval plus animé : depuis le mois
d'octobre jufqu'au mois de février il n'y a eu que
fêtes, danfes, fpectacles, &c.

Correfp. de l'impér. de R... &c.   K

Je ne fais fi c'eft la campagne paffée qui me l'a fait paraître tel, ou fi véritablement la joie régnait parmi nous. J'apprends qu'il n'en eft pas de même ailleurs, quoiqu'on y jouiffe de la douceur d'une paix non interrompue depuis huit ans. J'efpère que ce n'eft pas la part chrétienne qu'on prend aux malheurs des infidelles qui en eft la caufe ; ce fentiment ferait indigne de la poftérité des premiers croifés.

Il n'y a pas long-temps que vous aviez en France un nouveau St *Bernard* qui prêchait une croifade contre nous autres, fans, je crois, qu'il fût bien au jufte lui-même pour quel objet. Mais ce St *Bernard* s'eft trompé dans fes prophéties comme le premier. Rien n'eft arrivé de ce qu'il avait prédit : il n'a fait qu'aigrir les efprits. Si c'était-là fon but, il faut avouer qu'il a réuffi. Ce but cependant ne paraît pas digne d'un auffi grand faint.

Vous, Monfieur, qui êtes fi bon catholique, perfuadez à ceux de votre croyance que l'Eglife grecque fous *Caterine II* n'en veut point à l'Eglife latine, ni à aucune autre, et qu'elle ne fait que fe défendre.

Avouez, Monfieur, que cette guerre a fait briller nos guerriers. Le comte *Alexis Orlof* ne ceffe de faire des actions honorables : il vient d'envoyer quatre-vingt-fix prifonniers algériens et faletins au grand-maître de Malte, en le priant de les faire échanger à Alger contre des efclaves chrétiens. Il y a bien long-temps qu'aucun chevalier de Saint-Jean de Jérufalem n'a délivré autant de chrétiens des mains des infidelles.

Avez-vous lu, Monfieur, la lettre de ce comte aux confuls européans de Smyrne, qui intercédaient

auprès de lui pour qu'il épargnât cette ville après
la défaite de la flotte turque? Vous me parlez du
renvoi qu'il a fait d'un vaiſſeau turc où étaient les
meubles, les domeſtiques, &c. d'un bacha; voici
le fait:

Peu de jours après la bataille navale de Cheſme,
un tréſorier de la Porte revenait du Caire ſur un
vaiſſeau, avec ſes femmes, ſes enfans et tout ſon bien,
et s'en allait à Conſtantinople: il apprit en chemin
la fauſſe nouvelle que la flotte turque avait battu la
nôtre; il ſe hâta de deſcendre à terre pour porter
le premier cette nouvelle au ſultan. Pendant qu'il
courait à toute bride à Stamboul, un de nos vaiſſeaux
amena ſon navire au comte *Orlof*, qui défendit ſévè-
rement que perſonne entrât dans la chambre des
femmes, et qu'on touchât à la charge du vaiſſeau. Il
ſe fit amener la plus jeune des filles du turc, âgée de
ſix ans, et lui fit préſent d'une bague de diamans
et de quelques fourrures; et la renvoya, avec toute
ſa famille et leurs biens, à Conſtantinople.

Voilà ce qui a été imprimé à peu-près dans les
gazettes. Mais ce qui ne l'a pas été juſqu'ici, c'eſt
que le comte *Romanzof* ayant envoyé un officier au
camp du viſir, cet officier fut mené d'abord au
kiaga du viſir; le kiaga lui dit, après les premiers
complimens: *Y a-t-il quelqu'un des comtes Orlof à l'armée?*
L'officier lui répondit que non. Le turc lui demanda
avec empreſſement: *Où ſont-ils donc?* Le major lui dit
que deux ſervaient ſur la flotte, et que les trois autres
étaient à Péterſbourg. *Eh bien*, répliqua le turc,
*ſachez que leur nom m'eſt en vénération, et que nous ſommes
tous étonnés de ce que nous voyons. C'eſt envers moi ſurtout*

K 2

————— *que leur générosité s'est signalée. Je suis ce turc qui doit*
1771. *ses femmes, ses enfans, ses biens, au comte Orlof. Je ne,*
puis jamais m'acquitter envers eux; mais si pendant ma vie
je puis leur rendre service, je le compterai pour un bonheur.
Il ajouta beaucoup d'autres protestations, et dit
entre autres choses que le visir connaissait sa reconnaissance, et l'approuvait. En disant ces paroles,
les larmes coulaient de ses yeux.

Voilà donc les Turcs touchés jusqu'aux larmes
de la générosité des Russes de la religion grecque.
Le tableau de cette action du comte *Orlof* pourra
faire un jour, dans ma galerie, le pendant de celui de
Scipion.

Les sujets de mon voisin le roi de la Chine, depuis
que celui-ci a commencé à lever quelques entraves
injustes, commercent avec les miens. Ils ont échangé
pour trois millions de roubles d'effets, les premiers
quatre mois que ce commerce a été ouvert.

Les fabriques royales de mon voisin sont occupées
à faire des tapisseries pour moi, tandis que mon
voisin demande du blé et des moutons.

Vous me parlez souvent de votre âge, Monsieur :
mais quel qu'il soit, vos ouvrages sont toujours les
mêmes; témoin cette encyclopédie remplie de choses
nouvelles. Il ne faut que la lire pour voir que votre
génie est dans toute sa force ; à votre égard, les
accidens attribués à l'âge deviennent préjugés.

Je suis très-curieuse de voir les ouvrages de vos
horlogers : si vous alliez établir une colonie à Astracan,
je chercherais un prétexte pour vous y aller voir.
A propos d'Astracan je vous dirai que le climat de
Tangarock est, sans comparaison, plus beau et plus

fain que celui d'Aftracan. Tous ceux qui en revien-
nent difent qu'on ne faurait affez louer cet endroit 1771.
fur lequel, à l'imitation de la vieille dont il eft
parlé dans Candide, je vais vous conter une
anecdote.

Après la première prife d'Azof, par *Pierre le
grand*, ce prince voulut avoir un port fur cette mer,
et il choifit Tangarock. Ce port fut conftruit. Enfuite
il balança long-temps s'il bâtirait Pétersbourg fur la
Baltique, ou une ville à Tangarock. Enfin, les circonftances le décidèrent pour la Baltique. Nous n'y
avons pas gagné du côté du climat : il n'y a prefque
point d'hiver là-bas, tandis que le nôtre eft très-long.

Les Velches, Monfieur, qui vantent le génie de
Mouftapha, vantent-ils auffi fes proueffes ? Pendant
cette guerre je n'en connais d'autres, finon qu'il a
fait couper la tête à quelques voifins, et qu'il n'a
pu contenir la populace de Conftantinople, qui a
roué de coups fous fes yeux les ambaffadeurs des
principales puiffances de l'Europe, lorfque le mien
était enfermé aux fept tours : l'internonce de Vienne
eft mort de fes bleffures. Si ce font-là des traits de
génie, je prie le ciel de m'en priver à jamais, et de
le réferver tout entier pour *Mouftapha* et le chevalier
Tott fon foutien. Ce dernier fera étranglé à fon tour :
le vifir *Mahomet* l'a bien été, quoiqu'il eût fauvé la
vie au fultan, et qu'il fût le beau-fils de ce prince.

La paix n'eft pas fi prochaine que les papiers
publics l'ont débité. La troifième campagne eft inévi-
table, et monfieur *Ali-Bey* aura encore gagné du temps
pour s'affermir. Au bout du compte, s'il ne réuffit
pas, *il ira paffer le carnaval à Venife* avec vos exilés.

Je vous prie, Monſieur, de m'envoyer l'épître que vous avez adreſſée au jeune roi de Danemarck, et dont vous me parlez : je ne veux pas perdre une ſeule ligne de ce que vous écrivez. Jugez par-là du plaiſir que j'ai à lire vos ouvrages, du cas que j'en fais, et de l'eſtime et de l'amitié que j'ai pour le ſaint hermite de Ferney, qui me nomme ſa favorite : vous voyez que j'en prends les airs.

L E T T R E   L X X I I I.

D E   L' I M P E R A T R I C E.

Le $\frac{5}{16}$ mars.

MONSIEUR, j'ai reçu vos deux lettres du 14 et 27 février preſque en même temps. Vous déſirez que je vous diſe un mot ſur les groſſièretés et les ſottiſes des Chinois, dont j'ai fait mention dans une de mes lettres : nous ſommes voiſins, comme vous le ſavez ; nos liſières, de part et d'autre, ſont bordées de peuples paſteurs tartares et païens. Ces peuplades ſont très-portées au brigandage. Ils s'enlèvent (ſouvent par repréſailles) des troupeaux, et même du monde. Ces querelles ſont terminées par des commiſſaires envoyés ſur les frontières.

Meſſieurs les Chinois ſont ſi grands chicaneurs que c'eſt la mer à boire de finir même des miſères avec eux ; et, plus d'une fois, il eſt arrivé que n'ayant plus rien à demander, ils exigeaient les os des morts ; non pour leur rendre des honneurs, mais uniquement pour chicaner.

Des misères pareilles leur ont servi de prétexte pour interrompre le commerce pendant dix années; je dis de prétexte, parce que la vraie raison était que sa Majesté chinoise avait donné en monopole, à un de ses ministres, le commerce avec la Russie. Les Chinois et les Russes s'en plaignaient également; et comme tout commerce naturel est très-difficile à gêner, les deux nations échangeaient leurs marchandises là où il n'y avait point de douane établie, et préféraient la nécessité aux risques.

Lorsque d'ici on leur écrivait l'état des choses, on recevait en réponse de très-amples cahiers de prose mal arrangée, où l'esprit philosophique et la politesse ne se fefaient pas même entrevoir, et qui, d'un bout à l'autre, n'étaient qu'un tissu d'ignorance et de barbarie. On leur a dit ici qu'on n'avait garde d'adopter leur style, parce qu'en Europe et en Asie ce style passait pour impoli.

Je sais qu'on peut répondre à cela que les Tartares, qui ont fait la conquête de la Chine, ne valent pas les anciens Chinois; je le veux croire : mais toujours cela prouve que les conquérans n'ont point adopté la politesse des conquis; et ceux-ci courent risque d'être entraînés par les mœurs dominantes.

Je viens à présent à l'article *Lois* que vous avez bien voulu me communiquer, et qui est si flatteur pour moi. Assurément, Monsieur, sans la guerre que le sultan m'a injustement déclarée, une grande partie de ce que vous dites serait fait; mais, pour le présent, on ne peut parvenir encore qu'à faire des projets pour les différentes branches du grand arbre de la législation, d'après mes principes qui sont imprimés, et que vous

1771.

connaiffez. Nous fommes fort occupés à nous battre; et cela nous donne trop de diftraction pour mettre toute l'application convenable à cet immenfe ouvrage.

J'aime mieux vos vers, Monfieur, qu'un corps de troupes auxiliaires : celles-ci pourraient tourner le dos dans un moment décifif. Vos vers feront les délices de la poftérité, qui ne fera que l'écho de vos contemporains : ceux que vous m'avez envoyés s'impriment dans la mémoire, et le feu qui y règne, eft étonnant; il me donne l'enthoufiafme de prophé- tifer : vous vivrez deux cents ans.

On efpère volontiers ce que l'on fouhaite : accom- pliffez, s'il vous plaît, ma prophétie; c'eft la pre- mière que je fais.

C A T E R I N E.

L E T T R E   L X X I V.

D E   L' I M P E R A T R I C E.

Ce $\frac{31 \text{ mars.}}{11 \text{ avril.}}$

Monsieur, vos bénédictions me feront prof- pérer, malgré le grand froid, la guerre, *Mouftapha*, et fon eunuque noir.

L'on vous a dit vrai, Monfieur; un détachement de l'armée du comte *Romanzof* a paffé le Danube, et a caufé beaucoup d'effroi fur l'autre rive. Il eft vrai encore que vos ennemis les Turcs ont été chaffés de la Valachie; il ne leur refte qu'un feul endroit de ce côté-ci du Danube, nommé *Turno*. Il y a eu un combat très-vif à Gorgora : deux mille muſulmans — y ont mordu la pouffière, et quatre mille, au moins, ont été noyés dans le Danube ; après quoi, le château, qui eſt ſitué ſur une île de ce fleuve, s'eſt rendu, par capitulation, au comte *Olitz.*

Le ſultan, très-fâché de ces nouvelles pertes, et ne fachant apparemment à qui s'en prendre, a envoyé chercher la tête du hoſpodar *in partibus* qu'il fit l'année paſſée. Celui-ci, ſoit dit en paſſant, a trouvé la Valachie preſque entière entre nos mains.

On me confirme de toutes parts le bien que vous me dites du nouveau roi de Suède ; proche parent, proche voiſin, il faut eſpérer que nous vivrons en paix.

Tout ſe prépare pour vous ſatisfaire et donner de la beſogne au ſultan. Le comte *Orlof*, qui était venu ici pour un moment, eſt reparti pour Livourne avec ſon prince d'*Olgourouſki :* ils s'embarqueront pour Paros ; les troupes y campent, et entre autres un gros détachement du régiment des gardes *Préotra-jeuſki.*

On ne ſaurait ajouter, Monſieur, aux ſentimens d'eſtime et d'amitié que j'ai pour vous.

CATERINE.

LETTRE LXXV.

DE M. DE VOLTAIRE.

A Ferney , 3o avril.

MADAME,

J'ENVOIE à votre Majefté impériale , felon fes ordres, l'épître au roi de Danemarck. Il me paraît qu'elle ne vaut pas celle que j'ai adreffée à l'héroïne du Nord. Il femble que j'aye proportionné mon peu de force à la grandeur du fujet. Car bien que le roi de Danemarck faffe auffi le bonheur de fes peuples; bien qu'il ait tiré des coups de canon contre les pirates d'Alger, il n'a point humilié l'orgueil ottoman; il n'a point triomphé de *Mouftapha* ; il n'a pas encore joint le goût des lettres à la gloire des conquêtes.

A l'égard des velches qui font à l'occident de l'Allemagne, et vis-à-vis l'Angleterre , ils ne font actuellement nulle conquête, depuis qu'ils ont perdu la fertile contrée du Canada; ils font toujours beaucoup de livres , fans qu'il y en ait un feul de bon; ils ont de mauvaife mufique, et point d'argent. Les parlemens du royaume , qui fe croyaient le parlement d'Angleterre , à caufe de l'équivoque du nom, bataillent contre le gouvernement à coups de brochures ; les théâtres retentiffent de mauvaifes pièces qu'on applaudit; et tout cela compofe le premier peuple de l'univers, la première cour de l'univers , les premiers finges de l'univers. Ils ont une guerre civile par écrit, qui ne reſſemble pas mal à la guerre civile des rats et des grenouilles.

Je ne ſais ſi le chevalier de *Tott* ſera le premier canonnier de l'univers; mais je me flatte que le trône ottoman, pour lequel j'ai très-peu d'inclination, ne ſera pas le premier trône.

J'entends dire dans mes déſerts que l'ouverture de la campagne eſt déjà ſignalée par une de vos victoires. Je ſupplie votre Majeſté impériale de daigner m'inſtruire ſi je dois commander ma litière, cette année ou l'année prochaine, pour m'aller promener ſur le Boſphore.

Ma colonie travaille en attendant, et profite des bontés de votre Majeſté; elle compte faire partir dans huit jours trois ou quatre petites caiſſes de montres, depuis la valeur d'environ huit louis juſqu'à celle de quatre-vingts. Il y en a en diamans avec votre portrait peint par un excellent peintre; toutes les montres ſont bonnes et bien réglées. On a travaillé avec le zèle qu'on doit avoir quand il faut vous ſervir; tous les prix ſont d'un grand tiers meilleur marché qu'en Angleterre; et cependant rien n'eſt épargné.

Nous ſouhaitons tous bien ardemment, dans mon canton, que toutes les heures de ces montres vous ſoient favorables, et que *Mouſtapha* paſſe toujours de mauvais quarts d'heure.

Que l'héroïne du Nord daigne toujours agréer le profond reſpect et la reconnaiſſance du vieux malade du mont Jura.

LETTRE LXXVI.

DE M. DE VOLTAIRE.

A Ferney, 6 mai.

MADAME,

Je me ferai donc porter en litière à Tangarock, puifque le climat eft fi doux ; mais je crois que l'air de votre cour ferait beaucoup plus fain pour moi. J'aurais le plaifir de ne mourir ni à la grecque, ni à la romaine. Votre Majefté impériale permet que chacun s'embarque pour l'autre monde felon fa fantaifie. On ne me propofera point de billet de confeffion.

Mais je n'irai point à Nipchou , ce n'eft pas là qu'on rencontre des chinois de bonne compagnie ; ils font tous occupés dans Pékin à tranfcrire les vers du roi de la Chine en trente-deux caractères.

Je foupçonne vos chers voifins orientaux d'être fort peu inftruits, très-vains, et un peu fripons ; mais vos autres voifins les Turcs font plus ignorans et plus vains. On les dit moins fripons , parce qu'ils font plus riches.

Je crois que vos troupes battraient plus aifé-ment encore les fuivans de *Confucius* que ceux de *Mahomet*.

Je mets à vos pieds le quatrième et cinquième tome des Queftions fur l'encyclopédie ; je ne puis m'empêcher d'y parler de temps en temps de mon

gros *Mouftapha* ; et tandis que vos braves troupes
prennent des villes, et chaffent fes janiffaires, je
prends la liberté de donner quelques croquignoles
à leur maître, en me couvrant de votre égide.

Je fuis perfuadé que le grand poëte *Kien-long*
n'aurait pas violé le droit des gens dans la perfonne
de votre miniftre. On dit que le grand fultan le
tient toujours prifonnier, comme s'il l'avait pris à la
guerre. J'efpère qu'il fera délivré à la première
bataille.

Mon étonnement eft toujours que les princes et
les républiques de la religion de *Chrift* fouffrent
tranquillement les affronts que leurs ambaffadeurs
effuient à la Porte ottomane ; eux qui font fouvent fi
pointilleux fur ce qu'on appelle le point d'honneur.

Je fais toujours des vœux pour *Ali-Bey* ; mais je ne
fais pas plus de nouvelles de l'Egypte que n'en
favaient les Hébreux qui en ont raconté tant de
merveilleufes chofes.

Comme on allait faire le petit paquet des Queftions d'un ignorant fur l'encyclopédie, mes colons
de Ferney, qui fe regardent comme appartenans à
votre Majefté impériale, font arrivés avec deux
caiffes de leurs montres ; je les ai trouvées fi groffes
que je n'ai pas ofé les faire partir toutes deux à
la fois. J'ai mis les Queftions encyclopédiques dans la
caiffe qui partira demain par les voitures publiques.

Je l'ai envoyée au bureau des coches de Suiffe, avec
cette fimple adreffe:

A fa Majefté impériale, l'impératrice de Ruffie.

A ce nom tout doit refpecter la caiffe, et il n'y a
point de confédéré polonais qui ofe y toucher.

Votre Majefté eft trop bonne, trop indulgente, et, en vérité, trop magnifique, de daigner tant dépenfer en bagatelles, par pure bienfefance, lorfqu'elle dépenfe fi prodigieufement en canons, en vaiffeaux, et en victoires.

Il me femble que fi vos Tartaro-chinois de Nipchou avaient du bon fens, ils acheteraient des montres communes, qu'ils revendraient enfuite dans tout leur empire avec avantage. Les Génevois ont un comptoir à Kanton, et y gagnent confidérablement. Ne pourrait-on pas en établir un fur votre frontière? Ma colonie fournirait des montres d'argent du prix de douze à treize roubles, des montres d'or qui ne pafferaient pas trente à quarante roubles; et elle répondrait d'en fournir pour deux cents mille roubles par an, s'il était néceffaire.

Mais il paraît que les Chinois font trop foupçonneux et trop foupçonnables, pour qu'on entame avec eux un grand commerce qui demande de la générofité et de la franchife.

Quoi qu'il en foit, je ne fuis que le canal par lequel paffent ces envois et ces propofitions.

J'admire autant votre grandeur d'ame, que je chéris vos fuccès et vos conquêtes.

Je fuis aux pieds de votre Majefté impériale avec le plus profond refpect, et la plus inviolable reconnaiffance.

P. S. Je r'ouvre mon paquet pour dire à votre Majefté impériale que je reçois dans l'inftant de Paris un livre in-4° intitulé Manifefte de la république confédérée de Pologne, du 15 novembre 1769; la date de l'édition eft 1770.

1771.

On croirait, à la beauté des caractères, qu'il vient de l'imprimerie royale de Paris : cet ouvrage ne mérite pourtant pas les honneurs du louvre. Voici ce que je trouve à la page 5 : ,, La fublime Porte, notre ,, bonne voifine et fidelle alliée, excitée par les traités ,, qui la lient à la république, et par l'intérêt même ,, qui l'attache à la confervation de nos droits, a ,, pris les armes en notre faveur ; tout nous invite ,, donc à réunir nos forces, pour nous oppofer à la ,, chute de notre fainte religion ,,.

Ne voilà-t-il pas une conclufion bien plaifante ? nous avons obtenu, à force d'intrigue, que les mahométans fiffent infolemment la guerre la plus injufte ; donc nous devons prévenir la chute de la fainte Eglife catholique, dont tout le monde fe moque, mais que perfonne ne veut détruire, du moins à préfent.

Je penfe que c'eft un bedeau d'une paroiffe de Paris qui a écrit cette belle apologie. Votre Majefté la connaît fans doute. Elle a fait beaucoup d'impreffion fur le miniftère de France.

On impute à vos troupes, dans cet écrit, page 240 et 241, des cruautés qui, fi elles étaient vraies, feraient capables de foulever tous les efprits.

Ce Manifefte fe répand dans toute l'Europe. Votre Majefté y répondra par des victoires, et par des générofités qui rendent la victoire encore plus refpectable.

LETTRE LXXVII.

DE M. DE VOLTAIRE.

A Ferney, 15 mai.

MADAME,

IL faut vous dire d'abord que j'ai eu l'honneur d'avoir dans mon hermitage madame la princeſſe d'*Afchkoff*. Dès qu'elle eſt entrée dans le ſalon, elle a reconnu votre portrait en *mezzo-tinto*, fait à la navette ſur du ſatin, entouré d'une guirlande de fleurs. Votre Majeſté impériale l'a dû recevoir du ſieur *la Salle*; c'eſt un chef-d'œuvre des arts que l'on exerce dans la ville de Lyon, et qu'on cultivera bientôt à Péterbourg, ou dans Andrinople, ou dans Stamboul, ſi les choſes vont du même train.

Il faut qu'il y ait quelque vertu ſecrète dans votre image; car je vis les yeux de madame la princeſſe d'*Afchkoff* fort humides en regardant cette étoffe. Elle me parla quatre heures de ſuite de votre Majeſté impériale, et je crus qu'elle ne m'avait parlé que quatre minutes.

Je tiens d'elle le ſermon de l'archevêque de Twer, *Platon*, prononcé devant le tombeau de *Pierre le grand*, le lendemain que votre Majeſté eut reçu la nouvelle de la deſtruction entière de la flotte turque par la vôtre. Ce diſcours adreſſé au fondateur de Péterbourg et de vos flottes, eſt à mon gré un des plus

beaux

beaux monumens qui foient dans le monde. Je ne crois pas que jamais aucun orateur ait eu un fujet auffi heureux. Le *Platon* des Grecs n'en traita point de pareil. Je regarde cette cérémonie augufte comme le plus beau jour de votre vie : je dis de votre vie paffée, car je compte bien que vous en aurez de plùs beaux encore.

Puifque vous avez déjà un *Platon* à Pétersbourg, j'efpère que MM. les comtes *Orlof* vont former des *Miltiades* et des *Thémiftocles* en Grèce.

J'ai l'honneur, Madame, d'envoyer à votre Majefté impériale la traduction d'un fermon lithuanien (1) en échange de votre fermon platonicien ; c'eft une réponfe modefte aux menfonges un peu groffiers et ridicules que les confédérés de Pologne ont fait imprimer à Paris.

C'eft un grand bonheur d'avoir des ennemis qui ne favent pas mentir avec efprit. Ces pauvres gens ont dit dans leur Manifefte que vos troupes n'ofaient regarder les Turcs en face. Ils ont raifon, elles n'ont prefque jamais vu que leur dos.

Je ne fais pas quel fermon les Autrichiens vont prêcher en Hongrie. C'eft peut-être la paix, c'eft peut-être une croifade. On nous conte que le fultan *Ali-Bey* eft demeuré court dans un de fes fermons en Syrie, et qu'il a prefque perdu la parole. Je n'en crois rien : vous le rendrez plus éloquent que jamais. *Mouftapha* fera prêché à droite et à gauche ; il finira par fe confeffer à l'évêque *Platon*, et par avouer qu'il eft un gros cochon qui a grommelé contre mon

(1) Voyez le fermon du papa *Nicolas Charifteski*, tome II, Politique et légiflation.

Correfp. de l'impér. de R... &c. L

—— augufte héroïne fort mal à propos. J'ai toujours
1771. l'honneur de haïr fon croiffant autant que j'ai d'attachement, de refpect et de reconnaiffance pour la
brillante étoile du Nord.

Le vieil hermite de Ferneÿ.

LETTRE LXXVIII.

DE M. DE VOLTAIRE.

25 mai.

MADAME,

J'AI actuellement dans mon hermitage un de vos
fujets de votre royaume de Cazan, c'eft M. *Polianski.*
Je n'ai jamais vu tant de politeffe, de circonfpection
et de reconnaiffance pour les bontés de votre Majefté
impériale : on dit qu'*Attila* était originaire de Cazan;
fi la chofe eft vraie, il fe peut fort bien que le fléau
de DIEU ait été un très-aimable homme; je n'en
doute pas même, puifqu'*Honoria*, la fœur d'un fot
empereur *Valentinien III*, devint amoureufe de lui,
et voulut à toute force l'époufer.

La cour du roi d'Efpagne admire la générofité
de M. le comte *Alexis Orlof*, et la reconnaiffance du
bacha. Pour la cour de Verfailles, elle n'eft occupée
que des tracafferies des cours de juftice.

Pendant que ces pauvretés velches amufent férieufement l'oifiveté de toute la France, peut-être dans
ce moment votre flotte détruit celle des Turcs, peut-
être vos troupes ont-elles paffé le Danube,

On dit cependant que votre Majefté impériale, —
à qui le Turc a déjà rendu M. *Obreskof*, eft en train 1771.
d'écouter des propofitions de paix ; pour moi je crois
qu'elle n'eft en train que de vaincre.

Je me mets à fes pieds avec le plus profond refpect
et la plus tendre reconnaiffance.

Le vieil hermite de Ferney.

L E T T R E   L X X I X.

D E   L' I M P E R A T R I C E.

Ce $\frac{20}{31}$ mai.

Monsieur, les puiffances du Nord vous ont
fans doute beaucoup d'obligation pour les belles
épîtres que vous leur avez adreffées : je trouve la
mienne admirable ; chacun de mes jeunes confrères,
j'en fuis fûre, en dira autant de la fienne. Je fuis
très-fâchée de ne pouvoir vous donner en revanche
que de la mauvaife profe. De ma vie je n'ai fu faire
ni vers ni mufique, mais je ne fuis point privée du
fentiment qui fait admirer les productions du génie.

La defcription que vous me faites du premier
peuple de l'univers ne donnera d'envie à aucun
autre fur l'état préfent des Velches. Ils crient beaucoup en ce moment, fans, ce me femble, favoir
pourquoi : on dit que c'eft la mode, et qu'à Paris
elle tient fouvent lieu de raifon. On veut un
parlement, on en a un ; la cour a exilé les membres
qui compofaient l'ancien, et perfonne ne difpute

L 2

—— au roi le pouvoir d'exiler ceux qui ont encouru fa
1771. difgrâce.

Ces membres, il faut l'avouer, étaient devenus
tracaffiers, et rendaient l'Etat anarchique. Il paraît
que tout le bruit qu'on a fait ne mène à rien, et
qu'il y a beaucoup plus de grands mots que de principes fondés fur des autorités, dans tous les écrits
du parti oppofé à la cour. Il eft vrai auffi qu'il
eft difficile de juger de l'état des chofes à la diftance
d'où je les vois.

Apparemment que les Turcs ne font pas grand
fond fur les canons du fieur *Tott*, puifqu'ils ont
enfin relâché mon réfident, lequel, fi on en peut
croire les difcours du miniftre de la Porte, doit fe
trouver à préfent fur le territoire autrichien.

Y a-t-il un exemple dans l'hiftoire que les Turcs
aient relâché, au milieu de la guerre, le miniftre
d'une puiffance qu'ils avaient offenfée par une telle
enfreinte du droit des gens? On croirait que le comte
Romanzof et le comte *Orlof* leur ont appris à vivre.

Voilà un pas vers la paix, mais elle n'eft pas faite
pour cela. L'ouverture de la campagne nous a été
très-favorable, comme on vous l'a dit, Monfieur.
Le général-major *Weifmann* a paffé le Danube à
deux reprifes; la première avec fept cents, la feconde
avec deux mille hommes. Il a défait un corps de fix
mille Turcs, s'eft emparé d'Ifacki où il a brûlé les
magafins ennemis, le pont que l'on commençait à
conftruire, les frégates, les galères et les bateaux
qu'il n'a pu emmener avec lui : il a fait un grand
butin et beaucoup de prifonniers, outre cinquante-
un canons de bronze, dont il a encloué la moitié.

Il est revenu sur cette rive-ci sans que personne l'en empêchât, quoique le visir, avec soixante mille hommes, ne fût qu'à six heures de chemin d'Isacki.

Si la paix ne se fait pas cette année, vous pourrez commander votre litière. N'oubliez pas, Monsieur, d'y faire mettre une pendule de votre fabrique de Ferney ; nous la placerons dans Sainte-Sophie, et elle fournira aux futurs antiquaires le sujet de quelques savantes dissertations.

CATERINE.

LETTRE LXXX.

DE L'IMPERATRICE.

Le $\frac{24 \text{ mai.}}{4 \text{ juin.}}$

MONSIEUR, si vous vous faites porter en litière à Tangarock, comme votre lettre du 6 de mai me l'annonce, vous ne pourrez éviter Pétersbourg. Je ne sais si l'air de ma cour vous conviendrait, et si huit mois d'hiver vous rendraient la santé. Il est vrai que si vous aimez à être au lit, le froid vous en fournirait un prétexte spécieux ; mais vous n'auriez nul besoin de prétexte : vous ne seriez point gêné, je vous assure, et j'ose dire qu'il n'y a guère d'endroits où on le soit moins. A l'égard des billets de confession, nous en ignorons jusqu'au nom. Nous compterions pour un ennui mortel de parler de ces disputes rebattues, et sur lesquelles on prescrit le silence par édit dans d'autres pays. Nous laissons

L 3

volontiers croire à chacun ce qui lui plaît. Tous les chinois de bonne compagnie planteraient là le roi de la Chine et fes vers pour fe rendre à Nipchou, fi vous y veniez ; et ils ne feraient que leur devoir en rendant hommage au premier lettré de notre fiècle.

Le croiriez-vous, Monfieur, mes voifins orientaux, tels que vous les décrivez, font les meilleurs voifins poffibles ; je l'ai toujours dit, et la guerre préfente m'a confirmée dans cette opinion.

J'attends avec une impatience que je n'ai que pour vos ouvrages le quatrième et le cinquième tome des Queftions fur l'encyclopédie. Je vous en remercie d'avance. Continuez, je vous prie, à m'envoyer vos excellentes productions, et battons *Mouftapha*. Les croquignoles que vous lui donnez devraient le rendre fage : il en eft temps.

Je vous ai mandé dans ma précédente qu'il y a apparence que mon réfident eft relâché. Les princes et les républiques chrétiennes font eux-mêmes la caufe des affronts que leurs ambaffadeurs effuient à Conftantinople ; ils en font trop accroire à ces barbus ; fe montrer ou intrigans ou rampans n'eft pas le moyen de fe faire eftimer. Voilà la règle à peu-près que l'Europe a fuivie, et c'eft auffi ce qui a gâté ces barbares. Le roi *Guillaume* d'Angleterre difait qu'*il n'y a point d'honneur à garder avec les Turcs.*

Les Italiens ont traité leurs prifonniers de guerre avec dureté, mais ils ont donné l'exemple de la foupleffe envers la Porte.

Les nouvelles d'*Ali-Bey* portent qu'il fait des progrès en Syrie, et qui alarment d'autant plus le fultan qu'il n'a que peu de troupes à lui oppofer.

Je connais le Manifefte in-4° dont vous me parlez. Le duc de *Choifeul*, qui n'était pas prévenu en notre faveur, l'avait fait fupprimer à caufe de fon abfurdité et des calomnies ridicules qu'il contenait : vous pouvez juger par là du mérite de la pièce. Les cruautés qu'on y reproche à mes troupes font des menfonges pitoyables. C'eft aux Turcs qu'il faut demander des nouvelles de l'humanité des troupes ruffes pendant cette guerre. La populace même de Conftantinople, et tout l'empire turc en ont été fi affectés qu'ils attribuent toutes nos victoires à la bénédiction du ciel, obtenue par l'humanité avec laquelle on en a ufé avec eux en toute occafion.

D'ailleurs ce n'eft pas aux brigands de Pologne à parler fur cette matière ; ce font eux qui commettent tous les jours des férocités épouvantables envers tous ceux qui ne fe joignent pas à leur clique pour piller et brûler leur propre pays.

Vous voudrez bien, Monfieur, que je vous remercie particulièrement pour le ton d'amitié et d'intérêt qui règne en général dans votre dernière lettre. J'en fuis bien reconnaiffante et véritablement touchée. Continuez-moi votre amitié, et foyez affuré que la mienne vous eft fincèrement acquife.

CATERINE.

LETTRE LXXXI.

DE M. DE VOLTAIRE.

A Ferney, 19 juin.

MADAME,

SUR la nouvelle d'une paix prochaine entre votre Majefté impériale, et fa Hauteffe *Mouftapha*, j'ai renoncé à tous mes projets de guerre et de deftruc- tion, et je me fuis mis à relire votre inftruction pour le code de vos lois. Cette lecture m'a fait encore plus d'effet que les premières. Je regarde cet écrit comme le plus beau monument du fiècle. Il vous donnera plus de gloire que dix batailles fur les bords du Danube, car enfin c'eft votre ouvrage; votre génie l'a conçu, votre belle main l'a écrit, et ce n'eft pas votre main qui a tué des turcs. Je fupplie votre Majefté, fi elle fait la paix, de garder Tangarock, que vous dites être un fi beau climat, afin que je puiffe m'y aller établir pour y achever ma vie fans voir toujours des neiges comme au mont Jura. Pourvu qu'on foit à l'abri du vent du nord à Tangarock, je fuis content.

J'apprends dans ce moment que ma colonie vient de faire partir encore une énorme caiffe de montres. J'ai extrêmement grondé ces pauvres artiftes, ils ont trop abufé de vos bontés; l'émulation les a fait aller trop loin. Au lieu d'envoyer des montres pour trois ou quatre milliers de roubles tout au

plus, comme je le leur avais expreffément recommandé, ils en ont envoyé pour environ huit mille :
cela eft très-indifcret. Je ne crois pas que votre
Majefté ait intention de donner tant de montres aux
Turcs, quoiqu'ils les aiment beaucoup ; mais voici,
Madame, ce que vous pouvez faire. Il y en a de très-
belles avec votre portrait, et aucune n'eft chère. Vous
pouvez en prendre pour trois à quatre mille roubles,
qui ferviront à faire vos préfens, compofés de montres
depuis environ quinze roubles jufqu'à quarante ou
cinquante ; le refte pourrait être abandonné à vos
marchands qui pourraient y trouver un très-grand
profit.

Je prends la liberté furtout de vous prier, Madame,
de ne point faire payer fur le champ la fomme de
trente-neuf mille deux cents trente-huit livres de
France à quoi fe monte le total des deux envois.
Vous devez d'ailleurs faire des dépenfes fi énormes,
qu'il faut abfolument mettre un frein à votre générofité. Quand on ferait attendre un an mes colons
pour la moitié de ce qu'ils ont fourni, je les tiendrais
trop heureux, et je me chargerais bien de leur faire
prendre patience.

Au refte, ils m'affurent, et plufieurs connaiffeurs
m'ont dit que tous ces ouvrages font à beaucoup
meilleur marché qu'à Genève, et à plus d'un grand
tiers au-deffous du prix de Londres et de Paris. On dit
même qu'ils feraient vendus à Pétersbourg le double
de la facture qu'on trouvera dans les caiffes, ce qui
eft aifé à faire examiner par des hommes intelligens.

Si votre Majefté était contente de ces envois et des
prix, mes fabricans difent qu'ils exécuteraient tout

ce que vous leur feriez commander. Ce ferait un détachement de la colonie de Saratof établi à Ferney, en attendant que je le menaffe à Tangarock. J'aurais mieux aimé qu'ils vous euffent envoyé quelques carrillons pour Sainte-Sophie ou pour la mofquée d'*Achmet;* mais puifque vous n'avez pas voulu cette fois-ci vous emparer du Bofphore, le grand Turc et fon grand vifir feront trop honorés de recevoir de vous des montres avec votre portrait, et d'apprendre à vous refpecter toutes les heures de la journée.

Pour moi, Madame, je confacre à votre Majefté impériale toutes les heures qui me reftent à vivre. Je me mets à vos pieds avec le plus profond refpect et l'attachement le plus inviolable.

Le vieux malade du mont Jura.

LETTRE LXXXII.

DE M. DE VOLTAIRE.

A Ferney, 6 juillet.

Républiques, grands potentats,
Qui craignîtes que Catherine
N'achevât bientôt la ruine
Du plus pesant des Mouſtaphas :
Vous, qui du moins ne voulez pas
Seconder ſon ardeur divine,
Je n'irai point dans vos États;
Je ne veux voir que les climats
Honorés par mon héroïne.

Votre Majeſté impériale doit être bien perſuadée que mon projet eſt de paſſer l'été à Pétersbourg, avant d'aller jouir des douceurs de l'hiver à Tangarock. Elle daigne me dire, dans ſa lettre du 23 mai, que je pourrais avoir bien froid pendant huit mois ; mais, Madame, avez-vous, comme nous, cent vingt milles de montagnes de glaces éternelles, ſur leſquelles un aigle et un vautour n'oſeraient voler ? Voilà pourtant ce qui forme la frontière de cette belle Italie ; voilà-ce que M. le comte de *Schouvalof* a vu, ce que tous vos voyageurs ont vu, et ce qui fait ma perſpective vis-à-vis mes fenêtres. Il eſt vrai que l'éloignement eſt aſſez grand pour que le froid en ſoit diminué ; et il faut avouer qu'on mange des petits pois peut-être un peu plus tard auprès de

—— Pétersbourg que dans nos vallées; mais ma paffion, Madame, augmente tous les jours tellement que je commence à croire que votre climat eft plus beau que celui de Naples.

Je me flatte que votre Majefté doit avoir reçu actuellement les quatrième et cinquième tomes du queftionneur.

Si je queftionnais le chevalier de *Boufflers*, je lui demanderais comment il a été affez follet pour aller chez ces malheureux confédérés, qui manquent de tout, et furtout de raifon, plutôt que d'aller faire fa cour à celle qui va les mettre à la raifon.

Je fupplie votre Majefté de le prendre prifonnier de guerre; il vous amufera beaucoup; rien n'eft fi fingulier que lui, et quelquefois fi aimable. Il vous fera des chanfons; il vous deffinera; il vous peindra, non pas fi bien que mes colons de Ferney vous ont peinte fur leurs montres, mais il vous barbouillera. Le voilà donc, ainfi que M. de *Tott*, protecteur de *Mouftapha* et de l'Alcoran. Pour moi, Madame, je fuis fidelle à l'Eglife grecque, d'autant plus que vos belles mains tiennent en quelque façon l'encenfoir, et qu'on peut vous regarder comme le patriarche de toutes les Ruffies.

Si votre Majefté impériale a une correfpondance fuivie avec *Ali-Beg* ou *Ali-Bey*, j'implore votre protection auprès de lui. J'ai une petite grâce à lui demander, c'eft de faire rebâtir le temple de Jérufalem, et d'y rappeler tous les Juifs, qui lui payeront un gros tribut, et qui feront de lui un très-grand feigneur; il faut qu'il ait toute la Syrie jufqu'à Alep, et que, depuis Alep jufqu'au Danube, tout le refte foit à vous, à moins que vous n'aimiez mieux faire la paix cette année pour redevenir législatrice et donner des fêtes.

Le malheureux Manifeste des confédérés n'a pas fait grande fortune en France. Tous les gens sensés conviennent que la Pologne sera toujours le plus malheureux pays de l'Europe, tant que l'anarchie y règnera. J'ai un petit démon familier qui m'a dit tout bas à l'oreille qu'en humiliant d'une main l'orgueil ottoman, vous pacifieriez la Pologne de l'autre. En vérité, Madame, vous voilà la première personne de l'univers, sans contredit ; je n'en excepte pas votre voisin *Kien-long*, tout poëte qu'il est. Comment faites-vous après cela pour n'être pas d'une fierté insupportable ? Comment daignez-vous descendre à écrire à un vieux radoteur comme moi ?

Vous avez la bonté de me demander à qui on a adressé les caisses des montres ? à vous, Madame ; point d'autre adresse qu'*à sa Majesté impériale*, le tout recommandé aux soins de M. le gouverneur de Riga et de M. le directeur général de vos postes.

Je réitère à votre Majesté que je suis très-indigné contre mes colons qui ont abusé de vos bontés, malgré mes déclarations expresses ; et je la supplie encore une fois très-instamment de les faire attendre tant qu'il lui conviendra, et de ne se point gêner pour eux.

Il est vrai que cette colonie se perfectionne tous les jours ; votre nom seul lui porte bonheur. Ces artistes viennent de faire des montres d'un travail admirable. Vous y êtes gravée en or, ce sont des ouvrages parfaits ; ils sont destinés, je crois, pour l'Allemagne.

Je ne m'attendais pas que mon village caché au pied des Alpes, et qui ne contenait qu'environ quarante miférables quand j'y arrivai, travaillerait un jour pour le vafte empire de Ruffie, et pour celle qui fait la gloire de cet empire.

Je me mets à vos pieds, et je me fens tout glorieux d'exifter encore dans le beau fiècle que vous avez fait naître.

Que votre Majefté impériale agrée plus que le profond refpect du très-vieux et très-paffionné velche du mont Jura.

LETTRE LXXXIII.

DE L'IMPERATRICE.

Le $\dfrac{26 \text{ juin.}}{7 \text{ juillet.}}$

MONSIEUR, le 14 juin *Mouftapha* reçut une nouvelle croquignole : le prince d'*Olgorouki* à la tête de fon armée força les lignes de Pérécop, et entra dans la Crimée. Le kan, avec cinquante mille tartares et fept mille turcs, la défendait : ils prirent la fuite lorfqu'ils apprirent qu'un autre corps détaché allait les couper; et, au départ du courrier, les députés de la fortereffe de Pérécop étaient dans notre camp pour régler leur accord. J'attends de moment en moment la nouvelle de la réduction de cette place.

L'amiral *Sinevin* eft parti de Tangarock, et fe promène préfentement fur la mer d'Azof, peut-être auffi plus loin; je ne puis vous dire au jufte, vu que cela dépend du temps, de la mer et des vents.

Voilà , Monfieur , tout ce que j'ai à vous dire
pour le préfent. Je me recommande à vos prières et
à votre amitié.

1771.

C A T E R I N E.

LETTRE LXXXIV.

DE M. DE VOLTAIRE.

A Ferney , 10 juillet.

MADAME,

Votre Majefté impériale trouvera que le vieux
des montagnes écrit trop fouvent ; mais mon cœur
eft trop plein ; il faut que mes fentimens débordent
fur le papier.

J'avais lu , dans une critique affez vive du grand
ouvrage de l'abbé *Chappe* , que dans une contrée de
l'Occident, appelée le pays des Velches , le gouvernement avait défendu l'entrée du meilleur livre
et du plus refpectable que nous ayons ; qu'en un
mot , il n'était pas permis de faire paffer à la douane
des penfées, l'inftruction fublime et fage , fignée
Caterine ; je ne pouvais le croire. Cette extravagance
barbare me femblait trop abfurde. J'ai écrit à un
commis des feuilles de papier : j'ai fu de lui que
rien n'eft plus vrai. Voici le fait : un libraire de
Hollande imprime cette inftruction, qui doit être celle
de tous les rois et de tous les tribunaux du monde ; il
en dépêche à Paris une balle de deux mille exemplaires. On donne le livre à examiner à un cuiftre ,

—— cenfeur des livres , comme fi c'était un livre ordinaire , comme fi un poliffon de Paris était juge des
ordres d'une fouveraine , et de quelle fouveraine !
Ce maroufle imbécille trouve des propofitions témé-
raires, mal fonnantes, offenfives d'une oreille velche;
il le déclare à la chancellerie comme un livre dangereux, comme un livre de philofophie; on le renvoie
en Hollande fans autre examen.

Et je fuis encore chez les Velches ! et je refpire
leur atmofphère ! et il faut que je parle leur langue!
non, on n'aurait pas commis cette infolence imbécille dans l'empire de *Mouftapha*, et je fuis perfuadé
que *Kien-long* ferait mandarin du premier degré le
lettré qui traduirait votre inftruction en bon chinois.

Madame , il eft vrai que je ne fuis qu'à un mille
de la frontière des Velches, mais je ne veux point
mourir parmi eux. Ce dernier coup me conduira dans
le climat tempéré de Tangarock.

Avant de faire partir ma lettre , je relis l'inftruction.

Il faut qu'un gouvernement foit tel qu'un citoyen ne
puiffe pas craindre un autre citoyen ; mais que tous crai-
gnent les lois.

Il ne faut défendre par les lois que ce qui peut être
nuifible à chacun en particulier , ou à la fociété en gé-
néral , &c.

Sont-ce donc ces maximes divines que les Velches
n'ont pas voulu recevoir? Ils méritent . . . . ils
méritent . . . . ils méritent . . . . tout ce
qu'ils ont.

Je demande pardon à votre Majefté impériale,
je fuis trop en colère; les vieillards doivent être
moins impétueux. Si je vais me fâcher à la fois contre

la

la Turquie et contre la Velcherie, cela eſt capable ———
de ſuffoquer ce pauvre cacochyme qui ſe met en 1771.
touſſant aux pieds de votre Majeſté impériale.

LETTRE LXXXV.

DE L'IMPERATRICE.

Le $\frac{16}{27}$ juillet.

MONSIEUR, je crois vous avoir mandé la
priſe des lignes de Pérécop par aſſaut, et la fuite
du kan de Crimée à la tête de ſoixante mille hommes,
et la réduction du fort d'Orka, qui s'eſt rendu par
accord le 14 juin. Après cela, mon armée entra ſur
trois colonnes en Crimée ; celle de la droite s'empara
de Koſclof, port ſur la mer Noire ; celle du milieu
que commandait le prince d'*Olgorouki* en perſonne,
marcha vers Karasbaſar, où il reçut une députation
des chefs des ordres de la Crimée, qui propoſèrent
une capitulation pour toute la preſqu'île. Mais comme
leurs députés tardèrent à revenir, le prince d'*Olgorouki* s'avança vers Caffa, autre port ſur la mer Noire.
Là, il attaqua le camp turc, dans lequel il y avait
vingt-cinq mille combattans, qui s'enfuirent ſur les
vaiſſeaux qui les avaient amenés. Le ſéraſquier *Ibrahim*
pacha, étant reſté preſque ſeul, envoya pour capituler ; mais le prince lui fit dire qu'il devait ſe rendre
priſonnier de guerre, ce qu'il fit.

Nos troupes entrèrent donc dans Caffa, tambour
battant, le 29 juin. En attendant, la colonne gauche
avait traverſé la langue de terre qui eſt entre la mer

—— d'Azof et la Crimée, d'où l'on envoya un détachement qui s'empara de Kertz et de Senikone, ce qui
fe fit tout de fuite : de façon que notre flotte d'Azof,
qui fe tenait dans le détroit, prête à le paffer, doit
être à l'heure qu'il eft à Caffa. Le prince d'*Olgorouki*
m'écrit qu'à la vue du port il y a trois pavillons
ruffes qui croifent.

Je me hâte de vous mander ces bonnes nouvelles
que j'ai reçues ce matin, fachant la part que vous
y prendrez. Vous excuferez auffi, en faveur de ces
nouvelles, le peu d'ordre que j'ai mis dans cette
lettre que je vous écris fort à la hâte.

Il ne refte à l'ennemi, dans la Crimée, que deux
ou trois méchans petits forts ; les places de conféquence font emportées, et je dois recevoir inceffamment la capitulation fignée par les Tartares.

Si, après cela, Monfieur, le fultan n'en a pas
affez, on pourra lui en donner encore, et d'une autre
efpèce.

Soyez affuré de mon amitié et de l'eftime diftinguée
que j'ai pour vous.

CATERINE.

LETTRE LXXXVI.

DE M. DE VOLTAIRE.

A Ferney, 30 juillet.

MADAME,

EST-IL vrai que vous ayez pris toute la Cri-mée? Votre Majefté impériale daignait me mander par fa lettre du 10 juin que M. le prince d'*Olgo-rouki* était devant Pérécop ou Précop. La déeffe aux cent bouches, qui arrive tous les jours du Nord au Midi, et qui, depuis long-temps, n'apporte que des fottifes du Midi au Nord, débite que la Crimée entière eft fous votre puiffance, et qu'elle ne s'eft pas fait beaucoup prier.

C'eft du moins une confolation d'avoir le royaume de *Thoas* où la belle *Iphigénie* fut fi long-temps reli-gieufe, et où fon frère *Orefte* vint voler une ftatue, au lieu de fe faire exorcifer.

Mais fi, après avoir pris cette Cherfonèfe taurique, vous accordez la paix à *Mouftapha*, que deviendra ma pauvre Gréce ? que deviendra ce beau pays de *Démofthéne* et de *Sophocle* ? J'abandonne volontiers Jérufalem aux mufulmans ; ces barbares font faits pour le pays d'*Ezéchiel*, d'*Elie* et de *Caïphe*. Mais je ferai toujours douloureufement affligé de voir le théâtre d'Athènes changé en potagers, et le lycée en écuries. Je m'intéreffais fort au fultan *Aly-Bey* ; je me fefais un plaifir de le voir négocier avec vous du

M 2

—— haut d'une pyramide, faudra-t-il que je renonce à
1771. toutes mes belles illufions ? Il eft bien dur pour moi
que vous n'ayez conquis que la Moldavie, la Valachie, la Beffarabie, la Scythie, le pays des Amazones,
et celui de *Médée;* cela fait environ quatre cents lieues;
ces bagatelles-là ne me fuffifent pas.

Je comptais bien que vous feriez rebâtir Troye,
et que votre Majefté impériale fe promènerait en
bateau fur les bords du Scamandre. Je vois qu'il faut
que je modère mes défirs, puifque vous modérez les
vôtres.

Je fuis devenu aveugle, mais j'entends toujours la
trompette qui m'annonce vos victoires, et je me dis:
Si tu ne peux jouir du bonheur de la voir, tu auras au
moins celui d'entendre parler d'elle tous les momens
de ta vie.

Si votre Majefté impériale garde la Cherfonèfe,
comme je le crois, elle ajoutera un nouveau chapitre à fon code, en faveur des mufulmans qui
habitent cette contrée. Son Eglife grecque, la feule
catholique et la feule véritable, fans doute, n'y fera
pas beaucoup de converfions ; mais elle pourra y
établir un grand commerce. Il y en avait un autrefois entre cette Scythie et la Gréce. *Apollon* même fit
préfent au tartare *Abaris* d'une flèche qui le portait
d'un bout du monde à l'autre, à la manière de nos
forciers. Si j'avais cette flèche, je ferais aujourd'hui à
Pétersbourg, au lieu de préfenter fottement du pied
des Alpes mon profond refpect et mon attachement
inviolable à la fouveraine d'Azof, de Caffa et de
mon cœur.

Le vieux malade.

LETTRE LXXXVII.

DE L'IMPERATRICE.

Le $\frac{22 \text{ juillet.}}{2 \text{ auguste.}}$

Monsieur, je ne saurais mieux répondre à vos deux lettres du 19 juin et 6 juillet qu'en vous mandant que Jaman et trois autres petites villes, savoir, Temruk, Achaï et Althon, situées sur une grande île qui forme l'autre côté du détroit de la mer d'Azof, dans la mer Noire, se sont rendues à mes troupes dans les premiers jours de juillet. Cet exemple a été suivi par plus de deux cents mille tartares qui demeurent dans ces îles et en terre-ferme.

L'amiral *Sinevin*, qui est sorti du canal avec sa flotille, a donné la chasse à quatorze bâtimens ennemis pour s'amuser; un brouillard cependant les a sauvés de ses griffes.

N'est-il pas vrai que voilà bien des matériaux pour corriger et augmenter les cartes géographiques? Dans cette guerre, on a entendu nommer des endroits dont on n'avait jamais ouï parler auparavant, et que les géographes disaient déserts. N'est-il pas vrai aussi que nous fesons des conquêtes comme quatre? Vous me direz qu'il ne faut pas beaucoup d'esprit pour s'emparer de villes abandonnées. Voilà aussi peut-être la raison qui m'empêche d'être, comme vous dites, d'une fierté insupportable.

A propos de fierté, j'ai envie de vous faire sur ce point ma confession générale. J'ai eu de grands

M 3

—— fuccès durant cette guerre ; je m'en fuis réjouie très-
1771. naturellement; j'ai dit : La Ruffie fera bien connue par
cette guerre : on verra que cette nation eft infati-
gable, qu'elle pofsède des hommes d'un mérite émi-
nent, et qui ont toutes les qualités qui forment les
héros; on verra qu'elle ne manque point de reffources,
mais qu'elle peut fe défendre et faire la guerre avec
vigueur lorfqu'elle eft injuftement attaquée.

Toute pleine de ces idées, je n'ai jamais fait
réflexion à *Caterine*, qui, à quarante-deux ans, ne
fauroit croître ni de corps ni d'efprit, mais qui,
par l'ordre naturel des chofes, doit refter et reftera
comme elle eft. Ses affaires vont-elles bien ? Elle
dit, tant mieux. Si elles allaient moins bien, elle
emploîrait toutes fes facultés à les remettre dans la
meilleure des lifières poffibles.

Voilà mon ambition, et je n'en ai point d'autre;
ce que je vous dis eft vrai. J'irai plus loin : je vous
dirai que pour épargner le fang humain je fouhaite
fincèrement la paix; mais cette paix eft très-éloignée
encore, quoique les Turcs, par d'autres motifs, la
défirent ardemment. Ces gens-là ne favent pas la faire.

Je fouhaite également la pacification des querelles
déraifonnables de la Pologne. J'ai affaire là à des têtes
écervelées dont chacune, au lieu de contribuer à la
paix commune, y nuit au contraire par caprice et
par légéreté. Mon ambaffadeur a publié une déclara-
tion qui devrait leur ouvrir les yeux; mais il eft à
préfumer qu'ils s'expöferont plutôt à la dernière
extrémité que de prendre inceffamment un parti fage
et convenable. Les tourbillons de *Defcartes* n'exiflè-
rent jamais qu'en Pologne. Là, chaque têtè eft un

tourbillon qui tourne fans ceffe fur lui-même ; le ——————
hafard feul l'arrête, et jamais la raifon ou le jugement. 1771.

Je n'ai point encore reçu ni vos Queftions, ni vos
montres de Ferney : je ne doute pas que l'ouvrage
de vos fabricans ne foit parfait , puifqu'ils travaillent
fous vos yeux.

Ne grondez pas vos colons de m'avoir envoyé
un furplus de montres ; cette dépenfe ne me rui-
nera pas. Il ferait bien malheureux pour moi fi
j'étais réduite à n'avoir pas, à point nommé, d'auffi
petites fommes chaque fois qu'il me les faut. Ne jugez
point, je vous prie, de nos finances par celles des
autres Etats de l'Europe ruinés; vous me feriez tort.
Quoique nous ayons la guerre depuis trois ans,
nous bâtiffons, et tout le refte va comme en pleine
paix. Il y a deux ans qu'aucun nouvel impôt n'a
été créé; la guerre préfentement a fon état fixé ;
une fois réglé , il ne dérange en rien les autres
parties. Si nous prenons encore un ou deux Caffa, la
guerre eft payée.

Je ferai contente de moi toutes les fois que j'aurai
votre approbation, Monfieur. J'ai relu auffi mes
inftructions pour le code, il y a quelques femaines,
parce que je croyais alors la paix plus prochaine
qu'elle ne l'eft, et j'ai trouvé que j'avais raifon en
l'écrivant. J'avoue que ce code, pour lequel beaucoup
de matériaux fe préparent et d'autres font déjà prêts,
me donnera encore bien de la tablature avant qu'il
parvienne au degré de perfection où je fouhaite de le
voir ; mais il n'importe, il faut qu'il s'achève quoique
Tangarock ait la mer au midi et des hauteurs au
nord.

M 4

Cependant vos projets fur cette place ne pourront avoir lieu avant que la paix n'ait affuré fes environs contre toute appréhenfion du côté de la terre et de la mer; car jufqu'à la prife de la Crimée c'était la place frontière vis-à-vis les Tartares. Peut-être m'amènera-t-on dans peu le kan de Crimée en perfonne. J'apprends dans ce moment qu'il n'a pas paffé la mer avec les Turcs, mais qu'il eft refté dans les montagnes, avec une très-petite fuite, à peu-près comme le prétendant en Ecoffe après la défaite de *Culloden*. S'il me vient, nous travaillerons à le dégourdir cet hiver; et pour me venger de lui, je le ferai danfer, et il ira à la comédie françaife.

Adieu, Monfieur; continuez-moi votre amitié, et foyez affuré des fentimens que j'ai pour vous.

CATERINE.

P. S. J'allais fermer cette lettre lorfque je reçois la vôtre du 10 juillet, dans laquelle vous me mandez l'aventure arrivée à mon *inftruction* en France. Je favais cette anecdote, et même l'appendice, en conféquence de l'ordre du duc de *Choifeul*. J'avoue que j'en ai ri quand je l'ai lu dans les gazettes, et j'ai trouvé que j'étais affez vengée.

L'incendie, arrivé à Pétersbourg, a confumé en tout cent quarante maifons, felon les rapports de la police, parmi lefquelles il y en avait une vingtaine bâties en pierres; le refte n'était que des baraques de bois. Le grand vent avait porté la flamme et les tifons de tous côtés, ce qui renouvela l'incendie le lendemain, et lui donna un air furnaturel; mais il n'eft pas douteux que le grand vent et l'exceffive chaleur

ont caufé tout ce mal qui fera bientôt réparé. Chez
nous, on conftruit avec plus de célérité que dans
aucun autre pays de l'Europe. En 1762, il y eut
un incendie deux fois auffi confidérable qui confuma
un grand quartier bâti en bois, il fut reconftruit en
briques en moins de trois ans.

1771.

LETTRE LXXXVIII.

DE M. DE VOLTAIRE.

7 augufte.

MADAME,

Est-il bien vrai, fuis-je affez heureux pour qu'on
ne m'ait pas trompé? Quinze mille turcs tués ou faits
prifonniers auprès du Danube, et cela dans le même
temps que les troupes de votre Majefté impériale
entrent dans Pérécop? Cette nouvelle vient de
Vienne, puis-je y compter? Mon bonheur eft-il
certain?

Je veux auffi, Madame, vous vanter les exploits
de ma patrie. Nous avons depuis quelque temps
une danfeufe excellente à l'opéra de Paris. On dit
qu'elle a de très-beaux bras. Le dernier opéra comique
n'a pas eu un grand fuccès, mais on en prépare un qui
fera l'admiration de l'*univers*; il fera exécuté dans la
première ville de l'*univers*, par les meilleurs acteurs
de l'*univers*.

Notre contrôleur général, qui n'a pas l'argent de
l'*univers* dans fes coffres, fait des opérations qui

———— lui attirent des remontrances et quelques malé-
1771. dictions.

Notre flotte fe prépare à voguer de Paris à Saint-
Cloud.

Nous avons un régiment dont on a fait la revue;
les politiques en préfagent un grand événement.

On prétend qu'on a vu un détachement de jéfuites
vers Avignon, mais qu'il a été diffipé par un corps
de janféniftes qui était fort fupérieur; il n'y a eu
perfonne de tué, mais on dit qu'il y aura plus de
quatre convulfionnaires d'excommuniés.

Je ne manquerai pas, Madame, fi votre Majefté
impériale le juge à propos, de lui rendre compte de
la fuite de ces grandes révolutions.

Pendant que nous fefons des chofes fi mémorables,
votre Majefté s'amufe à prendre des provinces en
terre-ferme, à dominer fur la mer de l'Archipel et
fur la mer Noire, à battre des armées turques.
Voilà ce que c'eft que de n'avoir rien à faire, et de
n'avoir qu'un petit Etat à gouverner.

Je n'en fuis pas moins attaché à votre Majefté
impériale avec un profond refpect et un inviolable
dévouement qui ne finira qu'avec ma vie.

Le vieux malade de Ferney.

LETTRE LXXXIX.

DE L'IMPERATRICE.

Ce $\frac{14}{25}$ augufte.

Monsieur, je vois par le contenu de votre lettre du 30 juillet qu'alors vous n'aviez point encore reçu mes lettres qui vous annonçaient la foumiffion de toute la Crimée. Elle a fait fon accord avec le prince d'*Olgorouki*. Aujourd'hui j'ai reçu un courrier qui m'annonce que les ambaffadeurs tartares font en chemin pour me demander la confirmation du kan qu'ils ont élu à la place de *Sélim Ghérai*, trop attaché intérieurement aux Turcs, parce qu'il avait des poffeffions perfonnelles en Romélie. Les Mourza lui ont perfuadé de s'en aller, et lui ont fourni à cet effet quelques efquifs. Je m'en vais donc faire diftribuer des fabres, des aigrettes, des kaftans, et j'aurai un faux air de *Mouftapha*.

Ces Tartares ont fait quelques efforts pour fecouer l'oppreffion ottomane; d'ailleurs nous n'en aurions pas eu auffi bon marché. Je défierais à préfent *Orefte* de voler une ftatue en Crimée : il n'y a pas l'ombre des beaux arts chez ces gens-là ; mais ils n'en confervent pas moins le goût de prendre ce qui ne leur appartient pas.

Laiffez faire fultan *Ali-Bey* : vous verrez qu'il deviendra joli garçon après avoir pris Damas le 6 juin. Si votre chère Gréce, qui ne fait que faire des vœux, agiffait avec autant de vigueur que le feigneur des pyramides, le théâtre d'Athènes cefferait bientôt d'être un potager, et le lycée une écurie. Mais fi cette guerre continue, mon jardin de Czarskozélo reffemblera bientôt à un jeu de quilles, car à chaque action d'éclat j'y fais élever quelque monument. La bataille du Kogul, où dix-fept mille combattans en battirent cent cinquante mille, y a produit un obélifque avec une infcription qui ne contient que le fait et le nom du général : la bataille navale de Tchefme a fait naître dans une très-grande pièce d'eau une colonne roftrale : la prife de la Crimée y fera perpétuée par une groffe colonne; la defcente dans la Morée et la prife de Sparte, par une autre.

Tout cela eft fait des plus beaux marbres qu'on puiffe voir, et que les Italiens mêmes admirent. Ces marbres fe trouvent les uns fur les bords du lac Ladoga, les autres à Caterinimbourg en Sibérie, et nous les employons comme vous voyez : il y en a prefque de toutes couleurs.

Outre cela, derrière mon jardin, dans un bois, j'ai imaginé de faire bâtir un temple de mémoire auquel on arrivera par un arc de triomphe. Tous les faits importans de la guerre préfente y feront gravés fur des médaillons avec des infcriptions fimples et courtes en langue du pays, avec la date et les noms de ceux qui les ont effectués. J'ai un excellent architecte italien qui fait les plans de ce bâtiment qui, j'efpère, fera beau, de bon goût, et fera l'hiftoire de cette guerre. Cette idée m'amufe beaucoup, et je crois que vous ne la trouverez point déplacée.

Jufqu'à ce que je fache que la promenade que vous me propofez fur le Scamandre foit plus agréable

que celle de la belle Néva, vous voudrez bien que
je préfère cette dernière. Je m'en trouve si bien! je 1771.
renonce aussi à la réédification de Troye : j'ai à rebâtir
ici tout un faubourg qu'un incendie a ruiné ce
printemps.

Je vous prie, Monsieur, d'être persuadé de ma
sensibilité pour toutes les choses obligeantes et heu-
reuses que vous me dites; rien ne me fait plus de
plaisir que les marques de votre amitié. Je regrette de
ne pouvoir être sorcière, j'emploîrais mon art à
vous rendre la vue et la santé.

C A T E R I N E.

L E T T R E X C.

D E M. D E V O L T A I R E.

A Ferney, 31 auguste.

M A D A M E,

J'OSE dire que votre Majesté impériale me devait la
lettre dont elle m'honore du 16 juillet. J'avais besoin
de cette douce consolation après deux détestables
gazettes consécutives, dans lesquelles on disait que
les troupes de notre invincible sultan *Mouftapha*
étaient par-tout pleinement victorieuses. Je ne conçois
pas ce qu'on gagne à débiter de si impudens mensonges qui ne peuvent séduire les peuples que cinq
ou six jours. Quand on trompe les hommes, il faut
les tromper long-temps, comme on a fait à Rome.
Il n'en est pas de même en fait d'exploits militaires.

Je préſume que tous les Tartares de Crimée ſont actuellement vos ſujets. Je vous vois marcher de conquête en conquête : on m'aſſure que vos troupes, véritablement victorieuſes, ont paſſé le Danube, et que vous avez cent vaiſſeaux dans les mers de l'Archipel.

Je bénis DIEU d'être né pour voir cette grande révolution. Perſonne ne s'attendait, lorſque *Pierre le grand* était de mon temps à Sardam, qu'un jour votre Majeſté impériale dominerait ſur la mer Noire, ſur l'Archipel et ſur le Danube.

On m'aſſure que mon cher ami *Ali-Bey* a pris Damas, et qu'il a mis le ſiége devant Alep, afin d'eſſayer juſqu'où l'invincible *Mouſtapha* peut porter la vertu de la réſignation. Si cela eſt vrai, comme je le ſouhaite du fond de mon cœur, jamais la patience d'un ſultan n'a été plus exercée. Mais il faut que cet invincible héros ſoit un homme bien opiniâtre pour ne pas vous demander la paix à genoux.

Nous avons eu un roi, nommé *Louis XI*, qui diſait *quand orgueil marche devant, dommage marche derrière; Mouſtapha* ne s'eſt pas ſouvenu de cette maxime. Il vous avait ordonné de vider la Podolie, vous avez fort mal obéi. J'oſe me flatter à la fin que vous lui ordonnerez de vider Conſtantinople, et qu'il vous obéira.

Si vous daignez encore, Madame, trouver dans tout ce fracas quelques momens pour lire mes rêveries, les quatrième et cinquième volumes des Queſtions ſur l'encyclopédie doivent être actuellement entré vos belles mains. Voici en attendant une feuille du tome ſeptième qui n'eſt pas encore miſe au

net. L'auteur a pris la liberté de dire un petit mot
de votre Majefté , à la page 356.

Je me mets à vos pieds , je les baife beaucoup plus
refpectueufement que ceux du pape ; il fe croit le
premier perfonnage du monde , *Mouftapha* croyait
auffi l'être, mais je fais bien à qui ce nom eft dû.

Que ma fouveraine agrée le profond refpect de fa
vieille créature.

LETTRE XCI.

DE L'IMPERATRICE.

Le $\frac{4}{15}$ feptembre.

MONSIEUR, vous me demandez s'il eft vrai que
dans le temps même que mes troupes entrèrent dans
Pérécop , il y a eu fur le Danube une action au
défavantage des Turcs ; je vous répondrai qu'on n'a
donné cet été, du côté du Danube , qu'un feul combat
où le lieutenant général, prince *Repnin* , a battu avec
fon corps détaché un corps de turcs qui s'était avancé
après que le commandant de Giurgi leur eut rendu
cette place ; à peu-près comme Lauterbourg paffa aux
Autrichiens lorfque M. de *Noailles* commandait l'armée françaife après la mort de l'empereur *Charles VI.*
Le prince *Repnin* étant tombé malade , le lieutenant général *Effen* a voulu reprendre Giurgi , mais
il a été repouffé à l'affaut. Cependant , quoi qu'en
difent les gazettes , Bucherest eft toujours entre nos
mains avec toutes les places de la rive du Danube ,
depuis Giurgi jufqu'à la mer Noire.

1771.

Je ne porte aucune envie aux exploits que vous me mandez de votre patrie. Si les beaux bras de la belle danfeufe de l'opéra de Paris, et l'opéra comique qui fait l'admiration de l'univers, confolent la France de la deftruction de fes parlemens, et des nouveaux impôts après huit ans de paix, il faut convenir que voilà des fervices effentiels qu'ils ont rendus au gouvernement. Mais lorfque ces impôts auront été perçus, les coffres du roi feront-ils remplis, et l'Etat libéré?

Vous me dites, Monfieur, que votre flotte fe prépare à voguer de Paris à Saint-Cloud : je vous donnerai nouvelles pour nouvelles. La mienne eft venue d'Azof à Caffa. A Conftantinople on eft très-affligé de la perte de la Crimée : pour les diffiper, il faudrait leur envoyer l'opéra comique, et les marionnettes aux mutins de Pologne, au lieu de cette foule d'officiers français qu'on envoie s'y perdre. Ceux de mes troupes qui aiment le fpectacle, peuvent affifter aux drames de M. *Somorokof* à Tobolsk, où il y a de fort bons acteurs.

Adieu, Monfieur ; combattons les méchans qui ne veulent point refter en repos, et battons-les puifqu'ils le défirent. Aimez-moi, et portez-vous bien.

CATERINE.

LETTRE

LETTRE XCII.

DE M. DE VOLTAIRE.

17 feptembre.

MADAME,

ME trompé-je cette fois-ci ! Une flotte toute entière de mes amis les Turcs réduite en cendres dans le port de Lemnos ! Le comte *Alexis Orlof*, maître de cette île ! C'eſt ce qu'on me mande de Veniſe. Ces nouvelles retentiſſent dans les échos des Alpes, et nous répétons les noms de votre Majeſté impériale et du comte *Orlof*. Il me femble que c'eſt à peu-près dans le même temps qu'une autre flotte turque fut confumée dans cette mer l'année paſſée, voilà un bel anniverſaire. On voit bien que Lemnos était en effet l'île de *Vulcain;* ce dieu brûle vos ennemis.

Ah, *Mouſtapha*, *Mouſtapha!* Eh bien, votre Hauteſſe ſe jouera-t-elle encore à mon impératrice? lui ordonnerez-vous de vider fans délais la Podolie? trouverez-vous fort impertinent qu'elle n'ait pas obéi aux ordres de votre fublime Porte? mettrez-vous encore ſes miniſtres en priſon? Voilà mon auguſte fouveraine en poſſeſſion de votre Tartarie-Crimée, maîtreſſe de tous vos Etats au-delà du Danube, maîtreſſe de toute votre mer Noire. Vous n'êtes point galant, *Mouſtapha;* vous deviez venir lui faire la cour, et baifer ſes belles mains au lieu de lui faire la guerre. Croyez-moi,

—— demandez lui très-humblement pardon; c'eſt ce que
1771. vous avez de mieux à faire.

Savez-vous bien, M. *Mouſtapha*, que mon héroïne,
occupée continuellement à vous battre, trouve encore
le temps de m'écrire des lettres pleines d'eſprit et de
grâces? Vous douteriez-vous par haſard de ce que
ſignifient ces mots *grâces* et *eſprit*? Elle a daigné me
mander du 22 juillet, 2 auguſte, qu'on lui aurait
l'obligation d'une carte géographique de la Crimée;
on n'en a jamais eu de paſſables juſqu'à préſent;
vous n'êtes pas géographes vous autres Turcs, vous
poſſédez un beau pays, mais vous ne le connaiſſez
pas. Mon impératrice vous le fera connaître.

Savez-vous ſeulement où était le paradis terreſtre?
moi je le ſais. Il eſt par-tout où eſt *Caterine II*, prof-
ternez-vous avec moi à ſes pieds.

Donné à Ferney, le 3 de la lune de Schéval.

LETTRE XCIII.

DE M. DE VOLTAIRE.

A Ferney, 2 octobre.

SEIGNEUR MOUSTAPHA,

JE demande pardon à votre Hautesse du dernier compliment que je vous ai fait sur votre flotte, prétendue brûlée par ces braves *Orlof*; ce qui est vraisemblable n'est pas toujours vrai. On m'avait mal informé, mais vous avez encore de plus fausses idées que je n'ai de fausses nouvelles.

Vous vous êtes plus lourdement trompé que moi, quand vous avez commencé cette guerre contre ma belle impératrice. Vous êtes bien payé d'avoir été un ignorant qui, du fond de votre sérail, ne saviez point à qui vous aviez affaire? Plus vous étiez ignorant et plus vous étiez orgueilleux. C'est une grande leçon pour tous les rois. Il y a près de trois ans que je vous prédis malheur. Mes prédictions se sont accomplies, et quant à votre flotte brûlée, ce qui est différé n'est pas perdu. Comptez sur MM. les comtes *Orlof.*

D'ailleurs il est bien plus agréable de vous prendre la Crimée que de vous brûler quelques vaisseaux. Ne soyez plus si glorieux, mon bon *Moustapha.* Il est vrai que mon impératrice vous donne une place dans son temple de mémoire; mais vous y serez placé comme les rois vaincus l'étaient au capitole.

N 2

On m'écrit que vous entendez enfin raifon, et que vous demandez la paix : Je ne fais fi vous êtes affez raifonnable pour faire cette démarche, et fi on m'a trompé fur cette affaire comme fur votre flotte.

J'ignore encore s'il eft vrai que vos troupes aient battu mon cher ami *Ali-Bey* en Syrie. J'ai peur que ce petit fuccès ne vous enivre ; mais, prenez-y garde, les Ruffes ne reffemblent pas aux Egyptiens ; ils vous donnent fur les oreilles depuis trois ans , et vous les frotteront encore fi vous perfiftez à ne pas demander pardon à l'augufte *Caterine*. J'ai été très-fâché que vous l'ayez forcée d'interrompre fon beau code de lois , pour vous battre. Elle aurait mieux aimé être *Thémis* que *Bellone* ; mais, grâce à vous, elle eft montée au temple de la gloire par tous les chemins. Reftez dans votre temple de l'orgueil et de l'oifiveté, et croyez que je ferai toujours tout à vous.

L'hermite de Ferney.

Je prends la liberté d'envoyer ma lettre à fa Majefté impériale de Ruffie, qui ne manquera pas de vous la faire rendre.

LETTRE XCIV.

DE L'IMPERATRICE.

A Pétersbourg, $\frac{6}{17}$ octobre.

MONSIEUR, j'ai à vous fournir un petit supplément à l'article *fanatisme*, qui ne figurera pas mal aussi dans celui des *contradictions*, que j'ai lu avec la plus grande satisfaction dans le livre des Questions sur l'encyclopédie. Voici de quoi il s'agit.

Il y a des maladies à Moscou : ce sont des fièvres pourprées, des fièvres malignes, des fièvres chaudes avec taches et sans taches, qui emportent beaucoup de monde, malgré toutes les précautions qu'on a prises. Le grand-maître comte *Orlof* m'a demandé en grâce d'y aller pour voir sur les lieux quels seraient les arrangemens les plus convenables à prendre pour arrêter ce mal. J'ai consenti à cette action si belle et si zélée de sa part, non sans sentir une vive peine sur le danger qu'il va courir.

A peine était-il en chemin, depuis vingt-quatre heures, que le maréchal *Soltikof* m'écrivit la catastrophe suivante, qui s'est passée à Moscou du 15 au 16 septembre, vieux style.

L'archevêque de cette ville, nommé *Ambroise*, homme d'esprit et de mérite, ayant appris qu'il y avait depuis quelques jours une grande affluence de populace devant une image qu'on prétendait qui guérissait les malades (lesquels expiraient aux pieds de la *sainte Vierge*), et qu'on y portait beaucoup

N 3

d'argent, envoya mettre fon fceau fur cette caiffe, pour l'employer enfuite à quelques œuvres pieufes : arrangement économique que chaque évêque eft très en droit de faire dans fon diocèfe. Il eft à fuppofer qu'il avait intention d'ôter cette image, comme cela s'eft pratiqué plus d'une fois, et que ceci n'était qu'un préambule. Effectivement cette foule de monde, raffemblée dans un temps d'épidémie, ne pouvait que l'augmenter. Mais voici ce qui arriva.

Une partie de cette populace fe mit à crier : *L'archevêque veut voler le tréfor de la Sainte Vierge, il faut le tuer.* L'autre prit parti pour l'archevêque. Des paroles ils en vinrent aux coups. La police voulut les féparer, mais la police ordinaire n'y put fuffire. Mofcou eft un monde, non une ville. Les plus furieux fe mirent à courir vers le Kremlin ; ils enfoncèrent les portes du couvent où réfide l'archevêque ; ils pillèrent ce couvent, s'enivrèrent dans les caves, où beaucoup de marchands tiennent leurs vins ; et n'ayant point trouvé celui qu'ils cherchaient, une partie s'en alla vers le couvent nommé *Donskoï*, d'où ils tirèrent ce refpectable vieillard qu'ils maffacrèrent inhumainement ; l'autre refta à fe battre en partageant le butin.

Enfin le lieutenant-général *Jérapkin* arriva avec une trentaine de foldats, qui les obligèrent bien vîte à fe retirer. Les plus mutins furent pris. En vérité, ce fameux dix-huitième fiècle a bien là de quoi fe glorifier ! Nous voilà devenus bien fages ! mais ce n'eft pas à vous qu'il faut parler fur cette matière : vous connaiffez trop les hommes pour vous étonner des contradictions et des extravagances dont ils font

capables. Il fuffit de lire vos Queftions fur l'encyclopédie pour être perfuadé de la profonde connaiffance que vous avez de l'efprit et du cœur des
humains.

Je vous dois mille remercîmens, Monfieur, de la
mention que vous voulez bien faire de moi dans
divers endroits de ce dictionnaire très-utile et très-
agréable : je fuis étonnée d'y trouver fouvent mon
nom à la fin d'une page où je l'attendais le moins.

J'efpère que vous aurez reçu, à l'heure qu'il eft,
la lettre de change pour le payement des fabricans
qui m'ont envoyé leurs montres.

La nouvelle du combat naval donné à Lemnos
eft fauffe. Le comte *Alexis Orlof* était encore à Paros
le 24 juillet, et la flotte turque n'ofe montrer fes
beaux yeux en de çà des Dardanelles. Votre lettre
au fujet de ce combat eft unique. Je fens, comme
je le dois, les marques d'amitié qu'il vous plaît
de me donner, et je vous ai les plus grandes obligations pour vos charmantes lettres.

J'ai trouvé, Monfieur, dans les Queftions fur
l'encyclopédie, fi remplies de chofes auffi excellentes
que nouvelles, à l'article *Economie publique*, page 61
de la cinquième partie, ces paroles : *Donnez à la*
Sibérie et au Kamshatka réunis, qui font quatre fois
l'étendue de l'Allemagne, un Cyrus pour fouverain, un
Solon pour légiflateur, un duc de Sulli, un Colbert pour
furintendant des finances, un duc de Choifeul pour miniftre
de la guerre et de la paix, un Anfon pour amiral; ils
y mourront de faim avec tout leur génie.

Je vous abandonne tout le pays de la Sibérie

—— et du Kamshatka , qui eſt ſitué au-delà du ſoixante-troiſième degré ; en revanche , je plaide chez vous la cauſe de tout le terrain qui ſe trouve entre le ſoixante-troiſième et le quarante-cinquième degré : il manque d'hommes en proportion de ſon étendue , de vins auſſi. Non-ſeulement il eſt cultivable , mais même très-fertile. Les blés y viennent en ſi grande abondance , qu'outre la conſommation des habitans , il y a des braſſeries immenſes d'eau-de-vie ; et il en reſte encore aſſez pour en mener par terre en hiver , et par les rivières en été , juſqu'à Archangel , d'où on l'envoie dans les pays étrangers. Et peut-être en a-t-on mangé dans plus d'un endroit , en diſant que les blés ne mûriſſent jamais en Sibérie.

Les animaux domeſtiques , le gibier , les poiſſons , ſe trouvent en grande abondance dans ces climats ; et il y en a d'eſpèce excellente , qu'on ignore dans les autres pays de l'Europe.

Généralement , les productions de la nature en Sibérie ſont d'une richeſſe extraordinaire : témoin la grande quantité de mines de fer , de cuivre , d'or et d'argent , les carrières d'agates de toutes couleurs , de jaſpe , de criſtaux , de marbres , de talc , &c. &c. qu'on y trouve.

Il y a des diſtricts entiers couverts de cédres d'une épaiſſeur extraordinaire , auſſi beaux que ceux du mont Liban , et des fruitiers ſauvages de beau-coup d'eſpèces différentes.

Si vous êtes curieux , Monſieur , de voir des productions de la Sibérie , je vous en enverrai des collections de différentes eſpèces qui ne ſont com-munes qu'en Sibérie , et rares par-tout ailleurs. Mais

une chofe qui démontre, je penfe, que le monde
eft un peu plus vieux que nos nourrices ne nous le
difent, c'eft qu'on trouve dans le Nord de la Sibérie,
à plufieurs toifes fous terre, des offemens d'éléphans,
qui depuis fort long-temps n'habitent plus ces
contrées.

Les favans, plutôt que de convenir de l'antiquité
de notre globe, ont dit que c'était de l'ivoire foffile;
mais ils ont beau dire, les foffiles ne croiffent point
en forme d'éléphant très-complet.

Ayant plaidé ainfi devant vous la caufe de la
Sibérie, je vous laiffe le jugement du procès, et
me retire en vous réitérant les affurances de la
plus haute confidération, et de l'amitié et de l'eftime
la plus fincère.

CATERINE,

LETTRE XCV.

DE M. DE VOLTAIRE.

A Ferney, 18 octobre.

MADAME,

JE n'écris point par cette pofte à *Mouftapha;*
permettez-moi de donner la préférence à votre
Majefté impériale; il n'y a pas moyen de parler
à ce gros cochon, quand on peut s'adreffer à l'héroïne
du fiècle.

J'ai le cœur navré de voir qu'il y a de mes compatriotes parmi ces fous de confédérés. Nos Velches

n'ont jamais été trop fages, mais du moins ils paffaient pour galans, et je ne fais rien de fi groffier que de porter les armes contre vous. Cela eft contre toutes les lois de la chevalerie. Il eft bien honteux et bien fou qu'une trentaine de blanc-becs de mon pays aient l'impertinence de vous aller faire la guerre, tandis que deux cents mille tartares quittent *Mouftapha* pour vous fervir. Ce font les Tartares qui font polis, et les Français font devenus des Scythes. Daignez obferver, Madame, que je ne fuis point velche; je fuis fuiffe, et fi j'étais plus jeune, je me ferais ruffe.

Votre Majefté impériale m'a bien confolé par fa lettre du 4 feptembre; elle a daigné m'apprendre le véritable état des affaires vers le Danube. La France ma voifine retentiffait des plus fauffes nouvelles; mais je refte toujours dans ma furprife que *Mouftapha* ne demande point la paix. Eft-ce qu'il aurait quelques fuccès contre mon cher *Ali-Bey* ?

Ah! Madame, qu'une paix glorieufe ferait belle après toutes vos victoires!

Tandis que vous avez la bonté de perdre quelques momens à lire le quatrième et le cinquième volume des Queftions, le queftionneur a fait partir le fixième et le feptième; mais il a bien peur de ne pouvoir continuer. Il n'en peut plus, il eft bien malade; et voilà pourquoi il défirait que votre Majefté allât bien vîte à Conftantinople, car affurément il n'a pas le temps d'attendre.

Ma colonie eft à vos pieds; je voudrais qu'elle pût envoyer des montres à la Chine par vos caravanes, mais elle eft beaucoup plus glorieufe d'en

avoir envoyé à Pétersbourg. Votre Majefté impériale
eft trop bonne ; je fuis toujours étonné de tout ce que
vous faites. Il me femble que le roi de Pruffe en
eft tout auffi furpris et prefque auffi aife que moi.
Rien n'égale l'admiration pour votre perfonne , la
reconnaiffance et le profond refpect du vieux malade
de Ferney.

LETTRE XCVI.

DE M. DE VOLTAIRE.

A Ferney , 2 novembre.

MADAME,

J'AIME toujours mieux prendre la liberté d'écrire
à mon héroïne qu'à *Mouftapha* qui n'eft point du
tout mon héros. J'aurais , à la vérité , beaucoup
de plaifir à lui rire au nez fur la belle reprife de
Giurgi ou Giorgova , et fur la défaite totale de ce
terrible *Oginski.*

J'ai bien peur qu'on ait trouvé quelques-uns de
nos Velches parmi leurs prifonniers : *Que diable ,
allaient-ils faire dans cette galère ?*

Apparemment que votre Majefté impériale avait
donné le mot à mon cher *Ali-Bey* pour qu'il reprît
Damas et la fainte Jérufalem, pendant que votre
Majefté reprendrait Giorgova. Si cette aventure de
Damas eft vraie , je n'ai plus d'inquiétude que pour
le férail de mon cher *Mouftapha.* On me flatte que
M. le comte *Alexis Orlof* eft maître du Négrepont ;

—— cela me donne des efpérances pour Athènes à laquelle
1771. je fuis toujours attaché en faveur de *Sophocle*,
d'*Euripide*, de *Menandre*, et du vieil *Anacréon* mon
confrère, quoique les Athéniens foient devenus les
plus pauvres poltrons du Continent. Mais d'où vient
que Ragufe, l'ancienne Epidaure (à ce qu'on dit),
laquelle appartint fi long-temps à l'empire d'Orient,
c'eft-à-dire au vôtre, fe met-elle fous la protection
de l'empire d'Occident? Y a-t-il donc d'autre protection à préfent que celle de mon héroïne? Que
font les *favii-grandi* de Venife? Pourquoi ne repren-
nent-ils pas le royaume de *Minos*, pendant que les
braves *Orlof* prennent le royaume de *Philoctète?* C'eft
qu'il n'y a actuellement rien de grand dans l'Europe
que mon augufte *Caterine II*, à qui j'ai voué mes
derniers foupirs.

J'étais bien malade ; la nouvelle de Giorgova m'a
reffufcité pour quelque temps, et je refpire encore
avec le plus profond refpect et la plus vive reconnaiffance pour votre Majefté impériale.

Le vieux malade de Ferney.

LETTRE XCVII.

DE M. DE VOLTAIRE.

12 novembre.

MADAME,

LES malheurs ne pouvaient arriver à votre Majesté impériale ni par vos braves troupes ni par votre sublime et sage administration; vous ne pouviez souffrir que par les fléaux qui ont de tout temps désolé la nature humaine. La maladie contagieuse qui afflige Moscou et ses environs est venue, dit-on, de vos victoires mêmes. On débite que cette contagion a été apportée par des dépouilles de quelques turcs vers la mer Noire. *Moustapha* ne pouvait donner que la peste dont son beau pays est toujours attaqué. C'était assurément une raison de plus pour tous les princes vos voisins de se joindre à vous et d'exterminer sous vos auspices les deux grands fléaux de la terre, la peste et les Turcs. Je me souviens qu'en 1718 nous arrêtâmes la peste à Marseille; je ne doute pas que votre Majesté impériale ne prenne encore de meilleures mesures que celles qui furent prises alors par notre gouvernement. L'air ne porte point cette contagion, le froid la diminue, et vos soins maternels la dissiperont, l'infame négligence des Turcs augmenterait votre prévoyance, si quelque chose pouvait l'augmenter.

On parle d'une difette qui fe fait fentir dans votre armée navale. Mais je ne la crois pas ; puifque c'eft un des braves comtes *Orlof* qui la commande. C'en ferait trop que d'éprouver à la fois les trois faveurs dont le prophète *Gad* en donna une à choifir à votre petit prétendu confrère *David* , pour avoir fait le dénombrement de fa chétive province.

J'éprouve auffi des fléaux dans mes villages ; le malheur fe fourre dans les trous de fouris , comme il marche la tête levée dans les grands empires. Ma colonie d'horlogers a effuyé des perfécutions, mais je les ai tirés d'affaire à force d'argent, et j'efpère toujours qu'ils pourront vous fervir à établir un commerce utile entre vos Etats et la Chine. En vérité , j'aurais mieux aimé les faire travailler fur les bords du Volga que fur ceux du lac de Genève.

Chaffez à jamais la pefte et les Ottomans au-delà du Danube ; et recevez , Madame , avec votre bonté ordinaire le profond refpect et l'attachement inviolable du vieil hermite de Ferney pour votre Majefté impériale.

LETTRE XCVIII.

DE L'IMPERATRICE.

A Pétersbourg, le $\frac{18}{29}$ novembre.

MONSIEUR, pour faire tenir votre lettre au seigneur *Mouftapha*, le maréchal de *Romanzof* a envoyé le mois paffé le général-major *Veifmann* au-delà du Danube. Après avoir fait fauter en l'air deux petits forts qui barraient fon chemin, il a marché vers Balada où le grand-vifir était campé : il a pris cette place, a battu les troupes du vifir, s'eft emparé du canon fondu l'an paffé par M. *Tott* à Conftantinople ; enfuite, il eft entré poliment dans le camp du vifir pour le voir et lui parler, mais il ne l'y a pas trouvé.

Nos troupes légères fe font portées jufqu'au mont Hémus fans rencontrer à qui s'adreffer. Alors M. *Veifmann*, croyant fa commiffion achevée, retourna vers Ifaki qu'il rafa. Pendant ce temps-là un autre général-major a pris les forts de Matelina et de Girfova ; et le lieutenant-général *Effen* s'amufait à battre quarante mille turcs commandés par *Mouffou-Ouglou*, ci-devant vifir, qui s'était avancé en Valachie.

Après la défaite de *Mouffou*, Giurgi fut repris. Les deux rives du Danube, depuis cet endroit jufqu'à la mer Noire, font préfentement nettoyées de Turcs, comme une maifon hollandaife l'eft de la pouffière. Tout ceci s'eft paffé du 20 au 27 octobre, vieux ftyle.

*

Confolez-vous, Monfieur; votre cher *Ali-bey* eſt maître de Damas.

Nous avons ici préfentement le halga fultan, frère du kan, indépendant de la Crimée, par la grâce de DIEU et des armes de la Ruſſie : c'eſt un jeune homme de vingt-cinq ans, plein d'efprit et du défir de s'inſtruire.

J'ai à vous dire que les maladies à Mofcou font réduites, par les foins infatigables du comte *Orlof*, à un dixième de ce qu'elles étaient. Ses frères ont fait le diable à quatre dans l'Archipel ; ils ont partagé leur flotte en deux : l'aîné a fait pluſieurs defcentes depuis le cap Matapan jufqu'à Lemnos, a enlevé à l'ennemi des magaſins et des bâtimens, et a détruit ce qu'il n'a pu emporter ; le cadet en a fait autant fur les côtes d'Afie et d'Afrique ; mais fa maladie très-férieufe l'a obligé de revenir à Livourne.

Si ces nouvelles, Monfieur, peuvent vous rendre la fanté, elles auront un nouveau mérite à mes yeux, parce qu'on ne faurait s'intéreffer plus vivement que je le fais à tout ce qui vous regarde.

Dites-moi, je vous prie, fi l'édition de l'Encyclo-pédie qu'on fait à Genève eſt avouée par les auteurs de la première ; les éditeurs nouveaux m'ont demandé des mémoires fur la Ruſſie pour les y inférer.

CATERINE.

LETTRE

LETTRE XCIX.

DE M. DE VOLTAIRE.

A Ferney , 18 novembre.

MADAME,

Je vois, par la lettre dont votre Majefté impériale m'honore du $\frac{6}{17}$ octobre , que vous êtes née pour inftruire les hommes autant que pour les gouverner.

La populace fera difficilement inftruite ; mais tous ceux qui auront reçu une éducation feulement tolérable , profiteront de plus en plus des lumières que vous répandez. Il eft trifte que l'archevêque de Mofcou ait été le martyr de la *bonne Vierge ;* les barbares imbécilles , fuperftitieux et ivrognes , qui l'ont tué, méritent fans doute un châtiment qui faffe impreffion fur ces têtes de buffles. Je fuis perfuadé que, depuis la mort du fils de la *fainte Vierge* , il n'y a prefque point eu de jour où quelqu'un n'ait été affafiné à fon occafion ; et à l'égard des affaffinats en front de bandière, dont le fils et la mère ont été le prétexte, ils font en grand nombre et trop connus. Le meurtre de l'archevêque eft bien puniffable ; je trouve celui du chevalier de *la Barre* plus horrible , parce qu'il a été commis de fang froid par des hommes qui devaient avoir du fens commun et de l'humanité.

Je rends grâce à la nature de ce que la maladie épidémique de Mofcou n'eft point la pefte. Ce mot effrayait nos pays méridionaux. Chacun débitait

Correfp. de l'impér. de R... &c.   O

——— des contes funeſtes. Les menſonges imprimés qui courent tous les jours ſur votre empire, font bien voir comment l'hiſtoire était écrite autrefois. Si le roi d'Egypte avait perdu une douzaine de chevaux, on diſait que l'*Ange exterminateur* était venu tuer tous les quadrupèdes du pays.

M. le grand-maître *Orlof* eſt un ange *conſolateur* ; il a fait une action héroïque. Je conçois qu'elle a dû bien émouvoir votre cœur partagé entre la crainte et l'admiration ; mais vous devez être moins ſurpriſe qu'une autre : les grandes actions ſont de votre compétence. Je remercie votre Majeſté impériale de tout ce qu'elle daigne m'apprendre ſur la Sibérie méridionale ; elle m'en dit plus en dix lignes que l'abbé *Chappe* dans un in-folio. Si vous le permettez, cela entrera dans un ſupplément aux Queſtions, qu'on prépare à préſent au mont Krapac. J'avoue que je ſuis fort étonné des ſquelettes d'éléphans trouvés dans le nord de la Sibérie. Je crois difficilement à l'ivoire foſſile, et j'ai auſſi beaucoup de peine à croire à de véritables dents d'éléphans enterrés trente pieds ſous les glaces ; mais je crois la nature capable de tout, et il ſe pourrait bien faire (en expliquant les choſes reſpectueuſement) que l'*Adam* des Hébreux, connu jadis d'eux ſeuls, fût de très-fraîche date : ſix mille ans ſont en effet bien peu de choſe.

Votre Majeſté, qui m'a déjà donné tant de marques de bonté, veut m'envoyer quelques productions de la Sibérie. J'oſerais lui demander de la graine de ces beaux cèdres qui n'ont pas de peine à ſurpaſſer ceux du Liban ; car le Liban n'en a preſque plus. Je les planterais dans mon hermitage, où il fait quelquefois

1771.

prefque auffi froid qu'en Sibérie. Je fais bien que je ne les verrai pas croître ; mais la poftérité les verra, et elle dira : Voilà les bienfaits de celle qui érigea le temple de mémoire.

Les artiftes de Ferney ont reçu l'argent que votre Majefté a eu la bonté de leur envoyer. Ils font à vos pieds comme moi. Je ne me fouvenais pas de vous avoir parlé d'une pendule ; mais fi vous en voulez, vous en aurez inceffamment : votre Majefté n'aurait qu'à fixer le prix , je lui réponds qu'elle ferait bien fervie, et à bon compte. Ce n'eft peut-être pas le temps de propofer un commerce de pendules et de montres avec la Chine ; mais votre univerfalité fait tout à la fois. C'eft-là, felon mon avis , la vraie grandeur, la vraie puiffance.

Les Génevois ont bien établi un petit commerce de montres à Kanton ; votre Majefté pourrait en établir un dans l'endroit où les Ruffes commercent avec les Chinois. Un homme de confiance pourrait envoyer de Pétersbourg à Ferney les ordres auxquels on fe conformerait ; mais j'ai bien peur que ce plan ne tienne un peu de la propofition des chars de guerre de *Cyrus*. Vous avez très-bien battu les Turcs fans le fecours de ces beaux chars de guerre à la nouvelle mode.

Je me flatte qu'à préfent le comte *Alexis Orlof* leur a pris le Négrepont fans aucun char ; il ne vous faut que des chars de triomphe. Je me mets de loin derrière eux et je crie *io trionfo* d'une voix très-faible et très-caffée, mais qui part d'un cœur pénétré de tout ce que votre Majefté impériale peut infpirer à l'hermite, &c.

LETTRE C.

DE M. DE VOLTAIRE.

A Ferney , 3 décembre.

MADAME,

Voila sans doute une belle action que les Confédérés ont faite. Je ne doute pas que le révérend père *Ravaillac* et le révérend père *Poignardini* n'aient été les confesseurs de ces messieurs, et qu'ils ne les aient munis du pain des forts comme le dit le révérend père *Strada*, en parlant du bienheureux *Balthasar Gerard*, assassin du prince d'Orange. Du moins, votre pauvre archevêque de Moscou n'a été tué que par des gueux ivres, par une populace effrénée que la raison ne peut jamais gouverner, et qu'il faut emmuseler comme des ours; mais le roi de Pologne a été trahi, assailli, frappé, par des gentilshommes qui parlent latin; qui lui avaient juré obéissance.

On dit qu'on a imprimé, dans les Etats de votre Majesté impériale, une relation de cette conspiration étonnante. Oserais-je vous supplier de daigner m'en faire parvenir un exemplaire? Il pourrait me servir en temps et lieu, supposé que j'aye encore quelque temps à vivre. J'avoue que j'ai la faiblesse d'aimer la vie, quand ce ne serait que pour voir l'estampe de votre temple de mémoire, et celle de votre statue érigée vis-à-vis celle de *Pierre le grand*.

Nous sommes inondés de tant de nouvelles que

je n'en crois aucune. La Renommée est une déesse qui n'acquiert le sens commun qu'avec le temps ; encore même ne l'acquiert-elle pas toujours. L'histoire la plus vraie est mêlée de mensonges, comme l'or dans la mine est souillé par des métaux étrangers ; mais les grandes actions, les grands monumens restent à la postérité. La gloire se dégage des lambeaux dont on la couvre, et paraît à la fin dans toute sa splendeur. Heureux l'écrivain qui donnera dans un siècle l'histoire de *Caterine II.*

Nous avons toujours dans notre voisinage un comte *Orlof*, en Suisse, avec sa famille, tandis que les autres vous servent sur terre et sur mer. M. *Polianski* nous fait l'honneur de venir quelquefois à Ferney ; il nous enchante par tout ce qu'il nous dit de la magnificence de votre cour, de votre affabilité, de votre travail assidu, de la multiplicité des grandes choses que vous faites en vous jouant. Enfin, il me met au désespoir d'avoir près de quatre-vingts ans, et de ne pouvoir être témoin de tout cela. M. *Polianski* a un désir extrême de voir l'Italie, où il apprendrait plus à servir votre Majesté impériale que dans le voisinage de la Suisse et de Genève ; il attend sur cela vos ordres et vos bontés depuis long-temps. C'est un très-bon esprit et un très-bon homme, dont le cœur est véritablement attaché à votre Majesté.

Nous voici dans un temps, Madame, où il n'y a pas moyen de prendre de nouvelles provinces à mon cher ami *Moustapha.* J'en suis fâché ; mais je le prie d'attendre au printemps.

Je renouvelle mes vœux pour la constante prospérité de vos armes, pour votre santé, pour votre gloire, pour vos plaifirs. Je me mets aux pieds de votre Majefté impériale avec la plus fenfible reconnaiffance et le plus profond refpect.

Le vieux malade de Ferney.

L E T T R E C I.

DE M. DE VOLTAIRE.

A Ferney, 10 décembre.

MADAME,

J'IMPORTUNE votre Majefté impériale de mes félicitations, et de mes battemens de mains : on n'a jamais fait avec elle. Une ville n'eft pas plutôt prife, qu'une autre eft rendue. A peine les Turcs font-ils battus fur la rive gauche du Danube, qu'ils font défaits fur la rive droite; fi on leur prend cent canons à Giorgiova, on leur en prend cent cinquante dans une bataille. Voilà du moins ce qu'on me dit, et ce qui me comble de joie.

J'efpère par-deffus tout cela que l'attentat des Confédérés fera pour vous un nouveau fujet de gloire.

Votre Majefté me permettrait - elle de joindre à ce petit billet une requête de mes colons? Vous vous fouvenez que vous trouvâtes dans leurs caiffes plus de montres qu'ils n'en avaient fpécifié dans leurs factures. Les artiftes qui, par l'oubli de leur facture, n'ont pas été compris dans le payement ordonné par votre Majefté, fe jettent à vos pieds;

ce font des gens dont toute la fortune eft dans leurs
doigts. Il ne s'agit que de deux cents quarante-fept **1771.**
roubles , à ce que je crois.

Il y a un de mes artiftes qui fait des montres
en bagues, à répétition , à fecondes, quart et demi-
quart, et à carrillon. C'eft un prodige bien fingulier ;
mais ces bagatelles difficiles ne font pas dignes de
l'héroïne qui venge l'Europe de l'infolence des Turcs,
malgré une partie de l'Europe.

Le roi de Pruffe s'eft amufé à faire un poëme
épique contre les Confédérés. Je crois que M. l'abbé
d'*Oliva* payera les frais de l'impreffion.

Que votre Majefté impériale daigne agréer le
profond refpect , l'attachement , l'admiration , la
reconnaiffance du vieux malade de Ferney.

LETTRE CII.

DE L'IMPERATRICE.

Ce $\frac{3}{14}$ décembre.

Monsieur, je viens de recevoir votre lettre
du 18 novembre. Grâces aux arrangemens pris par
le comte *Orlof* à Mofcou, il n'y avait, le 28 de ce
même mois, que deux perfonnes de mortes dans cette
ville, de la contagion dont vos pays méridionaux ont
fi grand effroi , et avec raifon. Mais il y a encore
des malades ; les médecins affurent que les deux tiers
en réchapperont. Ce qu'il y a de fingulier, c'eft
qu'aucune perfonne de qualité n'en a été attaquée ,
et qu'il eft mort plus de femmes que d'hommes. Dans

les corps difféqués, on a trouvé que le fang s'était réfugié dans le cœur et les poumons; qu'il n'y en avait pas une goutte dans les veines; que tous les remèdes étaient mortels, hors ceux qui provoquaient la fueur.

Je vous enverrai inceffamment des noix de cédre de Sibérie; j'ai fait écrire au gouverneur de m'en envoyer de toutes fraîches. Vous les aurez vers le printemps.

Les contes de l'abbé *Chappe* ne méritent guère de croyance. Je ne l'ai jamais vu; et cependant il prétend dans fon livre avoir mefuré, dit-on, des bouts de bougie dans ma chambre, où il n'a jamais mis le pied. Ceci eft un fait.

Votre lettre me tire d'inquiétude au fujet de l'argent des montres, puifqu'enfin il eft arrivé. Pour ce qui regarde le commerce des montres à la Chine, je crois qu'il ne ferait pas impoffible d'y parvenir en s'adreffant à quelque comptoir d'ici, qui trouvera bien le moyen de les faire parvenir à la frontière de la Chine; car, quoi qu'en difent certains écrivains, la couronne ne fait plus ce commerce.

Les tableaux que j'ai fait acheter en Hollande, de la collection de *Brankam*, ont tous péri fur les côtes de Finlande. Il faudra s'en paffer. J'ai eu du guignon cette année; en pareil cas, il n'y a d'autre reffource que de s'en confoler.

Je vous ai mandé les nouvelles que j'ai reçues de mes armées de terre et de mer: il ne me refte donc en ce moment, Monfieur, que de vous renouveller tous les fentimens que vous me connaiffez.

C A T E R I N E.

LETTRE CIII.

DE M. DE VOLTAIRE.

A Ferney, premier janvier.

MADAME,

JE fouhaite à votre Majefté impériale, pour l'année 1772, non pas augmentation de gloire, car il n'y a plus moyen, mais augmentation de croquignoles fur le nez de *Mouftapha* et de fes vifirs, quelques victoires nouvelles, votre quartier général à Andrinople, et la paix.

La lettre de votre Majefté impériale, du $\frac{18}{29}$ novembre, peut me faire vivre encore pour le moins cette année biffextile. Si vous aviez pris la mode des anciens Romains en tout, vos lettres feraient toujours farcies de lauriers. Je voudrais que le frère du nouveau *Thoas* de la Tauride pût voyager dans nos climats, et que je puffe l'entendre. Je ferais bien charmé d'apprendre à nos Velches qu'il y a un bel-efprit dans le pays où *Iphigénie* égorgeait, en qualité de religieufe, tous les étrangers, en l'honneur d'une vilaine ftatue de bois, toute femblable à Notre-Dame miraculeufe de Czenftokova.

Je ne fais encore, Madame, fi c'était la vraie pefte qui s'était emparée de Mofcou; mais elle eft dans notre voifinage. Elle a envoyé devant DIEU cinq cents cinquante perfonnes à Crémone, en un jour, à ce que dit la renommée. Pour peu qu'elle ait duré

—— huit jours, il n'y a plus perſonne dans cette ville.
1772. On prétend qu'elle eſt venue de la foire de Sinigaglia,
pays appartenant à mon ſaint-père le pape, ſur la
côte de la mer Adriatique. Les papes ne pouvant plus
détrôner les princes, leur envoient ce fléau de DIEU
pour les amener à réſipiſcence. Mais la peſte étant
venue par le voiſinage de Notre-Dame de Lorette,
elle pourra bien paſſer par Rome. Il ſerait triſte que
le grand inquiſiteur et le ſacré collége euſſent le
charbon.

Le fait eſt que Genève, ma voiſine, tremble de
tout ſon cœur, attendu qu'elle a plus de commerce
avec Crémone qu'avec Rome; mais ſurement les
proceſſions des catholiques auront purifié l'air avant
que la peſte vienne à Ferney, qui eſt tout au beau
milieu des hérétiques.

Une autre peſte eſt celle des Confédérés de Pologne;
je me flatte que votre Majeſté impériale les guérira
de leur maladie contagieuſe. Nos chevaliers velches,
qui ont été porter leur inquiétude et leur curioſité
chez les Sarmates, doivent mourir de faim, s'ils ne
meurent pas du charbon. Voilà une plaiſante croiſade
qu'ils ont été faire. Cela ne ſervira pas à faire valoir
la prudence et la galanterie de ma chère nation.

Votre Majeſté me demande ſi les auteurs de
l'Encyclopédie avouent l'édition de Genève? ils la
ſouffrent; mais ils n'en ſont pas les maîtres. Elle
devait ſe faire à Paris; notre inquiſition ne l'a pas
permis. Les libraires de Paris ſe ſont aſſociés avec
ceux de Genève pour cet ouvrage, qui ne ſera fait de
pluſieurs années. Ils en ſont les maîtres, et ils ſont
travailler des auteurs à tant la feuille, comme je

fais travailler mes manœuvres dans mon jardin à tant
la toife. Ils ont fait écrire à M. le prince *Galitzin*,
à la Haie, et lui ont demandé fa protection pour
obtenir des fupplémens; ils ont raifon: les articles de
Ruffie donneront du luftre à leur édition, en dépit
des canons fondus par M. de *Tott*. Ce M. de *Tott*, au
refte, eft un homme de beaucoup d'efprit; c'eft
dommage qu'il ait pris le parti de *Mouftapha*.

Je fuis fâché qu'*Ali-Bey*, le prince *Héraclius*, le
prince *Alexandre*, ne connaiffent point les fêtes de nos
remparts, nos admirables opéra-comiques, notre
fax-hall perfectionné, et qu'ils ne fachent pas danfer le
menuet proprement.

Je me mets aux pieds de votre Majefté impériale
pour l'année 1772, dont je compte voir le premier
jour, car elle commence aujourd'hui; et perfonne
n'eft fûr du fecond.

Votre admirateur et votre très-humble et très-
paffionné ferviteur,

le vieux malade de Ferney.

La pefte de Crémone vient de ceffer : on dit que
ce n'eft rien; peut-être demain recommencera-t-elle.

LETTRE CIV.

DE M. DE VOLTAIRE.

A Ferney, 14 janvier.

MADAME,

QUOI! votre ame partagée entre la Crimée, la Moldavie, la Valachie, la Pologne, la Bulgarie, occupée à roffer le grave *Mouftapha*, et à faire occuper une douzaine d'îles dans l'Archipel par vós argonautes, daigne s'abaiffer jufqu'à être en peine fi les horlogers de mon village ont reçu l'argent de leurs montres! Vous êtes comme *Tamerlan* qui, le jour de la bataille d'Ancyre, ne put s'endormir jufqu'à ce que fon nain eût foupé.

J'ai mandé cependant à votre Majefté impériale qu'ils avaient tous été très-bien payés, excepté trois ou quatre pauvres diables dont on avait oublié la facture. Ma lettre eft du mois de novembre. Je me flatte qu'elle n'a pas été interceptée par M. *Pulawsky*. En tout cas, il aura vu qu'une impératrice qui entre dans les plus petits détails comme dans les plus grands, eft une perfonne qui mérite quelques confidérations et quelques ménagemens.

Je me fouviens même de vous avoir propofé, dans une de mes lettres, un commerce de montres avec le roi de la Chine; ce qui ferait plus convenable qu'un commerce de vers, tout grand poëte qu'il eft.

Le roi de Pruſſe, qui a fait un poëme contre les
Confédérés, et qui fait aſſurément mieux des vers
que tous les Chinois enſemble, peut lui envoyer ſes
écrits ; mais moi je ne lui enverrai que des montres.

J'avouerai même que, malgré la guerre, mon
village a fait partir des caiſſes de montres pour Conſtantinople ; ainſi me voilà en correſpondance à la
fois avec les battans et les battus.

Je ne ſais pas encore ſi *Mouſtapha* a acheté de nos
montres ; mais je ſais qu'il n'a pas trouvé avec vous
l'heure du berger, et que vous lui faites paſſer de
très-mauvais quarts d'heure. On dit qu'il a fait pendre
un évêque grec qui avait pris votre parti. Je vous
recommande le mufti à la première occaſion.

Permettez-moi de dire à votre Majeſté que vous
êtes incompréhenſible. A peine la mer Baltique a-t-
elle englouti pour ſoixante mille écus de tableaux que
vous feſiez venir pour vous de la Hollande, que vous
en faites venir de France pour quatre cents cinquante
mille livres. Vous achetez encore mille raretés en
Italie. Mais en conſcience où prenez-vous tout cet
argent ? Eſt-ce que vous auriez pillé le tréſor de
Mouſtapha, ſans que les gazettes en euſſent parlé ?
Nos Français ſont en pleine paix, et nous n'avons
pas le ſou. DIEU nous préſerve de la guerre ! Il y
a quatre ans qu'on recommanda à nos charités les
ſoldats et les officiers français pris par les troupes de
l'empereur de Maroc. Il y a un an qu'une petite
frégate du roi, établie ſur le lac de Genève à
quatre pas de mon village, fut confiſquée pour dettes,
dans un port de Savoie : je ſauvai l'honneur de
notre marine en rachetant la frégate ; le miniſtère

—— ne me l'a point payée. Si vous avez le courage de
1772. *Thomyris*, il faut que je vous foupçonne d'avoir les
tréfors de *Créfus;* fuppofé pourtant que *Créfus* fût
auffi riche qu'on le dit : car je me défie toujours
des exagérations de l'antiquité, à commencer par
Salomon qui poffédait environ fix milliars de roubles, et qui n'avait pas d'ouvriers chez lui pour bâtir
fon temple de bois.

Je n'ai pas répondu fur le champ aux deux
dernières lettres dont votre Majefté impériale m'a
honoré, parce que les neiges dont je fuis entouré
me tuent. Voilà pourquoi je voulais m'établir fur
quelque côte méridionale du Bofphore de Thrace;
mais vous n'avez pas voulu encore aller jufque là,
et j'en fuis bien fâché.

Je me mets à vos pieds; permettez-moi de les
baifer en toute humilité, et même vos mains qu'on
dit que vous avez les plus belles du monde. C'eft
à *Mouftapha* de venir les baifer avec autant d'humilité
que moi.

Le vieux malade de Ferney.

LETTRE CV.

DE L'IMPERATRICE.

Le $\dfrac{\text{30 janvier.}}{\text{10 février.}}$

MONSIEUR, vous me demandez un exemplaire imprimé de l'attentat des révérends pères poignardins confédérés pour l'amour de DIEU ; mais il n'y a point eu de relation de cette déteftable fcène, imprimée ici. J'ai ordonné de remettre à M. *Polianski*, votre protégé, l'argent pour fon voyage d'Italie ; j'efpère qu'il l'aura reçu à l'heure qu'il eft, de même que vos colons auxquels j'ai dit d'envoyer deux cents quarante-fept roubles qui manquent au compte qui leur a été payé ci-devant.

Dans une de vos lettres vous me fouhaitez, entre autres belles chofes que votre amitié pour moi vous infpire, une augmentation de plaifirs : je vais vous parler d'une forte de plaifir bien intéreffant pour moi, et fur lequel je vous prie de me donner vos confeils.

Vous favez, car rien ne vous échappe, que cinq cents demoifelles font élevées dans une maifon ci-devant deftinée à trois cents époufes de *Notre Seigneur*. Ces demoifelles, je dois l'avouer, furpaffent notre attente ; elles font des progrès étonnans, et tout le monde convient qu'elles deviennent auffi aimables qu'elles font remplies de connaiffances utiles à la fociété. Elles font de mœurs irréprochables, fans avoir cependant l'auftérité minutieufe des reclufes.

———— Depuis deux hivers on a commencé à leur faire jouer des tragédies et des comédies; elles s'en acquittent mieux que ceux qui en font profeſſion ici: mais j'avoue qu'il n'y a que très-peu de pièces qui leur conviennent, parce que leurs ſupérieures veulent éviter de leur en faire jouer qui remuaſſent trop tôt les paſſions. Il y a trop d'amour, dit-on, dans la plupart des pièces françaiſes, et les meilleurs auteurs même ont été ſouvent gênés par ce goût ou caractère national. En faire compoſer, cela eſt impoſſible; ce ne ſont pas là des ouvrages de commande, c'eſt le fruit du génie. Des pièces mauvaiſes et inſipides nous gâteraient le goût. Comment faire donc? Je n'en fais rien, et j'ai recours à vous. Faut-il ne choiſir que des ſcènes? Mais cela eſt beaucoup moins intéreſſant, à mon avis, que des pièces ſuivies.

Perſonne ne ſaurait mieux en juger que vous, Monſieur; aidez-moi, je vous prie, de vos conſeils.

J'allais finir cette lettre lorſque je reçois la vôtre du 14 janvier. Je vois à regret que je n'ai point répondu à quatre de vos lettres; cette dernière eſt écrite avec tant de vivacité et de chaleur, qu'il ſemble que chaque nouvelle année vous rajeunit. Je fais des vœux pour que votre ſanté ſe rétabliſſe dans le cours de celle-ci.

Pluſieurs de nos officiers, que vous avez eu la complaiſance d'admettre à Ferney, ſont revenus enchantés et de vous et de l'accueil que vous leur avez fait. En vérité, Monſieur, vous me donnez des preuves bien ſenſibles de votre amitié; vous l'étendez juſqu'à nos jeunes gens avides de vous voir et de vous entendre: je crains qu'ils n'abuſent de

votre

votre complaifance. Vous direz peut-être que je ne fais ce que je veux et ce que je dis, et que le comte *Théodore Orlof* a été à Genève fans entrer à Ferney ; mais j'ai bien grondé le comte *Théodore* de n'être point allé vous voir, au lieu de paffer quatorze heures à Genève : et, s'il faut tout dire, c'eft une mauvaife honte qui l'a retenu. Il prétend qu'il ne s'explique pas en français avec affez de facilité. A cela, je lui ai répondu qu'un des principaux mobiles de la bataille de Tchefme était difpenfé de favoir exactement la grammaire françaife, et que l'intérêt que M. de *Voltaire* veut bien prendre à tout ce qui regarde la Ruffie, et l'amitié qu'il me marque, me fait fuppofer que peut-être il n'aurait point eu de regret (quoiqu'il n'aime pas le carnage) d'entendre les détails de la prife de la Morée et des deux journées mémorables du 24 et 26 juin 1770, de la bouche même d'un officier général auffi aimable qu'il eft brave ; et qu'il lui aurait pardonné de ne pas s'expliquer exactement dans une langue étrangère que bien des naturels commencent à ignorer, s'il en faut juger par tant d'ouvrages infipides et mal écrits qu'on imprime tous les jours.

Vous vous étonnez de mes emplettes de tableaux : je ferais mieux peut-être d'en acheter moins, mais des occafions perdues ne fe retrouvent plus. Mes deniers d'ailleurs ne font pas confondus avec ceux de l'Etat ; et avec de l'ordre on vient à bout de bien des chofes. Je parle par expérience.

Je m'aperçois que ma lettre devient trop longue. Je finis en vous priant de me continuer votre amitié, et d'être perfuadé que, fi la paix n'a point lieu, je

_____ ferai tout mon poſſible pour vous donner le plaiſir
1772. de voir *Mouſtapha* encore mieux accommodé qu'il ne
l'a été ci-devant. J'eſpère que tous les bons chrétiens s'en
réjouiront avec nous , et que de façon ou d'autre
ceux qui ne le font point ſe rangeront à la raiſon par
des démonſtrations auſſi convaincantes que deux et
deux font quatre.

LETTRE CVI.

DE M. DE VOLTAIRE.

A Ferney , 12 février.

MADAME,

J'AI peur que votre Majeſté impériale ne ſoit bien
laſſe des lettres d'un vieux raiſonneur ſuiſſe qui ne
peut vous ſervir à rien , qui n'a pour vous qu'un
zèle inutile , qui déteſte cordialement *Mouſtapha*, qui
n'aime point du tout les Confédérés polaques, et qui
ſe borne à crier, dans ſon déſert, aux truites du lac de
Genève , chantons *Catherine II.*

Il m'eſt tombé entre les mains une petite pièce de
vers d'un jeune courlandais ou courlandois qui eſt
venu dans mon hermitage, et que j'aime beaucoup, parce qu'il penſe comme moi. Il m'a dit qu'il
n'oſait pas mettre à vos pieds ce rogaton; mais que,
puiſque j'avais la hardieſſe de vous ennuyer quelquefois en proſe , il ne m'en coûterait pas davantage
d'ennuyer votre Majeſté impériale en vers.

Je cède donc à l'empreſſement qu'a ce bon courlandais de vous faire bâiller ; vous recevrez ſon ode

1772.

au milieu de cent paquets qui vous arriveront de la Valachie, des îles de l'Archipel, d'Archangel et de l'Italie ; mais les vers ne veulent être lus que quand on n'a rien à faire ; et je ne penfe pas que ce foit jamais le cas de votre Majefté.

Après tout, elle ne doit pas être furprife qu'un courlandais faffe des vers, puifque le roi de Pruffe et l'empereur de la Chine en font tous les jours. Il eft vrai que les vers de l'empereur de la Chine ne font pas fur les Confédérés, mais c'eft aux Confédérés que le roi de Pruffe et mon courlandais s'adreffent.

Au refte, Madame, nos nouvelliftes difent que, voyant enfin qu'il ne paraiffait aucun *Godefroi de Bouillon*, aucun *Renaud*, aucun *Tancrède* pour feconder vos héros, et que perfonne ne voulait gagner des indulgences plénières en allant reprendre Jérufalem, vous vous amufez à négocier une trève avec ces vilains Turcs. Tout ce que vous ferez fera bien fait ; mais je voudrais qu'ils fuffent tous au fond de la mer Egée.

Je ne vous parle point des autres nouvelles qu'on débite ; elles me déplairaient beaucoup fi elles étaient vraies ; mais je ne crois point à cette bavarde qu'on appelle la *Renommée ;* je ne crois qu'à la gloire : elle eft toujours auprès de vous. Elle fait de quoi il s'agit, elle bâtit le temple de Mémoire à Pétersbourg, et je l'encenfe du fond de ma chaumière.

Je me mets aux pieds de la déeffe et de la fondatrice du temple avec la reconnaiffance, le profond refpect et l'attachement que mon cœur lui doit.

LETTRE CVII.

DE M. DE VOLTAIRE.

A Ferney, 6 mars.

MADAME,

J'AI été fur le point de délivrer pour jamais votre Majefté impériale de l'ennui de mes inutiles lettres, et tandis que le roi de Pruffe achevait fon poëme contre les Confédérés, tandis qu'un de nos Français entrait, dit-on, par un trou comme un blaireau dans Cracovie, tandis que *Mouftapha* s'obftinait à fe faire battre, et que l'aventure de Copenhague étonnait toute l'Europe, je me mourais tout doucement dans mon hermitage, et je partais pour aller faluer ce *Pierre le grand* qui prépara tous les prodiges que vous faites, et qui ne fe doutait pas qu'ils duffent aller fi loin.

Permettez qu'en recouvrant ma faible fanté pour un temps bien court, je mette à vos pieds mes refpects et mes chagrins. Ces chagrins font que des gens de ma nation s'avifent d'aller combattre chez des Sarmates contre un roi légitimement élu, plein de vertu, de fageffe et de bonté, avec lequel ils n'ont rien à démêler, et qui ne les connaît pas. Cela me paraît le comble de l'abfurdité, du ridicule et de l'injuftice.

Mon autre chagrin c'eft que les Grecs foient indignes de la liberté qu'ils auraient recouvrée, s'ils avaient eu le courage de vous feconder. Je ne veux

plus lire ni *Sophocle*, ni *Homère*, ni *Démoſthènes*. Je 1772.
déteſterais juſqu'à la religion grecque ſi votre Majeſté
impériale n'était pas à la tête de cette Egliſe.

Je vois bien, Madame, que vous n'êtes pas ico-
noclaſte, puiſque vous achetez tant de tableaux,
tandis que *Mouſtapha* n'en a pas un. Il y a dans le
monde un portrait que je préfère à toute la collection
des tableaux dont vous allez embellir votre palais ;
je l'ai mis ſur ma poitrine lorſque j'ai cru mourir, et
j'imagine que ce topique m'a conſervé un peu de
vie. J'emploie le peu qui m'en reſte à gémir ſur la
Pologne, à faire des vœux pour *Ali-Bey*, à dire des
injures à *Mouſtapha*, à vous ſouhaiter une longue
file de proſpérités, tous les plaiſirs poſſibles, et tous
les lauriers, dont vous avez déjà une collection plus
grande que celle de vos tableaux.

Que votre Majeſté impériale daigne agréer avec
ſa bonté ordinaire le profond reſpect, l'attachement
et les bavarderies de l'hermite du mont Jura.

J'apprends dans le moment que mes horlogers de
Ferney ont eu la hardieſſe d'écrire à votre Majeſté ;
je ne doute pas qu'elle ne pardonne à la liberté qu'ils
ont priſe de la remercier.

LETTRE CVIII.

DE M. DE VOLTAIRE.

À Ferney, 12 mars.

MADAME,

LA lettre de votre Majefté impériale du $\frac{30 \text{ janvier}}{10 \text{ février}}$, bien ou mal datée, femble m'avoir ranimé, comme vos lettres à vos généraux d'armée femblent devoir faire tomber *Mouftapha* en faibleffe.

L'article de vos cinq cents demoifelles m'intéreffe infiniment. Notre Saint-Cyr n'en a pas deux cents cinquante. Je ne fais fi vous leur faites jouer des tragédies ; tout ce que je fais, c'eft que la déclamation, foit tragique, foit comique, me paraît une éducation excellente, qui donne de la grâce à l'efprit et au corps, qui forme la voix, le maintien et le goût ; on retient cent paffages qu'on cite enfuite à propos, cela répand des agrémens dans la fociété, cela fait tous les biens du monde.

Il eft vrai que toutes nos pièces roulent fur l'amour ; c'eft une paffion pour laquelle j'ai le plus profond refpect ; mais je penfe, comme votre Majefté, qu'il ne faut pas qu'elle fe développe de très-bonne heure. On pourrait, ce me femble, retrancher de quelques comédies choifies les morceaux les plus dangereux pour de jeunes cœurs, en laiffant fubfifter l'intérêt de la pièce ; il n'y aurait peut-être pas vingt vers à changer dans le Mifanthrope, et pas quarante lignes dans l'Avare.

Si ces demoifelles jouent des tragédies, un jeune homme de mes amis en a fait une depuis peu, dans laquelle on ne peut pas dire que l'amour joue un rôle. Ce font deux efpèces de tartares qui fe regardent plutôt comme époux que comme amans. Je l'enverrai à votre Majefté impériale dès qu'elle fera imprimée. Si elle juge qu'on puiffe former un théâtre de nos meilleurs auteurs, pour l'éducation de votre Saint-Cyr, je ferai venir de Paris des tragédies et des comédies en feuilles; je les ferai brocher avec des pages blanches, fur lefquelles je ferai écrire les changemens néceffaires pour ménager la vertu de vos belles demoifelles. Ce petit travail fera pour moi un amufement, et ne nuira pas à ma fanté, toute faible qu'elle eft. Je ferai d'ailleurs foutenu par le plaifir de faire quelque chofe qui puiffe vous plaire.

Je fuppofe que votre bataillon de cinq cents filles eft un bataillon d'amazones, mais je ne fuppofe pas qu'elles banniffent les hommes; il faut bien qu'en jouant des pièces de théâtre, la moitié pour le moins de ces jeunes héroïnes faffe des perfonnages de héros; mais comment feront-elles celui de vieillard dans les comédies? En un mot, j'attends les inftructions et les ordres de votre Majefté fur tout cela.

Je doute que *Mouftapha* donne une fi bonne éducation aux filles de fon férail. Je le crois d'ailleurs, en comique, un fort mauvais plaifant; et en tragique, je ne le crois pas un *Achille*.

Ce que j'admire, Madame, c'eft que vous fatisfaites à tout; vous rendez votre cour la plus aimable

—— de l'Europe, dans le temps que vos troupes font les plus 'formidables. Ce mélange de grandeur et de grâces, de victoires et de fêtes me paraît charmant. Tout mon chagrin eſt d'être dans un âge à ne pouvoir être témoin de tous vos triomphes en tant de genres, et d'être obligé de m'en rapporter à la voix de l'Europe.

J'ai bien un autre chagrin, c'eſt que mes compatriotes ſoient dans Cracovie, au lieu d'être à Paris. Je ne peux pas dire que je ſouhaite qu'ils vous ſoient préſentés avec le grand viſir par quelques-uns de vos officiers : cela ne ſerait pas honnête, et on dit qu'il faut être bon citoyen ; j'attends le dénouement de cette affaire, et celui de la pièce que l'on joue actuellement en Danemarck.

Le vieux malade ſe met aux pieds de votre Majeſté impériale avec le profond reſpect et l'attachement qu'il conſervera juſqu'au dernier moment de ſa vie.

LETTRE CIX.

DE L'IMPERATRICE.

Le $\frac{19}{30}$ de mars.

Monsieur, j'ai reçu fucceffivement vos deux lettres du 12 février et du 6 mars. Je n'y ai pas répondu plutôt à caufe d'une bleffure que je me fuis faite par mal-adreffe à la main droite, ce qui m'a empêché d'écrire pendant quelques femaines ; à peine pouvais-je figner.

Votre dernière lettre m'a vraiment alarmée fur l'état où vous avez été ; j'efpère que celle-ci vous trouvera rétabli. L'ode de M. *Daflec* n'eft point l'ouvrage d'un malade. Si les hommes pouvaient devenir fages, il y a long-temps que vous les auriez rendus tels. Oh, que j'aime vos écrits ! il n'y a rien de mieux felon moi. Si ces fous de Confédérés étaient des êtres capables de raifon, vous les auriez perfuadés, vous les auriez ramenés au droit fens ; mais je fais un remède qui les guérira.

Si la guerre continue, il ne nous reftera guère plus que Byzance à prendre, et en vérité je commence à croire que cela n'eft pas impoffible ; mais il faut être fage et dire avec ceux qui le font, que la paix vaut mieux que la plus belle guerre du monde. Tout cela dépend du feigneur *Mouftapha.* Je fuis prête à l'une comme à l'autre : et quoiqu'on vous dife que la Ruffie eft fur les dents, n'en croyez rien ;

*

—— 1772.

elle n'a pas encore touché à mille reſſources que d'autres puiſſances ont épuiſées, même en temps de paix. De trois ans elle n'a impoſé aucunes nouvelles taxes; non que cela ne fût feſable, mais parce que nous avons ſuffiſamment ce qu'il nous faut.

Je ſais que les chanſonniers de Paris ont débité que j'avais fait enrôler le huitième homme; c'eſt un menſonge groſſier et qui n'a pas le ſens commun. Apparemment qu'il y a chez vous des gens qui aiment à ſe tromper; il faut leur laiſſer ce plaiſir, parce que tout eſt au mieux dans ce meilleur des mondes poſſibles, ſelon le docteur *Pangloſſ*.

Les procédés de M. *Tronchin* envers moi ſont les plus honnêtes du monde. Je ſuis comme l'impératrice *Théodora*, j'aime les images; mais il faut qu'elles ſoient bien peintes.

J'ai reçu la lettre de vos horlogers. Je vous envoie ces noiſettes qui contiennent le germe de l'arbre qu'on appelle cédre de Sibérie. Vous pouvez les faire planter en terre; ils ne ſont rien moins que délicats. Si vous en voulez plus que ce papier n'en contient, je vous en enverrai.

Recevez mes remercîmens de toutes les amitiés que vous me témoignez, et ſoyez aſſuré de toute mon eſtime.

CATERINE.

LETTRE CX.

DE L'IMPERATRICE.

Le $\frac{23}{3}$ mars.

Monsieur, votre lettre du 12 mars m'a caufé un contentement bien grand. Rien ne faurait arriver de plus heureux à notre communauté que ce que vous me propofez. Nos demoifelles jouent la comédie et la tragédie : elles ont donné Zaïre l'année paffée, et pendant ce carnaval elles ont repréfenté Zémire, tragédie ruffe, et la meilleure de M. *Somorocof*, dont vous aurez entendu parler. Ah! Monfieur, vous m'obligerez infiniment fi vous entreprenez, en faveur de ces aimables enfans, le travail que vous nommez un amufement, et qui coûterait tant de peine à tout autre. Vous me donnerez par là une marque bien fenfible de cette amitié dont je fais un cas fi diftingué. D'ailleurs ces demoifelles, je dois l'avouer, font charmantes, et tous ceux qui les voient, l'avouent auffi. Il y en a de quatorze à quinze ans. Si vous les voyiez, je fuis perfuadée qu'elles s'attireraient votre approbation. J'ai été plus d'une fois tentée de vous envoyer quelques-uns des billets que j'ai reçus d'elles, et qui affurément n'ont pas été compofés par leurs maîtres ; ils font trop naturels et trop enfantins. On y voit répandus fur chaque ligne l'innocence, l'agrément et la gaieté de leur efprit.

1772.

Je ne sais si ce bataillon de filles, comme vous le nommez, produira des amazones; mais nous sommes très-éloignés, je vous l'avoue, de faire des religieuses, et de les rendre étiques à force de brailler la nuit à l'église, comme cela se pratique à Saint-Cyr. Nous les élevons au contraire pour les rendre les délices des familles où elles entreront; nous ne les voulons ni prudes ni coquettes, mais aimables, et en état d'élever leurs enfans, d'avoir soin de leur maison.

Voici comment on s'y prend pour distribuer les rôles des pièces de théâtre : on leur dit qu'une telle pièce sera jouée, et on leur demande qui veut jouer tel rôle ; il arrive souvent qu'une chambrée entière apprend ce rôle; après quoi on choisit celle qui s'en acquitte le mieux. Celles qui jouent les rôles d'hommes portent dans les comédies une espèce de frac long, que nous appelons la mode de ce pays-là. Dans la tragédie, il est aisé d'habiller nos héros convenablement, et pour la pièce et pour leur état. Les vieillards font les rôles les plus difficiles et les moins bien rendus: une grande perruque et un bâton ne rident point l'adolescence; ces rôles ont été un peu froids jusqu'ici. Nous avons eu ce carnaval un petit-maître charmant, un *Blaise* original, une dame de *Croupillac* admirable, deux soubrettes et un *Avocat patelin* à ravir, et un *Jasmin* très-intelligent.

Je ne sais pas comment *Moustapha* pense sur l'article de la comédie; mais, il y a quelques années, il donna au monde le spectacle de ses défaites sans pouvoir se résoudre à changer de rôle. Nous avons ici le kalga sultan, frère du kan, très-indépendant, de la Crimée, par la grâce de DIEU et les armes de

la Ruſſie. Ce jeune prince tartare eſt d'un caractère
doux ; il a de l'eſprit ; il fait des vers arabes ; il ne
manque aucun de nos ſpectacles ; il s'y plaît ; il
va à ma communauté les dimanches après-dîné
(lorſqu'il eſt permis d'y entrer), pendant deux heures,
pour voir danſer les demoiſelles. Vous direz que c'eſt
mener le loup au bercail ; mais ne vous effarouchez
point : voici comme on s'y prend.

Il y a une très-grande ſalle dans laquelle on a placé
un double rang de baluſtrades ; les enfans danſent
dans l'intérieur ; le monde eſt rangé autour des baluſtrades , et c'eſt l'unique occaſion que les parens ont
de voir nos demoiſelles auxquelles il n'eſt point permis de ſortir de douze ans de la maiſon.

N'ayez pas peur , Monſieur ; vos pariſiens, qui
ſont à Cracovie, ne me feront pas grand mal ; ils
jouent une mauvaiſe farce, qui finira comme les
comédies italiennes.

Il eſt à appréhender que cette malheureuſe hiſtoire
du Danemarck ne ſoit pas la ſeule qui s'y paſſe. Je
crois avoir répondu , Monſieur, à toutes vos queſtions.
Donnez-moi au plutôt des nouvelles ſatisfeſantes ſur
votre ſanté , et ſoyez perſuadé que je ſuis toujours
la même.

CATERINE.

LETTRE CXI.

DE M. DE VOLTAIRE.

29 mai.

MADAME,

LE vieux malade de Ferney a reçu prefque en même temps de votre Majefté impériale les deux lettres dont elle l'a honoré, l'une en date du 15 mars, et l'autre du 3 avril, avec le paquet contenant les fruits de cédre du Liban, que les dix tribus chaffées par le bon *Salmanazar* ont fans doute tranfplanté en Sibérie.

Votre Majefté me comble toujours de faveurs. Je vais femer ces petites féves dès que la faifon le permettra. Ces cédres-là ombrageront peut-être un jour des génevois; mais, du moins, ils n'auront pas fous leurs ombrages des rendez-vous de confédérés farmates.

J'ai enfin eu l'honneur de voir un des cinq *Orlof*. Les héros qu'on appelle les fils *Aimon*, ne font qu'au nombre de quatre; ceux-ci font cinq. J'ai vu celui qui ne fe mêle de rien, et qui eft philofophe : il m'a étonné, et mes regrets ont redoublé de n'avoir pu jouir de l'honneur de voir les quatre autres; mais votre Majefté fait que je mourrai avec un regret bien plus cuifant.

Nos extravagans de chevaliers errans qui ont couru fans miffion vers la zone glaciale combattre pour le

1772.

liberum veto, méritent affurément toute votre indignation; mais les dévots à Notre-Dame de Czenftokova,
font cent fois plus coupables. Du moins nos don
Quichottes velches ne peuvent fe reprocher ni baffeffe,
ni fanatifme : ils ont été très-mal inftruits, très-im-
prudens et très-injuftes.

J'étais moi-même bien mal inftruit, ou plutôt,
auffi aveugle des yeux de l'ame que de ceux du corps,
de ne pas comprendre ce que le roi de Pruffe m'écrivait, il y a environ un an : *Vous verrez un dénouement
auquel perfonne ne s'attend.* J'avais toujours mon
Mouftapha en tête; ma chimère fur les frontières de
ma Suiffe était que, grâce à mon héroïne, il n'y eût
plus de turcs en Turquie. Elle prenait dès ce temps-
là même un parti encore plus noble et plus utile,
celui de détruire l'anarchie en Pologne, en rendant
à chacun ce que chacun croit lui appartenir, et en
commençant par elle-même.

Mais qui fait fi, après avoir exécuté ce grand projet,
elle n'achèvera pas l'autre, et fi un jour elle n'aura
pas trois capitales, Pétersbourg, Mofcou et Byzance?
Cette Byzance eft plus agréablement fituée que les
deux autres. Il en fera de votre féjour fur le
Bofphore de Thrace comme de mes cédres du Liban;
je ne les verrai pas, mais au moins mes héritiers les
verront.

Je ne verrai pas non plus votre Saint-Cyr qui eft
fort au-deffus de notre Saint-Cyr. Nos demoifelles
feront très-dévotes et très-honnêtes, mais les vôtres
joindront à ces deux bonnes qualités, celle de jouer
la comédie, comme elles fefaient autrefois chez nous.
L'article de la barbe vous embarraffe; mais fi *Efther*

—— n'avait point de barbe, *Mardochée* en avait. On prétend même que lorfque la *Mardochée* ornée d'une très-courte barbe blonde, vint un jour répéter fon rôle avec *Efther*, tête à tête dans fa chambre, cette *Efther* tout étonnée, lui dit : Eh, mon Dieu ! ma fœur, pourquoi avez-vous mis votre barbe à votre menton ? Quoi qu'il en foit, votre Majefté impériale allie à merveille le temporel et le fpirituel. Elle envoie d'un côté des plénipotentiaires, et de l'autre des troupes victorieufes ; ainfi elle donnera la paix à main armée ; on ne la donne guère autrement.

Enfin, je triomphe auffi dans mon coin. J'ai toujours foutenu contre mes contradicteurs opiniâtres que vous viendriez à bout de tout. Il femble que votre courage avait paffé dans ma tête. Aucun de mes anti-raifonneurs ne m'a intimidé pendant quatre ans. J'ai enfin gagné obfcurément ma gageure, quand vous êtes montée au faîte de la gloire et de la félicité, et quand *Mouftapha*, *Kienlong*, *Ganganelli* et le grand lama ne peuvent vous difputer d'être la première perfonne de notre globe. Cela me rend bien fier.

Mais je n'en fuis ni plus ni moins attaché à votre Majefté impériale avec le refpect que tout le monde vous doit comme moi.

Le vieux malade.

LETTRE

LETTRE CXII.

DE L'IMPERATRICE.

A Pétershoff, le $\frac{25 \text{ juin.}}{6 \text{ juillet}}$

Monsieur, je vois avec plaisir, par votre lettre du 29 mai, que mes noisettes de cèdre vous sont parvenues : vous les sèmerez à Ferney; j'en ai fait autant ce printemps à Czarscozélo. Ce nom vous paraîtra peut-être un peu dur à prononcer; cependant c'est un endroit que je trouve délicieux, parce que j'y plante et que j'y sème. La baronne de *Thunder-ten-tronck* trouvait bien son château le plus beau des châteaux possibles. Mes cèdres sont déjà de la hauteur du petit doigt; que sont les vôtres? J'aime à la folie présentement les jardins à l'anglaise, les lignes courbes, les pentes douces, les étangs en forme de lacs, les archipels en terre ferme; et j'ai un profond mépris pour les lignes droites, les allées jumelles. Je hais les fontaines qui donnent la torture à l'eau pour lui faire prendre un cours contraire à sa nature : les statues sont reléguées dans les galeries, les vestibules, &c. En un mot, l'anglomanie domine dans ma plantomanie.

C'est au milieu de ces occupations que j'attends tranquillement la paix. Mes ambassadeurs sont à Yassi depuis six semaines, et l'armistice pour le Danube, la Crimée, la Géorgie, et la mer Noire, a été

Corresp. de l'impér. de R... &c.   Q

fignée le 19 de mai, vieux ftyle, à Giurgero. Les plénipotentiaires turcs font en chemin au-delà du Danube ; leurs équipages, faute de chevaux, font traînés par la race du dieu *Apis*. A la fin de chaque campagne, j'ai fait propofer la paix à ces meffieurs ; ils ne fe font plus apparemment crus en fureté derrière le mont Hémus, puifque cette fois ils ont parlementé tout de bon. Nous verrons s'ils font affez fenfés pour faire la paix à temps.

Les chalands de la vierge de Czenftokova fe cacheront fous le froc de S*t* *François*, et ils auront tout le temps de méditer un grand miracle, par l'intercef-fion de cette dame. Vos petits - maîtres prifonniers retourneront chez eux débiter avec fuffifance, dans les ruelles de Paris, que les Ruffes font des barbares qui ne favent pas faire la guerre.

Ma communauté, qui n'eft point barbare, fe recommande à vos foins. Ne nous oubliez point, je vous en prie. Moi, de mon côté, je vous promets de faire de mon mieux, afin de continuer à donner le tort à ceux qui, contre votre opinion, ont fou-tenu pendant quatre ans que je fuccomberais.

Soyez affuré que je fuis bien fenfible à tous les témoignages d'amitié que vous me donnez. Mon amitié et mon eftime pour vous ne finiront qu'avec ma vie.

CATERINE.

LETTRE CXIII.

DE M. DE VOLTAIRE.

A Ferney, 31 juillet.

MADAME,

I l y a bien long-temps que je n'ai ofé importuner votre Majefté impériale de mes inutiles lettres. J'ai préfumé que vous étiez dans le commerce le plus vif avec *Mouftapha* et les Confédérés de Pologne. Vous les rangez tous à leur devoir, et ils doivent vous remercier tous de leur donner, à quelque prix que ce foit, la paix dont ils avaient très-grand befoin.

Votre Majefté a peut-être cru que je la boudais, parce qu'elle n'a pas fait le voyage de Stamboul et d'Athènes, comme je l'efpérais. J'en fuis affligé, il eft vrai, mais je ne peux être fâché contre vous; et d'ailleurs fi votre Majefté ne va pas fur le Bofphore, elle ira du moins faire un tour vers la Viftule. Quelque chofe qui arrive, *Mouftapha* a toujours le mérite d'avoir contribué pour fa part à votre grandeur, s'il vous a empêché de continuer votre beau code; et *Pallas* la guerrière, après l'avoir bien battu, va redevenir *Minerve* la légiflatrice.

Il n'y a plus que ce pauvre *Ali-Bey* qui foit à plaindre; on le dit battu et en fuite, c'eft dommage. Je le croyais paifible poffeffeur du beau pays où l'on

Q 2

adorait autrefois les chats et les chiens ; mais comme vous êtes plus voifine de la Pruffe que de l'Egypte, je penfe que vous vous confolez du petit malheur arrivé à mon cher *Ali-Bey*. Je préfume auffi que votre Majefté n'a point fait faire le voyage de Sibérie à nos étourdis de Français qui ont été en Pologne où ils n'avaient que faire. Puifqu'ils aimaient à voyager, il fallait qu'ils vinffent vous admirer à Pétersbourg ; cela eût été plus fenfé, plus décent et beaucoup agréable. Pour moi, c'eft ainfi que j'en uferais fi je n'étais pas octogénaire. J'eftime fort Notre-Dame de Czenftokova ; mais j'aurais donné dans mon péle-rinage la préférence à Notre-Dame de Pétersbourg. Je n'ai plus qu'un fouffle de vie, je l'emploierai à vous invoquer en mourant comme ma fainte, et la plus grande fainte affurément que le Nord ait jamais portée.

Le vieux malade de Ferney fe met à vos pieds avec le plus profond refpect et une reconnaiffance qui ne finira qu'avec fa vie.

LETTRE CXIV.

DE M. DE VOLTAIRE.

A Ferney, 21 augufte.

MADAME,

JE ne ceffe d'admirer celle qui, ayant tous les jours à écrire en Turquie, à la Chine, en Pologne, trouve encore du temps pour daigner écrire au vieux malade du mont Jura. Il y a long-temps que je fais que vous avez plufieurs ames, en dépit des théologiens, qui aujourd'hui n'en admettent qu'une. Mais enfin, votre Majefté impériale n'a pas plufieurs mains droites; elle n'a qu'une langue pour dicter, et la journée n'a que vingt-quatre heures pour vous, ainfi que pour les Turcs, qui ne favent ni lire ni écrire; en un mot, vous m'étonnez toujours, quoique je me fois promis depuis long-temps de n'être plus étonné de rien.

Je ne fuis pas même étonné que mes cédres n'aient point germé, tandis que ceux de votre Majefté font déjà de quelques lignes hors de terre. Il n'eft pas jufte que la nature me traite auffi bien que vous. Si vous plantiez des lauriers au mois de janvier, je fuis fûr qu'ils vous donneraient au mois de juin de quoi mettre autour de votre tête.

Je ne fais pas, s'il eft vrai, que les dames de Cracovie faffent bâtir en France un château pour nos officiers. Je doute que les Polonaifes aient affez d'argent de refte pour payer ce monument. Ce château pourrait bien être celui d'*Armide*, ou quelque château en Efpagne.

Ce qui doit paraître plus fabuleux à nos Français, et qui cependant êft très-vrai, à ce qu'on m'affure, c'eft que votre Majefté, après quatre ans de guerre, et par conféquent de dépenfes prodigieufes, augmente la paye de fes armées d'un cinquième. Notre miniftre des finances doit tomber à la renverfe en apprenant cette nouvelle.

Je me flatte que *Falconet* en dira deux mots fur la bafe de votre ftatue ; je me flatte encore que ce cinquième fera pris dans les bourfes que mon cher *Mouftapha* fera obligé de vous payer pour les frais du procès qu'il vous a intenté fi mal-adroitement.

Je vous annonce aujourd'hui un gentilhomme flamand, jeune, brave, inftruit, fachant plufieurs langues, voulant abfolument apprendre le ruffe, et être à votre fervice ; de plus, bon muficien : il s'appelle le baron de *Pellemberg*. Ayant fu que je devais avoir l'honneur de vous écrire, il s'eft offert pour courrier, et le voilà parti ; il en fera ce qu'il pourra : tout ce que je fais, c'eft qu'il en viendra bien d'autres, et que je voudrais bien être du nombre.

Voici le temps, Madame, où vous devez jouir de vos beaux jardins, qui, grâce à votre bon goût, ne font point fymétrifés. Puiffent tous les cèdres du Liban y croître avec les palmes !

Le vieux malade de Ferney fe met aux pieds de votre Majefté impériale, avec le plus profond refpect et la plus fenfible reconnaiffance.

LETTRE CXV.

DE M. DE VOLTAIRE.

A Ferney , 28 augufte.

MADAME,

P ARDON ; mais non-feulement votre Majefté impériale me protége, elle m'inftruit ; elle a bien voulu
me défaire de quelques erreurs françaifes fur la
Sibérie ; elle me permet les queftions.

Je prends donc la liberté de lui demander s'il eft
vrai qu'il y ait en Sibérie une efpèce de héron tout
blanc , avec les ailes et la queue couleur de feu , et
furtout s'il eft vrai que , par la paix du Pruth, *Pierre
le grand* fe foit obligé à envoyer tous les ans un
de ces oifeaux avec un collier de diamans à la
Porte ottomane. Nos livres difent que cet oifeau
s'appelle chez vous *kratfshot* , et chez les Turcs
chungar.

Je doute fort, Madame, que votre Majefté impériale paye déformais un tribut de chungar et de
diamans au feigneur *Mouftapha.* Les gazettes difent
qu'elle achète un diamant d'environ trois millions à
Amfterdam ; j'efpère que *Mouftapha* payera ce brillant
en fignant le traité de paix , s'il fait écrire.

Votre extrême indulgence m'a accoutumé à la
hardieffe de queftionner une impératrice : cela n'eft
pas ordinaire , mais , en vérité , il n'y a rien de fi

Q 4

————— extraordinaire dans le monde entier que votre
1772.   Majefté, aux pieds de laquelle fe met, avec le plus
profond refpect,

Le vieux malade de Ferney.

LETTRE CXVI.

DE L'IMPERATRICE.

Le $\frac{1}{12}$ de feptembre.

M ONSIEUR, j'ai à vous annoncer, en réponfe à
votre lettre du 21 d'augufte, que je vais commencer
avec *Mouftapha* une nouvelle correfpondance à coups
de canon. Il lui a plu d'ordonner à fes plénipotentiaires de rompre le congrès de Fokani; la trève
finit avec lui. C'eft apparemment l'ame qui a ce
département-là qui vous a dit cette nouvelle. Je vous
prie de m'inftruire de ce que font les autres ames que
vous me donnez tandis que je penfe à *Mouftapha*.
Il m'a toujours paru que je n'avais à la fois qu'une
idée. J'efpère au moins que meffieurs les théologiens
me feront un compliment en cérémonie au premier
concile œcuménique où je préfiderai, pour avoir
foutenu leur opinion en cette occafion.

Je crois qu'il faut ranger le château que les dames
polonaifes prétendent bâtir aux officiers français
engagés au fervice des prétendus Confédérés, au
nombre de beaucoup d'autres bâtimens pareils, élevés
dans l'imagination de l'une et l'autre nation, depuis

pluſieurs années, et qui ſe ſont évaporés en particules ſi ſubtiles que perſonne ne les a pu appercevoir. Il n'y a pas juſqu'aux miracles de la Dame de Czenſtokova qui n'aient eu ce ſort depuis que les moines de ce couvent ſe trouvent en compagnie d'un beau régiment d'infanterie ruſſe, lequel occupe maintenant cette for3tereſſe.

On ne vous a point trompé, Monſieur, lorſqu'on vous a dit que j'ai augmenté, ce printemps, d'un cinquième la paye de tous mes officiers militaires, depuis le maréchal juſqu'à l'enſeigne. J'ai acheté en même temps la collection de tableaux de feu M. de *Crozat*, et je ſuis en marché d'un diamant de la groſſeur d'un œuf.

Il eſt vrai qu'en augmentant ainſi ma dépenſe, d'un autre côté mes poſſeſſions ſe ſont auſſi accrues un peu par un accord fait entre la cour de Vienne, le roi de Pruſſe et moi. Nous n'avons point trouvé d'autre moyen de garantir nos frontières des incurſions des prétendus Confédérés commandés par des officiers français, que de les étendre.

Le père *Adam* ne trouve-t-il pas que voilà bien des conſciences en danger?

Adieu, Monſieur, ſouvenez-vous de moi en bien, et ſoyez aſſuré du ſenſible plaiſir que me font vos lettres. Vous pourriez m'en faire un plus grand encore, ce ſerait de vous bien porter en dépit de vos années.

CATERINE.

LETTRE CXVII.

DE M. DE VOLTAIRE.

Septembre.

MADAME,

VOTRE rhinocéros n'eft pas ce qui me furprend; il fe peut très-bien que quelque indien ait amené autre-fois un rhinocéros en Sibérie, comme on en a conduit en France et en Hollande. Si *Annibal* fit paffer les Alpes à travers les neiges à des éléphans, votre Sibérie peut avoir vu autrefois les mêmes tentatives, et les os de ces animaux peuvent s'être confervés dans les fables. Je ne crois pas que la pofition de l'équateur ait jamais changé; mais je crois que le monde eft bien vieux.

Ce qui m'étonne davantage, c'eft votre inconnu qui fait des comédies dignes de *Molière;* et pour dire encore plus, dignes de faire rire votre Majefté impériale; car les Majeftés rient rarement, quoi-qu'elles aient befoin de rire. Si un génie tel que le vôtre trouve les comédies plaifantes, elles le font fans doute. J'ai demandé à votre Majefté des cédres de Sibérie, j'ofe lui demander à préfent une comédie de Pétersbourg. Il ferait aifé d'en faire une traduction. Je fuis né trop tard pour apprendre la langue de votre empire. Si les Grecs avaient été dignes de ce que vous avez fait pour eux, la langue grecque ferait

aujourd'hui la langue univerfelle ; mais la langue
ruffe pourrait bien prendre fa place. Je fais qu'il y a 1772.
beaucoup de plaifanteries dont le fel n'eft convenable
qu'aux temps et aux lieux , mais il y en a auffi qui
font de tout pays, et ce font fans contredit les meilleures. Je fuis fûr qu'il y en a beaucoup de cette efpèce
dans la comédie qui vous a plu davantage ; c'eft
celle-là dont je prends la liberté de demander la
traduction. Il eft affez beau , ce me femble, de faire
traduire une pièce de théâtre, quand on joue un fi
grand rôle fur le théâtre de l'univers. Je ne demanderai jamais une traduction à *Mouflapha*, encore moins
à *Pulauski*.

Le dernier acte de votre grande tragédie paraît bien
beau ; le théâtre ne fera pas enfanglanté, et la gloire
fera le dénouement.

LETTRE CXVIII.

DE L'IMPERATRICE.

Le $\frac{6}{17}$ octobre.

MONSIEUR, je ne vous difpute point la poffibilité de la venue des rhinocéros et des éléphans des Indes en Sibérie : cela fe peut. Je ne vous ai envoyé le récit de notre favant que comme un fimple objet de curiofité, et nullement pour appuyer mon opinion. Je vous avoue que j'aimerais que l'équateur changeât de pofition : l'idée riante que dans vingt mille ans la Sibérie, au lieu de glaces, pourra être couverte d'orangers et de citronniers, me fait plaifir dès à préfent.

Dès que la traduction de la comédie ruffe qui nous a le plus fait rire fera achevée, elle prendra le chemin de Ferney. Vous direz peut-être, après l'avoir lue, qu'il eft plus aifé de me faire rire que les autres Majeftés, et vous aurez raifon : le fond de mon caractère eft extrêmement gai.

On trouve ici que l'auteur anonyme de ces nouvelles comédies ruffes, quoiqu'il annonce du talent, a de grands défauts; qu'il ne connaît point le théâtre, que fes intrigues font faibles : mais qu'il n'en eft pas de même des caractères qu'il trace, que ceux-ci font foutenus et pris dans la nature qu'il a devant les yeux; qu'il a des faillies, qu'il fait rire, que fa morale eft pure, et qu'il connaît bien fa nation; mais je ne fais fi tout cela foutiendra la traduction.

1772.

En vous parlant de comédies, permettez, Monfieur, que je rappelle à votre mémoire la promeffe que vous avez bien voulu me faire, il y a près d'un an, d'accommoder quelques bonnes pièces de théâtre pour mes inftituts d'éducation. Je ne vous parle point aujourd'hui de la grande tragédie de la guerre, du congrès rompu, du congrès renoué, de la trève prolongée ; j'efpère vous mander dans peu la fin de tout ceci. Vous ferez un des premiers inftruits de la fignature du traité définitif ; après quoi nous nous réjouirons.

Je fuis, comme je ferai toujours, Monfieur, avec l'eftime et la confidération la plus diftinguée,

CATERINE.

LETTRE CXIX.

DE M. DE VOLTAIRE.

2 novembre.

MADAME,

IL me paraît, par votre dépêche du 12 feptembre, qu'il y a une de vos ames qui fait plus de miracles que Notre-Dame de Czenftokova, nom très-difficile à prononcer. Votre Majefté impériale m'avouera que la *Santa-Cafa*, dit *Loretta*, eft beaucoup plus douce à l'oreille, et qu'elle eft bien plus miraculeufe, puifqu'elle eft mille fois plus riche que votre *fainte Vierge* polonaife. Du moins les Mufulmans n'ont pas de femblables fuperftitions, car leur fainte maifon

de la Mecque ou Mecca eſt beaucoup plus ancienne
que le mahométiſme, et même que le judaïſme. Les
Muſulmans n'adorent point, comme nous autres,
une foule de ſaints, dont la plupart n'ont point
exiſté, et parmi leſquels il n'y en a pas quatre peut-
être avec qui vous euſſiez daigné ſouper.

Mais auſſi voilà tout ce que vos Turcs ont de bon.
Je ſuis très-content, puiſque mon impératrice reprend
l'habitude de leur donner ſur les oreilles.

Je remercie de tout mon cœur votre Majeſté de
vous être avancée vers le Midi ; je vois bien qu'à
la fin je ſerai en état de faire le voyage que j'ai
projeté depuis long-temps ; vous accourciſſez ma
route de jour en jour. Voilà trois belles et bonnes
têtes dans un bonnet ; la vôtre, celle de l'empereur
des Romains, et celle du roi de Pruſſe.

Le dernier m'a envoyé ſa belle médaille de *regno
redintegrato*. Ce mot de *redintegrato* eſt ſingulier,
j'aurais autant aimé *novo*. Le *redintegrato* conviendrait mieux à l'empereur des Romains, s'il voulait
monter à cheval avec vous, et reprendre une partie
de ce qui appartenait autrefois ſi légitimement, par
uſurpation, au trône des *Céſars*, à condition que
vous prendriez tout le reſte qui ne vous appartint
jamais, toujours en allant vers le Midi, pour la
facilité de mon voyage.

Il y a environ quatre ans que je prêche cette petite
croiſade. Quelques eſprits creux, comme moi, prétendent que le temps approche où Ste *Marie-Théréſe*
de concert avec Ste *Catherine* exaucera mes ferventes
prières ; ils diſent que rien n'eſt plus aiſé que de
prendre en une campagne la Boſnie, la Servie, et

de vous donner la main à Andrinople. Ce ferait un
fpectacle charmant de voir deux impératrices tirer
les deux oreilles à *Mouftapha*, et le renvoyer en
Afie.

Certainement, difent-ils, puifque ces deux braves
dames fe font fi bien entendues pour changer la face
de la Pologne ; elles s'entendront encore mieux pour
changer celle de la Turquie.

Voici le temps des grandes révolutions ; voici un
nouvel univers créé, d'Archangel au Borifthène ; il ne
faut pas s'arrêter en fi beau chemin. Les étendards,
portés de vos belles mains fur le tombeau de *Pierre
le grand* (par ma foi moins grand que vous) doivent
être fuivis de l'étendard du grand prophète.

Alors je demanderai une feconde fois la protection
de votre Majefté impériale pour ma colonie, qui
fournira de montres votre empire, et les coiffures de
blondes aux dames de vos palais.

Quant à la révolution de Suède, j'ai bien peur
qu'elle ne caufe un jour quelque petit embarras ;
mais la cour de France n'aura de long-temps affez
d'argent pour feconder les bonnes intentions qu'on
pourrait avoir avec le temps dans cette partie du
Nord, qui n'eft pas la plus fertile, à moins qu'on
ne vous vende le diamant nommé *le pitt* ou *le régent* ;
mais il n'eft gros que comme un œuf de pigeon, et le
vôtre eft plus gros qu'un œuf de poule.

Je me mets à vos pieds avec l'enthoufiafme d'un
jeune homme de vingt ans, et les rêveries d'un
vieillard de près de quatre-vingts.

LETTRE CXX.

DE L'IMPÉRATRICE.

Le $\frac{11}{22}$ de novembre.

MONSIEUR, j'ai reçu votre lettre du 2 de novembre, lorfque je répondais à une belle et longue lettre que M. d'*Alembert* m'écrit après un filence de cinq ou fix ans, et dans laquelle il réclame, au nom des philofophes et de la philofophie, les français faits prifonniers en différens endroits de la Pologne. Le billet ci-joint contient ma réponfe.

Je fuis fâchée que la calomnie ait induit les philofophes en erreur. M. de *Mouftapha* revient de la fienne; il fait travailler de très-bonne foi à Buchareft fon reis-effendi au rétabliffement de la paix, après quoi il pourra renouveler les pélerinages de la Mecque, que le feigneur *Ali-Bey* avait un peu dérangés depuis fa levée de bouclier. Je ne fais pas jufqu'où les Turcs pouffent leur refpect pour leurs faints; mais je fuis témoin oculaire qu'ils en ont. Voici le fait:

Lors de mon voyage fur le Volga, je defcendis de ma galère à vingt verftes plus bas que la ville de Cafan, pour voir les ruines de l'ancienne Bulgar que *Tamerlan* avait bâtie pour fon petit-fils. J'y trouvai en effet fept à huit maifons de pierre, et autant de minarets conftruits très-folidement. Je m'approchai d'une mafure près de laquelle fe tenait une quarantaine de tartares. Le gouverneur de la province

me

me dit que cet endroit était un lieu de dévotion pour
ces gens-là, et que ceux que je voyais y étaient venus
en pélerinage. Je voulus favoir en quoi confiftait cette
dévotion; pour cet effet, je m'adreffai à un de ces
tartares dont la phyfionomie me parut prévenante :
il me fit figne qu'il n'entendait pas le ruffe, et fe mit
à courir pour appeler un homme qui fe tenait à
quelques pas de là. Cet homme s'approcha, et je lui
demandai qui il était. C'était un iman qui parlait
affez bien notre langue : il me dit que dans cette
mafure avait habité un homme d'une vie fainte, qu'ils
venaient de fort loin pour faire leurs prières fur fon
tombeau, lequel était près de là. Ce qu'il me conta
me fit conclure que c'était affez l'équivalent du culte
de nos faints.

Adieu, Monfieur, confervez-moi votre amitié. Je
vous fouhaite de tout mon cœur les années de l'anglais *Jean Kings*, qui a vécu jufqu'à cent foixante-
neuf ans. Le bel âge !

CATERINE.

Dans peu, je vous enverrai la traduction françaife
de deux comédies ruffes. On les tranfcrit au net.

1772.

LETTRE CXXI.

DE M. DE VOLTAIRE.

Premier décembre.

MADAME,

J'AVOUE qu'il eſt aſſez ſingulier qu'en donnant la paix aux Turcs, et des lois à la Pologne, on me donne auſſi une traduction d'une comédie. Je vois bien qu'il y a certaines ames qui ne ſont pas embarraſſées de leur univerſalité ; je n'en ſuis pas moins fâché contre votre Majeſté impériale de l'Egliſe grecque, et contre la Majeſté impériale de l'Egliſe romaine, qui pouvaient ſouffleter toutes deux de leurs mains blanches la majeſté de *Mouſtapha*, rendre la liberté à toutes les dames du ſérail, et rebénir Sainte-Sophie. Je ne vous pardonnerai jamais, Meſdames, de ne vous être pas entendues pour faire ce beau coup. On aurait ceſſé à jamais de parler de *Glorinde* et d'*Armide* ; il ne ſerait plus queſtion du *Gofreddo*. Il valait certainement mieux prendre Conſtantinople qu'une vilaine ville de Jéruſalem ; le Boſphore vaut mieux que le torrent de Cédron. J'ai eſſuyé là une mortification terrible ; mais enfin je m'en conſole par la gloire que vous avez acquiſe, et par tout le ſolide attaché à votre gloire, et même encore par l'eſpérance que ce qui eſt différé n'eſt pas perdu.

Oſerais-je, Madame, tout fâché que je ſuis contre vous, demander une grâce à votre Majeſté impériale,

Elle ne regarde ni *Mouſtapha* ni ſon grand-viſir; c'eſt
pour un ingénieur de mon pays, qui eſt comme moi,
moitié français, moitié ſuiſſe. C'eſt un bon phyſicien,
qui fait actuellement dans nos Alpes des expériences
ſur la glace; car nous avons des glaces ici tout comme
à Pétersbourg. Cet ingénieur ſe nomme *Aubri*; il eſt
peu connu, mais il mérite de l'être. Ce ſerait une
nouvelle grâce, dont j'aurais une obligation infinie
à votre Majeſté, ſi elle daignait lui faire accorder une
patente d'aſſocié à votre illuſtre académie. Il eſt vrai
que nous n'avons pas de glace à préſent, ce qui eſt
fort rare, mais nous en aurons inceſſamment.

Je demande très-humblement pardon de ma hardieſſe; votre indulgence m'a depuis long-temps
accoutumé à de telles libertés.

C'eſt une choſe bien ridicule et bien commune que
tous les bruits qui courent dans la bavarde ville de
Paris ſur votre congrès de Fokani, et ſur tout ce qui
peut y avoir quelque rapport. Les rois font comme
les dieux; les peuples en font mille contes, et les dieux
boivent leur nectar ſans ſe mettre en peine de la
théologie des chétifs mortels. Je ſuis par exemple très-
ſûr que vous ne vous ſouciez point du tout de la
colère où je ſuis que vous n'alliez point paſſer l'hiver
ſur le Boſphore. Je ſuis tout auſſi ſûr que je mourrai
inconſolable de ne m'être point jeté à vos pieds à
Pétersbourg; mon cœur y eſt, ſi mon corps n'y eſt pas.
Ce pauvre corps de près de quatre-vingts ans n'en peut
plus, et ce cœur eſt pénétré pour votre Majeſté impériale
du plus profond reſpect et de la plus ſenſible reconnaiſſance.

R 2

1772.

LETTRE CXXII.

DE M. DE VOLTAIRE,

A Ferney, 11 décembre.

MADAME,

VOTRE oiſeau, qu'on appelle *flamant*, reſſemble aſſez aux caricatures que mon ami M. *Hubert* a faites de moi ; il m'a donné le cou et les jambes, et même un peu de la phyſionomie de ce prétendu héron blanc. Je me doutais bien que jamais *Pierre le grand* n'avait payé un pareil tribut au ſeigneur de Stamboul.

On doit aſſurément un tribut de louanges à votre Majeſté impériale, pour vos beaux établiſſemens de garçons et de filles. Je ne ſais pas pourquoi on oſe encore parler de *Lycurgue* et de ſes Lacédémoniens, qui n'ont jamais rien fait de grand, qui n'ont laiſſé aucun monument, qui n'ont point cultivé les arts, qui ſont depuis ſi long-temps eſclaves des barbares que vous avez vaincus pendant quatre années de ſuite.

La lettre qui eſt venue dans le paquet de la part de M. de *Betzky*, eſt bien précieuſe ; je la crois de notre *Falconet ;* mais ce que votre Majeſté impériale a daigné m'écrire ſur votre inſtitution du *plus que Saint-Cyr* eſt bien au-deſſus de la lettre imprimée de *Falconet*, qui pourtant eſt bonne.

Etant né trop tôt, et ne pouvant être témoin de tout ce que fait ma grande impératrice, j'ai ſaiſi l'occaſion de lui envoyer ce jeune baron de *Pellemberg*,

qui eſt un tiers d'allemand , un tiers de flamand , et
un tiers d'eſpagnol , et qui voulait changer ces trois 1772.
tiers pour une totalité ruſſe. Je ne le connais , Madame,
que par ſon enthouſiaſme pour votre perſonne
unique ; je ne l'ai vu qu'en paſſant ; il m'a demandé
une lettre , j'ai pris la liberté de la lui donner ,
comme j'en donnerai, ſi vous le permettez, à quiconque
voudra faire le pélerinage de Péterſbourg par pure
dévotion pour Sᵗᵉ *Catherine II.*

On me dit une triſte nouvelle pour moi, que ce
Polianski , que votre Majeſté impériale a fait voyager ,
et dont j'ai tant aimé et eſtimé le caractère , s'eſt
noyé dans la Néva, en revenant à Péterſbourg ; ſi
cela eſt, j'en ſuis extrêmement affligé. Il y aura
toujours des malheurs particuliers , mais vous faites
le bonheur public. Le mien eſt dans les lettres dont
vous m'honorez. J'attends la comédie ; je la ferai
jouer dans ma petite colonie , le jour que je ferai un
feu de joie pour la paix de Fokani ou de Buchareſt ,
ſuppoſé que vous gardiez par cette paix trois ou
quatre provinces et l'empire de la mer Noire. Mais
je proteſte toujours contre toute paix qui ne vous
donnera pas Stamboul. Ce Stamboul était l'objet de
mes vœux , comme Sᵗᵉ *Catherine II* l'objet de mon
culte. Puiſſe ma ſainte goûter toutes les ſortes de
plaiſirs comme elle a toute ſorte de gloire !

Le vieux malade de Ferney ,
qui n'a ni gloire ni plaiſir.

LETTRE CXXIII.

DE M. DE VOLTAIRE.

Le 3 janvier.

MADAME,

Je ferais bien fâché qu'on ne fût pas philofophe vers la Norvége. Cette équipée me paraîtrait fort prématurée; elle pourrait fournir quelques nouveaux lauriers à votre couronne; mais ils font un peu fecs dans cette partie du monde, et je les aimais mieux vers le Danube.

Ma philofophie pacifique prend la liberté de préfenter à votre Majefté impériale une Confultation. Sous *Pierre le grand* votre académie demandait des lumières, et on a recours aux fiennes fous *Catherine la grande*.

C'eft un ingénieur, un peu fuiffe comme moi, qui cherche à prévenir les ravages que font continuellement les eaux dans les branches de nos Alpes. Il a jugé que vous vous connaiffez encore mieux en glace que nous. Il eft vrai pourtant qu'avec notre quarante-fixième degré, et la douceur inouie de notre préfent hiver, nous éprouvons quelquefois des froids auffi cruels que les vôtres. J'ai imaginé de faire paffer cette Confultation par vos très-belles mains, dont on m'a tant parlé, et que mon extrême jeuneffe et mon refpect me défendent de baifer.

Cet ingénieur, nommé *Aubri*, mourra d'ailleurs de la jauniffe, s'il n'eft pas affocié de l'académie:

j'ai l'honneur d'en être depuis long-temps : de qui emploîrai-je la protection , fi ce n'eſt de notre fouveraine ? ,

M. *Polianski* m'apprend qu'il n'eſt point noyé, comme on l'avait dit ; qu'au contraire il eſt dans le port, et que votre Majeſté l'a fait fecrétaire de l'académie. Je préfume que vous pourrez avoir la bonté de lui donner la Confultation. Nous avons, aſſez près de nous , *Notre-Dame des Neiges* , que j'aurais pu employer dans cette affaire qui la regarde ; mais je ne prie jamais que *Notre-Dame de Péters- bourg* , dont je baife les pieds en toute humilité , avec la plus fincère dévotion.

LETTRE CXXIV.

DE M. DE VOLTAIRE.

A Ferney , 13 février.

MADAME,

CE qui m'a principalement étonné de vos deux comédies ruſſes, c'eſt que le dialogue eſt toujours vrai et toujours naturel , ce qui eſt à mon avis un des premiers mérites dans l'art de la comédie ; mais un mérite bien rare, c'eſt de cultiver ainſi tous les arts, lorſque celui de la guerre occupait toute la nation. Je vois que les Ruſſes ont bien de l'efprit et du bon efprit ; votre Majeſté impériale n'était pas faite pour gouverner des fots ; c'eſt ce qui m'a

R 4

—— toujours fait penfer que la nature l'avait deftinée à
1773. régner fur la Gréce. J'en reviens toujours à mon
premier roman; vous finirez par là. Il arrivera que
dans dix ans *Mouftapha* fe brouillera avec vous;
il vous chicanera fur la Crimée, et vous lui prendrez Byzance. Vous voilà tout accoutumée à des
partages; l'empire turc fera partagé, et vous ferez
jouer l'Oedipe de *Sophocle* dans Athènes.

Je me borne à me réjouir de voir que les diffidens,
pour lefquels je m'étais tant intéreffé, aient enfin
gagné leur procès. J'efpère même que les fociniens
auront bientôt en Lithuanie quelque conventicule
public, où DIEU le père ne partagera plus avec perfonne le trône qu'il occupa tout feul jufqu'au concile
de Nicée. Il eft bien plaifant que les Juifs qui ont
crucifié le *logos* aient tant de fynagogues chez les
Polonais, et que ceux qui différent d'opinions avec
la cour romaine fur le *logos* ne puiffent avoir un
trou pour fourrer leurs têtes.

J'aurai bientôt quelque chofe à mettre aux pieds
de votre Majefté impériale fur les horreurs de toutes
ces difputes eccléfiaftiques: c'eft-là mon objet; je ne
m'en écarte point; c'eft la tolérance que je veux,
c'eft la religion que je prêche, et vous êtes à la tête
du fynode dans lequel je ne fuis qu'un fimple
moine. Si ma ftrangurie m'emporte, vous n'en recevrez pas moins ma bagatelle.

Nous avons actuellement l'honneur d'avoir autant
de neiges et de glaces que vous. Un corps auffi faible
que le mien n'y peut pas réfifter. Bienheureux font
les enfans de *Rurick!* encore plus heureux les Lapons
et leurs rangifères, qui ne peuvent vivre que dans

leur climat! Cela me prouve que la nature a fait chaque épée pour sa gaine, et qu'elle a mis des Samoïèdes au feptentrion, comme des Nègres au midi, fans que les uns foient venus des autres.

Je vous avais bien dit que je radotais, Madame; vivez heureufe et comblée de gloire, fans oublier les plaifirs, cela n'eft pas fi radoteur.

Je me mets aux pieds de votre Majefté impériale, avec le plus profond refpect et le plus fincère attachement.

Le vieux malade de Ferney.

LETTRE CXXV.

DE L'IMPERATRICE.

A Pétersbourg, le $\frac{20}{3}$ février. mars.

Monsieur, j'efpère qu'il n'eft plus queftion de la colère que vous aviez, le premier décembre, contre les majeftés impériales de l'Eglife grecque et romaine.

Le prince *Orlof*, qui aime la phyfique expérimentale, et qui naturellement eft doué d'une perfpicacité particulière fur toutes ces matières-là, eft peut-être celui qui a fait la plus curieufe de toutes les expériences fur la glace. La voici:

Il a fait creufer en automne les fondemens d'une porte cochère, et pendant les plus fortes gelées de l'hiver, il a fait remplir d'eau ces fondemens, afin qu'elle s'y convertît en glace. Lorfqu'ils furent remplis à la hauteur convenable, on les garantit foigneufement des rayons du foleil ; et au printemps on éleva deffus, une porte cochère voûtée en briques et très-folide. Elle exifte depuis quatre ans, et elle exiftera, je crois, jufqu'à ce qu'on l'abatte. Il eft bon de remarquer que le terrain fur lequel cette porte eft bâtie eft marécageux, et que la glace tient lieu du pilotis qu'on aurait été obligé d'employer à fon défaut.

L'expérience de la bombe remplie d'eau, et expofée à la gelée, a été faite en ma préfence ; elle a crevé en moins d'une heure avec beaucoup de fracas.

Quand on vous a dit que la gelée élève des maifons hors de terre, on aurait dû ajouter que cela arrive à de mauvaifes baraques de bois, mais jamais à des maifons de pierres. Il eft vrai que des murs de jardin affez minces, et dont les fondemens font mal affis, ont été levés de terre et renverfés peu à peu par la gelée. Les pilotis que la glace peut accrocher fe foulèvent auffi à la longue.

Si les Turcs continuent de fuivre les bons confeils de leurs foi-difant amis, vous pouvez être sûr que vos fouhaits de nous voir fur le Bofphore feront bien près de leur accompliffement ; et cela viendra peut-être fort à propos pour votre convalefcence, car j'efpère que vous vous êtes défait de cette vilaine fièvre continue que vous m'annoncez, et dont jamais je ne me ferais douté en voyant la gaieté qui règne dans vos lettres.

Je lis préfentement les œuvres d'*Algarotti*. Il prétend que tous les arts et toutes les fciences font nés en Gréce. Dites-moi, je vous prie, cela eft-il bien vrai?

Pour de l'efprit, ils en ont encore, et du plus délié ; mais ils font fi abattus qu'il n'y a plus de nerf chez eux. Cependant je commence à croire qu'à la longue on pourrait les aguerrir : témoin cette nouvelle victoire de Patras remportée fur les Turcs après la fin de la feconde armiftice. Le comte *Alexis* me mande qu'il y en a qui fe font admirablement comportés.

Il y a eu auffi quelque chofe de pareil fur les côtes d'Egypte, dont je n'ai point encore les détails ; et c'était encore un capitaine grec qui commandait. Votre baron *Pellemberg* eft à l'armée. M. *Polianski* eft fecrétaire de l'académie des beaux arts. Il n'eft pas noyé , quoiqu'il paffe fouvent la Néva en carroffe ; mais chez nous il n'y a pas de danger à cela en hiver.

Je fuis bien aife d'apprendre que mes deux comédies ne vous ont pas paru tout-à-fait mauvaifes. J'attends avec impatience le nouvel écrit que vous me promettez ; mais j'en ai encore plus de vous favoir rétabli.

Soyez affuré, Monfieur, de mon extrême fenfibilité pour tout ce que vous me dites d'obligeant et de flatteur. Je fais des vœux fincères pour votre confervation , et fuis toujours avec l'amitié et tous les fentimens que vous me connaiffez.

CATERINE.

LETTRE CXXVI.

DE M. DE VOLTAIRE.

A Ferney, 25 mars.

MADAME,

Permettez qu'un de vos sujets, qui demeure entre les Alpes et le mont Jura, et qui vient de ressusciter pour quelques jours, après cinquante-deux accès de fièvre, dise quelques nouvelles de l'autre monde à votre Majesté impériale. J'ai trouvé sur les bords du Styx les *Thomiris*, les *Sémiramis*, les *Penthésilée*, les *Elisabeth* d'Angleterre : elles m'ont toutes dit qu'elles n'approchaient pas de la véritable *Catherine*, de cette seule *Catherine* qui attirera les regards de la postérité; mais elles m'ont appris que vous n'étiez pas au bout de vos travaux, et qu'il fallait que vous prissiez encore la peine de bien battre mon cher *Mouflapha*.

Le roi de Prusse me paraît croire que vos négociations sont rompues avec ce gros musulman; mais les choses peuvent changer d'un moment à l'autre, en fait de négociations comme en fait de guerre. J'attends très-humblement de la destinée et de votre génie, le débrouillement de tout ce chaos où la terre est plongée de Dantzick aux embouchures du Danube, bien persuadé que quand la lumière succédera à ces ténèbres, il en résultera pour vous de l'avantage et de la gloire.

Si votre guerre recommence, je n'en verrai pas la
fin, par la raison que je ferai probablement mort
avant que vous ayez gagné cinq ou fix batailles
contre les Turcs.

Je me fuis borné, dans ma dernière lettre, à demander
la protection de votre Majefté impériale, pour favoir
quelles précautions on prend dans votre zone illuftre
et glaciale, pour affurer les levées des terres et des
murailles contre les efforts de la glace; je me fuis
reftreint à la phyfique, les affaires politiques ne font
pas de ma compétence.

On dit que parmi les Français il y a des velches
qui font grands amis de *Mouftapha*, et qui fe trémouffent
pour embarraffer mon impératrice; je ne veux point
le croire; je ne fuis qu'un pauvre fuiffe qui fe défie
de tous les bruits qui courent, et qui eft incrédule
comme *Thomas Didyme* l'apôtre. Mais je crois fermement à votre gloire, à votre magnificence, à la fupériorité que vous avez acquife fur le refte du monde
depuis que vous gouvernez, à votre génie noble et
mâle : j'ofe croire auffi à vos bontés pour moi. Je
me mets aux pieds de votre Majefté impériale pour
le peu de temps que j'ai encore à vivre; agréez le
profond refpect et le fincère attachement du vieux
malade de Ferney.

LETTRE CXXVII.

DE M. DE VOLTAIRE.

20 avril.

MADAME,

C'EST à préfent plus que jamais que votre Majefté impériale eft mon héroïne, et fort au-deffus de la majefté. Comment! au milieu de vos négociations avec *Mouftapha*, au milieu de vos nouveaux prépa- ratifs pour le bien battre, quand la moitié de votre génie doit être vers la Pologne, et l'autre vers Buchareft, il vous refte encore un autre génie qui en fait plus que les membres de votre académie des fciences, et qui daigne donner à mon ingénieur les leçons qu'il attendait d'eux ? Combien avez-vous donc de génies? ayez la bonté de me faire cette confi- dence. Je ne vous demande pas de me dire fi vous irez affiéger Andrinople, fort aifé à prendre, tandis que les troupes autrichiennes s'empareront de la Servie et de la Bofnie. Ces fecrets-là ne font pas plus de ma compétence que le renvoi de nos chevaliers errans. Je me borne à rire quand je lis dans une de vos lettres que vous voulez les garder quelque temps dans vos Etats, pour qu'ils enfeignent les belles manières dans vos provinces.

Le portail voûté, élevé fur la glace, et fubfiftant fur elle depuis quatre ans, me paraît un des miracles de votre règne ; mais c'eft auffi un miracle de votre climat. Je doute fort qu'on pût dans nos cantons élever un monument pareil : pour la bombe remplie d'eau, je penfe qu'elle crèverait par une forte gelée, tout comme à Pétersbourg.

On dit que le thermomètre d'efprit de vin a été de cinquante degrés au-deffous de la congellation, cette année, dans votre réfidence ; nous péririons, nous autres Suiffes, fi jamais le thermomètre defcendait chez nous à vingt ; notre plus grand froid eft à quinze et feize, et cette année il n'a pas atteint jufqu'à dix.

Je me flatte bien que vos bombes crèveront déformais fur les têtes des Turcs, et que M. le prince *Orlof* bâtira des arcs de triomphe, non pas fur la glace, mais dans l'Atmeidan de Stamboul. Et c'eft alors que vous ferez naître en Gréce des *Phidias* comme des *Miltiades*.

Je crois qu'*Algarotti* fe trompe, s'il dit que les Grecs inventèrent les arts. Ils en perfectionnèrent quelques-uns, et encore affez tard.

Il y avait d'ailleurs un vieux proverbe que les Chaldéens avaient inftruit l'Égypte, et que l'Egypte avait enfeigné la Gréce.

Les Grecs avaient été civilifés fi tard, qu'ils furent obligés d'apprendre l'alphabet de Tyr, quand les Phéniciens vinrent commercer chez eux et y bâtir des villes. Ces Grecs fe fervaient auparavant de l'écriture fymbolique des Egyptiens.

Une autre preuve de l'efprit peu inventif des Grecs, c'eft que leurs premiers philofophes allaient s'inftruire dans l'Inde, et que *Pythagore* même y apprit la géométrie.

1773.

C'eſt ainſi , Madame , que des philoſophes étrangers viennent déjà prendre des leçons à Pétersbourg. Le grand homme qui prépara les voies dans leſquelles vous marchez , et qui fut le précurſeur de votre gloire, diſait avec grande raiſon que les arts feſaient le tour du monde , et circulaient comme le ſang dans nos veines. Votre Majeſté impériale paraît aujourd'hui forcée de cultiver l'art de la guerre, mais vous ne négligez point les autres.

Je ne croyais pas, il y a un mois, habiter encore le globe que vous étonnez. Je rends grâce à la nature qui a peut-être voulu que je vécuſſe juſqu'au temps où vous ferez établie dans la patrie d'*Orphée* et de *Mars*, c'eſt-à-dire, dans quelques mois ; mais ne me faites pas attendre plus long-temps. Il faut abſolument que je parte pour le néant. Je mourrai en vous conſervant le culte que j'ai voué à votre Majeſté impériale. Que l'immortelle *Catherine* daigne toujours agréer mon profond reſpect, et conſerver ſes bontés au vieux malade de Ferney, qui l'idolâtre malgré ſon reſpect !

LETTRE

LETTRE CXXVIII.

DE L'IMPERATRICE.

A Pétershof, ce $\frac{19}{30}$ juin,

Monsieur, je prends la plume pour vous donner avis que le maréchal de *Romanzof* a paffé le Danube avec fon armée le $\frac{11}{22}$ juin. Le général baron *Veiffmann* lui nettoya le chemin en culbutant le premier un corps de douze mille turcs. Les lieutenans généraux *Stoupichin* et *Potemkin* en firent autant de leur côté. Ceux-ci eurent affaire à dix-huit ou vingt mille mufulmans dont ils envoyèrent bon nombre dans l'autre monde, pour en porter la nouvelle à ces dames polies de la part defquelles vous m'avez dit tant de chofes flatteufes après les cinquante-deux accès de fièvre dont vous vous êtes, à mon très-grand contentement, tiré auffi heureufement qu'un jeune homme de vingt ans.

Chaque corps turc nous a laiffé fon camp, fon artillerie, fes bagages. Voilà donc notre cher *Mouftapha* en train d'être joliment tapé de nouveau, après avoir négocié et rompu deux congrès confécutifs, et avoir joui de diverfes armiftices pendant près d'un an. Cet honnête homme-là ne fait point profiter des circonftances. Il n'eft pas douteux que vous ferez témoin oculaire de la fin de cette guerre. J'efpère que le paffage du Danube y contribuera, il nous donnera la

Correfp. de l'impér. de R... &c. S

—— joie de rendre le fultan plus traitable, et nous laiffe-
1773. rons bavarder les Velches. Leurs nouvelles méritent
bien peu d'attention : ils ont débité que j'avais
demandé trente mille tartares au kan, et qu'il me
les avait refufés. Je n'ai jamais penfé à pareille abfurdité, et je doute fort que M. de *Saint-Prieft* l'ait
mandé à fa cour, comme on l'affure ; parce qu'ordinairement les ambaffadeurs font réputés avoir au
moins le fens commun.

Le froid qu'on a fenti ici cet hiver a été moindre
que celui de la Sibérie, qu'on fait monter à un
degré fabuleux, furtout à Irkuftka. Je fuis tentée de n'y
pas ajouter plus de foi qu'aux fentimens d'*Algarotti*
fur la Grèce. Vous m'avez tirée d'erreur en quatre
mots : me voilà convaincue que ce n'eft pas en
Grèce que les arts ont été inventés. J'en fuis fâchée
pourtant, car j'aime les Grecs malgré tous leurs
défauts.

Portez-vous bien, confervez-moi votre amitié,
et foyez affuré de tous mes fentimens pour vous.
Réjouiffons-nous enfemble du paffage du Danube :
il ne fera pas fi célèbre que celui du Rhin par
Louis XIV, mais il eft plus rare, les Ruffes ne l'ayant
franchi de huit cents ans, à ce que difent nos antiquaires.

LETTRE CXXIX.

DE M. DE VOLTAIRE.

A Ferney, 10 augufte.

MADAME,

IL faudrait que les jours euffent à Pétersbourg plus de vingt-quatre heures, pour que votre Majefté impériale eût feulement le temps de lire tout ce qu'on lui écrit de l'Europe et de l'Afie. Pour la fatigue de répondre à tout cela, je ne la conçois pas.

Je voulais, moi chétif, moi mourant, prendre la liberté de vous écrire touchant les fauffes nouvelles qu'on nous débite fur votre guerre renouvelée avec ce *Mouftapha*, de vous parler du mariage de monfeigneur votre fils, du voyage de madame la princeffe de *Darmftadt*, qui eft après vous ce que l'Allemagne a vu naître de plus parfait ; j'allais même jufqu'à vous dire que *Diderot*, qui n'eft pas velche, eft le plus heureux des Français, puifqu'il va à votre cour. Je voulais vous parler des dernières volontés d'*Helvétius* dont on dédie l'ouvrage pofthume à votre Majefté. Je pouffais mon indifcrétion jufqu'à vous dire que je ne fuis point du tout de fon avis fur le fond de fon livre. Il prétend que tous les efprits font nés égaux ; rien n'eft plus ridicule. Quelle différence entre certaine fouveraine et ce *Mouftapha* qui a fait demander à M. de *Saint-Prieft* fi l'Angleterre eft une île ?

S 2

Je voulais être affez hardi pour parler à fond du paffage du Danube. Je voulais demander fi *Falconet-Phidias* placera la ftatue de *Catherine II*, la feule vraie *Catherine*, ou fur une des Dardanelles ou dans l'Atmeidan de Stamboul ; mais confidérant qu'elle n'a pas un moment à perdre, et craignant de l'importuner, je n'écris rien.

Je me borne à lever les mains vers l'étoile du Nord ; je fuis de la religion des Sabéens : ils adoraient une étoile.

Le vieux malade de Ferney.

L E T T R E   C X X X.

D E   M.   D E   V O L T A I R E.

A Ferney, 12 auguſte.

M A D A M E ,

Que votre Majefté impériale me laiffe d'abord baifer votre lettre de Pétershof, du 30 juin de votre chronologie grecque, qui n'eft pas meilleure que la nôtre ; mais de quelque manière que nous fuppuions les temps, vous comptez vos jours par des victoires ; vous favez combien elles me font chères. Il me femble que c'eft moi qui ai paffé le Danube. Je monte à cheval dans mes rêves, et je vais le grand galop à Andrinople. Je ne cefferai de vous dire qu'il me paraît bien étonnant, bien inconféquent, bien trifte, bien mal de toute façon, que vos amis, l'impératrice-reine, et l'empereur des Romains, et le héros du Brandebourg, ne faffent pas le voyage

de Conſtantinople avec vous. Ce ſerait un amuſe-
ment de trois ou quatre mois tout au plus, après
quoi vous vous arrangeriez enſemble, comme voùs
vous êtes arrangés en Pologne.

Je demande bien pardon à votre Majeſté; mais
cette partie de plaiſir ſur la Propontide me paraît ſi
naturelle, ſi facile, ſi agréable, ſi convenable, que
je ſuis toujours ſtupéfait que les trois puiſſances aient
manqué une ſi belle fête. Vous me direz, Madame,
que je pourrai jouir de cette ſatisfaction avec le
temps; mais permettez-moi de vous repréſenter que
je ſuis très-preſſé, que je n'ai que deux jours à vivre,
et que je veux abſolument voir cette aventure avant
de mourir. L'auguſte *Catherine* ne peut-elle pas
dire amicalement à l'auguſte *Marie-Thérèſe*: ,, Ma
,, chère *Marie*, ſongez donc que les Turcs ſont
,, venus deux fois aſſiéger Vienne, ſongez que vous
,, laiſſez paſſer la plus belle occaſion qui ſe ſoit
,, préſentée depuis *Ortogul* ou *Ortogrul*, et que ſi on
,, laiſſe reſpirer les ennemis du ſaint nom chrétien
,, et de tous les beaux arts, ces maudits Turcs devien-
,, dront peut-être plus formidables que jamais. Le
,, chevalier de *Tott* qui a beaucoup de génie, quoi-
,, qu'il ne ſoit point ingénieur, fortifiera toutes leurs
,, places ſur la mer Egée et ſur le Pont-Euxin.
,, Quoique *Mouſtapha* et ſon grand-viſir ignorent
,, que ces deux petites mers ſe ſoient jamais appelées
,, Pont-Euxin et mer Egée. Les janiſſaires et les
,, levantis ſe diſciplineront. Voilà notre ami *Ali-Bey*
,, mort, *Mouſtapha* va être maître abſolu de ce beau
,, pays de l'Egypte qui adorait autrefois des chats,
,, et qui ne connaît point St *Jean Népomucène*.

S 3

1773.

,, Profitons d'un moment favorable qui refte encore;
,, Ruffes, Autrichiens, Pruffiens, fondons fur ces
,, ennemis de l'Eglife grecque et latine. Nous accor-
,, derons au roi de Pruffe, qui ne fe foucie d'aucune
,, Eglife, une ou deux provinces de plus, et allons
,, fouper à Conftantinople. ,,

Certainement l'augufte *Catherine* fera un difcours
plus éloquent et plus pathétique; mais y a-t-il rien
de plus raifonnable et de plus plaufible? Cela ne
vaut-il pas mieux que mes chars de *Cyrus* ? Hélas!
l'idée de cette croifade ne réuffira pas mieux que
celle de mes chars; vous ferez la paix, Madame,
après avoir bien battu les Turcs; vous aurez quelques avantages de plus, mais les Turcs continueront
d'enfermer les femmes, et d'être les amis des Velches,
tout galans que font ces Velches.

Je ne fuis donc qu'à moitié fatisfait.

Mais ce n'eft pas à moitié que je fuis l'adorateur
de votre Majefté impériale, c'eft avec la fureur de
l'enthoufiafme; qu'elle pardonne ma rage à mon
profond refpect.

Le vieux malade de Ferney.

LETTRE CXXIX.

DE L'IMPERATRICE.

Le $\frac{15}{26}$ septembre.

MONSIEUR, je vais satisfaire aux demandes que vous ne m'avez point faites, mais que vous m'indiquez dans votre lettre du 10 auguste; je répondrai aussi à celle du 12 de ce mois que j'ai reçue en même temps. Cela vous annonce une dépêche longue à faire bâiller, en réponse à vos charmantes, mais très-courtes lettres; jetez la mienne au feu si vous voulez; mais souvenez-vous que l'ennui est de mon métier, et qu'il se trouve ordinairement à la suite des rois. Pour le raccourcir donc, j'entre en matière.

M. de *Romanzof*, au lieu d'établir ses foyers dans l'Atmeidan de Stamboul, selon vos souhaits, a jugé à propos de rebrousser chemin, parce que, dit-il, il n'a pas trouvé à dîner aux environs de Siliftrie, et que la marmite du visir était encore à Schiumla. Cela se peut, mais il devait prévoir au moins qu'il devait dîner sans compter sur son hôte. Je range ce fait parmi les fautes d'orthographe; et je m'en console par la conversation de madame la landgrave de *Darmstadt* qui est douée d'une ame forte et mâle, d'un esprit élevé et cultivé. La quatrième de ses filles va épouser mon fils; la cérémonie des noces est fixée au $\frac{29}{10}$ septembre. octobre.

S 4 *

Comme chef de l'Eglise grecque, je ne puis vous laisser ignorer la converfion de cette princesse, opérée par les soins, le zèle et la persuasion de l'évêque *Platon*, qui l'a réunie au giron de l'Eglise catholique-universelle-grecque, seule vraie croyante, établie en Orient. Réjouissez-vous de notre joie, et que cela vous serve de consolation dans un temps où votre Eglise latine est affligée, divisée, et occupée de l'extinction mémorable de la compagnie de *Jésus*.

A la suite du prince héréditaire de *Darmstadt*, j'ai eu le plaisir de voir arriver M. *Grimm*. Sa cónversation est un délice pour moi, mais nous avons encore tant de choses à nous dire, que jusqu'ici nos entretiens ont eu plus de chaleur que d'ordre et de suite. Nous avons beaucoup parlé de vous. Je lui ai dit, ce que vous avez oublié peut-être, que vos ouvrages m'avaient accoutumée à penser.

J'attendais *Diderot* d'un moment à l'autre; mais je viens d'apprendre, à mon grand regret, qu'il est tombé malade à Duisbourg. L'Histoire politique et philosophique du commerce des Indes me donne une très-grande aversion pour les conquérans du nouveau monde, et m'a empêché, jusqu'à ce moment, de lire l'ouvrage posthume d'*Helvétius*. Je n'en ai pas d'idée; mais il est bien difficile d'imaginer que *Pierre le sauvage*, porte-faix dans les rues de Londres, dont j'ai le tableau peint par le fils de *Phidias-Falconet*, soit né avec les mêmes facultés des premiers hommes de ce siècle.

Je n'oferais citer le seigneur *Mouftapha*, mon ennemi et le vôtre. Mais à propos de *Mouftapha*, j'ai à vous dire que *Lameri*, votre protégé, a débuté dans le

tragique par *Orofmane*, et dans le comique par le rôle
du fils du Père de famille, avec un égal fuccès.

Je vous rends mille grâces de la belle harangue que vous me compofez pour inviter les cours coopérantes dans les affaires de Pologne à fouper au férail.

Je fouhaite fans doute la paix, et pour y parvenir il ne me refte qu'à faire la guerre auffi long-temps que les chofes refteront en cet état : vous aurez au moins l'efpérance de voir finir la captivité des dames turques.

C'eft avec tous les fentimens que vous me connaiffez, et avec la plus vive reconnaiffance de tout ce que votre amitié vous dicte pour moi, que je ne cefferai de vous fouhaiter l'âge de *Mathufalem*, ou du moins celui de cet anglais qui fut gai et bien portant jufqu'à cent foixante-feize ans. Imitez-le, vous qui êtes inimitable.

CATERINE.

LETTRE CXXXII.

DE M. DE VOLTAIRE.

A Ferney, premier novembre.

MADAME,

JE vois par la lettre du vingt-fix feptembre, dont votre Majefté impériale m'honore, que *Diderot* eft tombé malade fur les frontières de la Hollande. Je me flatte qu'il eft actuellement à vos pieds; vous avez plus d'un français enthoufiafte de votre gloire. S'il y en a quelques-uns qui font pour *Mouftapha*, j'ofe croire que ceux qui font dévots à fainte *Catherine* valent bien ceux qui fe font faits turcs. Il eft vrai que *Diderot* et moi nous n'entrons point dans des villes par un trou comme des étourdis; nous ne nous fefons point prendre prifonniers comme des fots; nous ne nous mêlons point de l'artillerie où nous n'entendons rien. Nous fommes des miffionnaires laïques qui prêchons le culte de fainte *Catherine*, et nous pouvons nous vanter que notre Eglife eft affez univerfelle.

J'avoue, à ma honte, que j'ai échoué dans le projet de ma croifade. J'aurais voulu que madame la grande ducheffe eût été rebaptifée dans l'églife de Sainte-Sophie, en préfence du prophète *Grimm;* et que votre augufte alliée eût établi des tribunaux de chafteté tant qu'elle aurait voulu dans la Bofnie et dans la Servie. *Pierre* l'hermite était pour le moins auffi chimérique que moi, et cependant il réuffit; mais auffi il faut confidérer qu'il était moine; la grâce de DIEU l'affiftait, et elle m'a manqué tout net. Si je n'ai pas la grâce, j'ai du moins la raifon en ma faveur.

Sérieufement, Madame, il me paraît abfurde qu'on ait eu un fi beau coup à faire et qu'on l'ait manqué; je fuis perfuadé que la poftérité s'en étonnera. N'ai-je pas entendu dire qu'avant la campagne du Pruth, un ambaffadeur demandant à *Pierre I*, où il prétendait établir le fiége de fon empire, il répondit, à Conftantinople. Sur ce pied-là, je difais, *Catherine la grande*, ayant réparé fi bien le malheur de *Pierre le grand*, accomplira fans doute fon deffein; et l'augufte *Marie-Théréfe*, dont la capitale a été affiégée deux fois par les Turcs, contribuera de tout fon pouvoir à cette fainte entreprife. Je me fuis trompé en tout; elle a pardonné aux Turcs en bonne chrétienne, et le roi de Pruffe, roi des calviniftes, a été le feul prince qui ait protégé les jéfuites, lorfque le bon homme Sᵗ *Pierre* a exterminé le bon homme Sᵗ *Ignace :* que peut dire à cela le prophète *Grimm* ?

Il faut que M. de *Saint-Prieft* ait bien raifon, et que *Mouftapha* ait un efprit bien fupérieur, puifqu'il a fu engager les meilleurs chrétiens du monde dans fes intérêts, et réunir à la fois en fa faveur les Français et les Allemands.

Le roi de Pruffe dit toujours que vous battrez *Mouftapha* toute feule; que vous n'avez befoin de perfonne; je le veux croire; mais vos Etats ne font pas tous auffi peuplés qu'ils font immenfes ; le temps, la fatigue et les combats diminuent les armées, et avant que la population foit proportionnée à l'étendue des terres, il faut des fiècles. C'eft-là ce qui fait ma peine ; je vois que le temps eft toujours trop court pour les grandes ames. Ce n'eft pas à un barbouilleur inutile qu'il faut de longues années, c'eft à une héroïne née pour changer la face du monde. Elle eft encore dans la fleur de fon âge, je voudrais que DIEU lui envoyât des lettres-patentes contre-fignées *Mathufalem*, pour mettre fes Etats au point où elle les veut. On dit que des corps de turcs ont été bien battus, c'eft une grande confolation pour *Pierre* l'hermite.

Je me mets aux pieds de votre Majefté impériale avec le plus profond refpect et l'attachement le plus inviolable.

LETTRE CXXXIII.

DE M. DE VOLTAIRE.

A Ferney, 30 décembre.

MADAME,

LE roi de Pruffe me fait l'honneur de me mander, du 10 décembre, que votre armée a battu celle du grand-vifir, et que Siliftrie eft prife. Il ajoute que le grand-vifir s'eft enfui à Andrinople avec le grand étendard de *Mahomet*.

Je suppose qu'un roi n'est jamais trompé quand ———
il écrit des nouvelles ; et dans cette supposition je 1773.
suis prêt de mourir de joie, au lieu de mourir de
vieillesse, comme on me l'annonçait tout à l'heure,
avant que je reçusse la lettre du roi de Prusse.

Mort ou vif, il est bien fâcheux d'être si loin
des merveilles de votre règne, et M. *Diderot* est
un heureux homme; mais aussi il mérite son bonheur. Pour moi j'expire dans le désespoir de n'avoir
pu voir mon héroïne qui sera celle du monde entier,
et de n'avoir pu lui présenter mon très-profond et
très-inutile respect.

LETTRE CXXXIV.

DE L'IMPERATRICE.

Le $\frac{27}{7}$ décembre.
de janvier.

MONSIEUR, le philosophe *Diderot* dont la santé ———
est encore chancelante, restera avec nous jusqu'au 1774.
mois de février qu'il retournera dans sa patrie; *Grimm*
pense aussi partir vers ce temps-là. Je les vois très-
souvent, et nos conversations ne finissent pas. Ils
pourront vous dire, Monsieur, le cas que je fais de
Henri IV, de la Henriade, et de l'auteur de tant
d'autres écrits qui ont illustré notre siècle.

Je ne sais s'ils s'ennuyent beaucoup à Pétersbourg,
mais pour moi je leur parlerais toute ma vie sans
m'en lasser. Je trouve à *Diderot* une imagination

intariſſable , et je le range parmi les hommes les plus extraordinaires qui aient exiſté. S'il n'aime pas *Mouſtapha* , comme vous me le mandez , au moins je ſuis ſûre qu'il ne lui veut point de mal ; la bonté de ſon cœur ne le lui permettrait pas , malgré l'énergie de ſon eſprit , et le penchant que je lui vois de faire incliner la balance de mon côté.

Eh bien , Monſieur , il faut ſe conſoler de ce que le projet de votre croiſade a échoué , et ſuppoſer que vous avez eu affaire à de bonnes ames auxquelles on ne peut accorder cependant l'énergie de *Diderot*.

Comme chef de l'Egliſe grecque , je ne puis en bonne foi vous laiſſer dans l'erreur ſans vous reprendre. Vous auriez voulu que la grande ducheſſe eût été rebaptiſée dans Sainte-Sophie. Rebaptiſée , dites-vous? ah ! Monſieur , l'Egliſe grecque ne rebaptiſe point ; elle regarde comme très-bon et très-authentique tout baptême adminiſtré dans les autres communions chrétiennes. La grande ducheſſe , après avoir prononcé en langue ruſſe la profeſſion de foi orthodoxe , a été reçue dans le ſein de l'Egliſe au moyen de quelques ſignes de croix avec de l'huile odoriférante qu'on lui a adminiſtrée en grande cérémonie ; ce qui chez vous , comme chez nous , s'appelle confirmation. A cette occaſion on impoſe un nom , mais ſur ce dernier point nous ſommes plus chiches que vous qui en donnez par douzaine ; ici on n'en prend qu'un ſeul , et cela nous ſuffit.

Vous ayant mis au fait de ces choſes importantes , je continue de répondre à votre lettre du premier novembre. Vous ſaurez à préſent , Monſieur , qu'un corps détaché de notre armée , après avoir paſſé le

Danube au mois d'octobre, battit un corps de turcs
très-confidérable, et fit prifonnier un bacha à trois 1774.
queues qui le commandait.

Cet événement aurait pu avoir des fuites, mais le
fait eft (chofe dont vous ne ferez pas content peut-
être) qu'il n'en eut pas; de forte que *Mouſtapha* et
moi nous nous trouvons à peu-près dans la fituation
où nous étions il y a fix mois, à cela près qu'il eft
attaqué d'un afthme, et que je me porte bien. Il fe
peut que ce fultan foit un efprit fupérieur, mais il
n'en eft pas moins battu pour cela depuis cinq ans.

Adieu, Monfieur, portez-vous bien, et foyez
affuré que perfonne ne fait plus de cas de votre
amitié que moi.

1774.

LETTRE CXXXV.

DE L'IMPERATRICE.

A Pétersbourg, le $\frac{8}{19}$ janvier.

Monsieur, je penfe que les nouvelles que le roi de Pruffe vous a données de la défaite du vifir et de la prife de Siliftrie lui font venues de Pologne, le pays, après la France, où l'on débite les plus fauffes. Je m'attends à voir les oififs fort occupés d'un voleur de grand chemin qui pille le gouvernement d'Orembourg, et qui tantôt, pour effrayer les payfans, prend le nom de *Pierre III*, et tantôt celui de fon employé. Cette vafte province n'eft pas peuplée à proportion de fa grandeur; la partie montagneufe eft occupée par des tartares nommés Bafchkis, pillards depuis la création du monde. Le pays plat eft habité par tous les vauriens dont la Ruffie a jugé à propos de fe défaire depuis quarante ans, ainfi que l'on a fait à peu-près dans les colonies de l'Amérique pour les pourvoir d'hommes.

Le général *Bibikof* eft allé avec un corps de troupes pour rétablir la tranquillité là où elle eft troublée. A fon arrivée à Cafan, qui eft à fept cents verftes (ou cent lieues d'Allemagne) d'Orembourg, la nobleffe de ce royaume vint lui offrir de fe joindre à fes troupes avec quatre mille hommes bien armés, bien montés, et entretenus à leurs dépens. Il accepta

leur

leur offre. Cette troupe feule eft plus qu'en état de
remettre l'ordre dans le gouvernement limitrophe.   1774.

Vous jugez bien que cette incartade de l'efpèce
humaine ne dérange en rien le plaifir que j'ai de
m'entretenir avec *Diderot*. C'eft une tête bien extraordinaire que la fienne; la trempe de fon cœur devrait
être celle de tous les hommes; mais enfin, comme
tout eft au mieux dans ce meilleur des mondes poffibles, et que les chofes ne fauraient changer, il faut
les laiffer aller leur train, et ne pas fe garnir le cerveau de prétentions inutiles. La mienne fera toujours
de vous témoigner ma reconnaiffance pour toutes les
marques d'amitié que vous me donnez.

C A T E R I N E.

L E T T R E   C X X X V I.

D E   M.   D E   V O L T A I R E.

2 février.

M A D A M E ,

La lettre du 19 janvier dont votre Majefté impériale m'honore, m'a tranfporté en efprit à Orembourg,
et m'a fait connaître M. *Pugatfchef*; c'eft apparemment
le chevalier de *Tott* qui a fait jouer cette farce; mais
nous ne fommes plus aux temps des *Démétrius*, et
telle pièce de théâtre qui réuffiffait, il y a deux cents
ans, eft fifflée aujourd'hui. Si quelque prétendu inca
venait au Pérou fe dire fils ou petit-fils du foleil, je
doute qu'il fût reconnu pour tel, quand même il

Correfp. de l'impér. de R... &c.   T

—— ferait annoncé par des jéfuites, et quand ils feraient
1774. valoir des prophéties en fa faveur.

Votre Majefté ne paraît pas trop inquiéte de l'équipée de M. *Pugatfchef*. Je croyais que la province
d'Orembourg était le plus agréable pays de votre
empire, que les Perfans y avaient apporté tous leurs
tréfors pendant leurs guerres civiles, qu'on ne fon-
geait qu'à s'y réjouir, et il fe trouve que c'eft un
pays barbare, rempli de vagabonds et de fcélérats.
Vos rayons ne peuvent pas pénétrer par-tout en
même temps : un empire de deux mille lieues en
longitude ne fe police qu'à la longue. Cela me confirme dans mon idée de l'antiquité du monde. J'en
demande pardon à la Genèfe, mais j'ai toujours
penfé qu'il a fallu cinq ou fix mille ans, avant que
la horde juive fût lire et écrire ; et je foupçonne
qu'*Hercule* et *Théfée* n'auraient pas été reçus dans
votre académie de Pétersbourg. Un jour viendra
que la ville d'Orembourg fera plus peuplée que
Pékin, et qu'on y jouera des opéra-comiques.

En attendant, je me flatte que vous vous amu-
ferez, Madame, à battre le nouveau fultan, ou
que vous lui dicterez des conditions de paix, telles
que les anciens Romains en impofaient aux anciens
rois de Syrie. Cependant, chargée du poids immenfe
de la guerre contre un vafte empire, et du gouvernement de votre empire, encore plus vafte, voyant
tout, fefant tout par vous-même, vous trouvez encore
du temps pour converfer avec notre philofophe
Diderot, comme fi vous étiez défœuvrée.

Je n'ai jamais eu la confolation de voir cet homme
unique ; il eft la feconde perfonne de ce monde avec

qui j'aurais voulu m'entretenir : il me parlerait de
votre Majefté : Majefté ! ce n'eft pas cela que je
veux dire, c'eft de votre fupériorité fur les êtres
penfans ; car je compte les autres êtres pour rien.
Je vous demande donc, Madame, votre protection
auprès de lui. Ne peut-il pas fe détourner d'une
cinquantaine de verftes pour venir me prolonger la
vie en me contant ce qu'il a vu et entendu à
Pétersbourg.

S'il ne vient pas fur le bord du lac de Genève,
j'irai moi me faire enterrer fur le bord du lac
Ladoga ; il faut que je voye votre nouvelle création,
je fuis las de toutes les autres.

Je me mets à vos pieds avec adoration de latrie.

1774.

LETTRE CXXXVII.

DE L'IMPERATRICE.

Le $\frac{4}{15}$ mars.

Monsieur, les gazettes feules font beaucoup de
bruit du brigand *Pugatfchef*, lequel n'eft en relation
directe ni indirecte avec M. de *Tott*. Je fais autant de
cas des canons fondus par l'un que des entreprifes de
l'autre. M. *Pugatfchef* et M. de *Tott* ont cependant
cela de commun, que le premier file tous les jours fa
corde de chanvre, et que l'autre s'expofe à chaque
inftant au cordon de foie.

Diderot eft parti pour retourner à Paris. Nos con-
verfations ont été très-fréquentes, et fa vifite m'a fait
un très-grand plaifir. On ne rencontre pas fouvent

T 2

—— de tels hommes. Il a eu de la peine à nous quitter;
1774. le feul attachement à fa famille l'a féparé de nous.
Je lui manderai le défir que vous avez de le voir. Il
s'arrêtera quelque temps à la Haie. Cette lettre
répond à la vôtre du 4 mars, vieux ftyle. Je n'ai
pour le préfent rien d'intéreffant à vous mander;
mais je ne laifferai pas de vous répéter les fentimens
d'eftime, d'amitié et de confidération que vous m'avez
infpirés depuis long-temps.

C A T E R I N E.

LETTRE CXXXVIII.

DE M. DE VOLTAIRE.

9 augufte.

MADAME,

JE fuis pofitivement en difgrâce à votre cour. Votre
Majefté impériale m'a planté là pour *Diderot*, ou
pour *Grimm*, ou pour quelque autre favori : vous n'avez
eu aucun égard pour ma vieilleffe; paffe encore fi
votre Majefté était une coquette françaife; mais
comment une impératrice victorieufe et légiflatrice
peut-elle être fi volage?

Je me fuis brouillé pour vous avec tous les Turcs,
et même encore avec M. le marquis *Pugatfchef*; et
votre oubli eft la récompenfe que j'en reçois. Voilà qui
eft fait, je n'aimerai plus d'impératrice de ma vie.

Je fonge cependant que j'aurais bien pu mériter
ma difgrâce. Je fuis un petit vieillard indifcret, qui
me fuis laiffé toucher par les prières d'un de vos

fujets nommé *Rofe*, livonien de nation, marchand
de profeffion, déifte de religion, qui eft venu apprendre la langue françaife à Ferney ; peut-être n'a-t-il
pu mériter vos bontés que j'ofais réclamer pour lui.

Je m'accufe encore de vous avoir ennuyée par le
moyen d'un français dont j'ai oublié le nom, qui
fe vantait de courir à Pétersbourg pour être utile à
votre Majefté, et qui, fans doute, a été fort inutile.

Enfin, je me cherche des crimes pour juftifier
votre indifférence. Je vois bien qu'il n'y a point de
paffion qui ne finiffe. Cette idée me ferait mourir de
dépit, fi je n'étais tout prêt de mourir de vieilleffe.

Que votre Majefté, Madame, daigne donc recevoir cette lettre comme ma dernière volonté, comme
mon teftament.

Signé votre admirateur, votre délaiffé, votre vieux
ruffe de Ferney.

LETTRE CXXXIX.

DE L'IMPERATRICE.

Le $\frac{13}{24}$ d'augufte.

Monsieur, quoique très-plaifamment vous préten-
diez être en difgrâce à ma cour, je vous déclare que
vous ne l'êtes point : je ne vous ai planté là ni pour
Diderot, ni pour *Grimm*, ni pour tel autre favori. Je
vous révère tout comme par le paffé ; et quoi qu'on
vous dife de moi, je ne fuis ni volage ni inconftante.

Le marquis de *Pugatfchef* m'a donné du fil à

T 3

retordre cette année ; j'ai été obligée pendant plus de fix femaines de m'occuper de cette affaire avec une attention non interrompue, et puis vous me grondez, et me dites que de votre vie vous ne voulez plus aimer d'impératrice. Cependant il me femble que pour avoir fait une fi jolie paix avec les Turcs, vos ennemis et les miens, je méritais de votre part quelque indulgence et point de haine.

Malgré mes occupations, je n'ai point oublié l'affaire de *Rofe* le livonien, votre protégé. Son fauf-conduit n'a pu être expédié à Lubeck comme vous le défiriez, parce que *Rofe*, outre fes dettes, s'eft fauvé de prifon, et qu'il a emporté quelques milliers de roubles à différentes perfonnes : il ferait remis tout de fuite en prifon, malgré les fauf-conduits qui ne font guère en ufage chez nous. Je n'ai point reçu d'autres lettres depuis plufieurs mois, que celle au fujet de ce *Rofe*; et par conféquent, je n'ai aucune connaiffance du français dont vous me parlez dans votre lettre du 9 de ce mois.

Mais en vérité, Monfieur, j'aurais envie de me plaindre à mon tour des déclarations d'extinction de paffion que vous me faites, fi je ne voyais, à travers votre dépit, tout l'intérêt que l'amitié vous infpire encore pour moi.

Vivez, Monfieur, et raccommodons-nous ; car auffi-bien il n'y a pas de quoi nous brouiller : j'efpère bien que dans un codicile en ma faveur vous rétracterez ce prétendu teftament fi peu galant. Vous êtes bon ruffe, et vous ne fauriez être l'ennemi de

CATERINE.

LETTRE CXL.

DE M. DE VOLTAIRE.

A Ferney, ce 6 octobre.

MADAME,

L'amour fit le ferment, l'amour l'a violé.

JE pardonne à votre Majefté impériale, et je rentre dans vos chaînes. Ni le grand turc ni moi nous ne gagnerions rien à être en colère contre vous ; mais je mettrais, fi j'ofais, une condition au pardon que j'accorde fi bénignement à votre Majefté ; ce ferait de favoir fi le marquis *Pugatfchef* eft agent ou inftrument. Je n'ai pas l'impertinence de vous demander fon fecret ; je ne crois pas le Marquis inftrument d'*Achmet IV* qui choififfait fi mal les fiens, et qui, probablement, n'avait rien de bon à choifir. *Pugatfchef* ne fervait pas le pape *Ganganelli*, qui eft allé trouver St *Pierre* avec un paffe-port de St *Ignace*. Il n'était aux gages ni du roi de la Chine, ni du roi de Perfe, ni du grand mogol. Je dirais donc avec circonfpection à ce *Pugatfchef* : Monfieur, êtes-vous maître ou valet ? agiffez-vous pour votre compte ou pour celui d'un autre ? Je ne vous demande pas qui vous emploie, mais feulement fi vous êtes employé : quoi qu'il en foit, monfieur le Marquis, j'eftime que vous finirez par

T 4

être pendu. Vous le méritez bien; car vous êtes non-feulement coupable envers mon augufte impératrice qui vous ferait peut-être grâce, mais vous l'êtes envers tout l'empire qui ne vous pardonnera pas. Laiffez-moi maintenant reprendre le fil de mon difcours avec votre fouveraine.

Madame, quoi! dans le temps que vous êtes occupée du fultan, du grand-vifir, de fon armée détruite, de vos triomphes, de votre paix fi glorieufe et fi utile, de vos grands établiffemens, et même de *Pugatfchef*, vous baiffez les yeux fur le livonien *Rofe!* Vous avez deviné que c'eft un efcroc, un fripon. Votre Majefté clairvoyante a très-bien deviné, et j'étais un imbécille de m'être laiffé féduire par fa face rebondie.

Je ne puis, cette année, groffir la foule des Euro-péans et des Afiatiques qui viennent contempler l'admirable autocratrice, victorieufe, pacificatrice, légiflatrice. La faifon eft trop avancée; mais je demande à votre Majefté la permiffion de venir me mettre à fes pieds l'année prochaine, ou dans deux ans ou dans dix. Pourquoi n'aurais-je pas le plaifir de me faire enterrer dans quelque coin de Pétersbourg, d'où je puffe vous voir paffer et repaffer fous vos arcs de triomphe, couronnée de lauriers et d'oliviers?

En attendant, je me mets à vos pieds, de mon trou de Ferney, en regardant votre portrait avec des yeux toujours étonnés et un cœur toujours plein de tranfport.

Le vieux malade.

LETTRE CXLI.

DE M. DE VOLTAIRE.

A Ferney, 19 octobre.

MADAME,

MON impertinence ne fatigue pas aujourd'hui votre Majefté impériale pour la large face du livonien *Rofe*, ni pour celle de l'avocat *Duménil* qui voulait vous aider à faire des lois *par le confeil de fon parrain.* Il s'agit aujourd'hui d'un jeune gentilhomme, bon géomètre, bon ingénieur, ayant des mœurs et du courage ; il fe nomme de *Murnan* : fa famille eft de la province où je fuis. Il eft fortement recommandé à M. *Euler* que vous honorez de votre protection. Tous fes maîtres rendent de lui le témoignage le plus avantageux.

Votre Majefté ne doit point être furprife qu'il défire paffionnément d'entrer à votre fervice. Tout ce qui doit affliger ce jeune officier, c'eft que vous ayez fitôt accordé la paix au fultan ; car il aurait bien voulu lever le plan de Conftantinople, et contrecarrer le chevalier de *Tott*.

Il ne m'appartient pas d'ofer vous préfenter perfonne ; mais enfin votre Majefté ne peut m'empêcher d'être très-jaloux de tous ceux qui ont vingt-cinq ans, qui peuvent aller fur la Néva et fur le Bofphore, qui peuvent vous fervir de la tête et de la main, et qui feront prédeftinés, fi par hafard ils font tués à votre fervice. Il eft bien dur de vivre au coin de fon feu en pareil cas.

Je me mets triftement aux pieds de votre Majefté impériale, comme un vieux fuiffe inutile.

LETTRE CXLII.

DE L'IMPERATRICE.

Le $\dfrac{22\ \text{octobre.}}{2\ \text{novembre.}}$

VOLONTIERS, Monfieur, je fatisferai votre curio-fité fur le compte de *Pugatfchef* : ce me fera d'autant plus aifé qu'il y a un mois qu'il eft pris, ou pour parler plus exactement, qu'il a été lié et garrotté par fes propres gens dans la plaine inhabitée entre le Volga et le Jaïck, où il avait été chaffé par les troupes envoyées contre eux de toutes parts. Privés de nour-riture et de moyens pour fe ravitailler, fes compagnons, excédés d'ailleurs des cruautés qu'il commettait, et efpérant obtenir leur pardon, le livrèrent au com-mandant de la forterefle du Jaïck qui l'envoya à Sinbirsk au général comte *Panin*. Il eft préfentement en chemin pour être conduit à Mofcou. Amené devant le comte *Panin*, il avoua naïvement dans fon pre-mier interrogatoire, qu'il était cofaque du Don, nomma l'endroit de fa naiffance, dit qu'il était marié à la fille d'un cofaque du Don, qu'il avait trois enfans, que dans ces troubles il avait époufé une

autre femme, que fes frères et fes neveux fervaient
dans la première armée, que lui-même avait fervi,
les deux premières campagnes, contre la Porte, &c. &c.

Comme le général *Panin* a beaucoup de cofaques
du Don avec lui, et que les troupes de cette nation
n'ont jamais mordu à l'hameçon de ce brigand,
tout ceci fut bientôt vérifié par les compatriotes de
Pugatfchef. Il ne fait ni lire ni écrire, mais c'eft un
homme extrêmement hardi et déterminé. Jufqu'ici
il n'y a pas la moindre trace qu'il ait été l'inftrument
de quelque puiffance, ni qu'il ait fuivi l'infpiration
de qui que ce foit. Il eft à fuppofer que M. *Pugatfchef*
eft maître brigand, et non valet d'ame qui vive.

Je crois qu'après *Tamerlan*, il n'y en a guère eu
qui ait plus détruit l'efpèce humaine. D'abord il fefait
pendre fans rémiffion ni autre forme de procès toutes
les races nobles, hommes, femmes et enfans, tous
les officiers, tous les foldats qu'il pouvait attraper :
nul endroit où il a paffé n'a été épargné : il pillait et
faccageait ceux-mêmes qui, pour éviter fes cruautés,
cherchaient à fe le rendre favorable par une bonne
réception : perfonne n'était devant lui à l'abri du
pillage, de la violence et du meurtre.

Mais ce qui montre bien jufqu'où l'homme fe
flatte, c'eft qu'il ofe concevoir quelque efpérance. Il
s'imagine qu'à caufe de fon courage, je pourrais lui
faire grâce, et qu'il ferait oublier fes crimes paffés
par fes fervices futurs. S'il n'avait offenfé que moi,
fon raifonnement pourrait être jufte, et je lui par-
donnerais ; mais cette caufe eft celle de l'empire qui
a fes lois.

Vous voyez par là, Monfieur, que *Duménil,*

—————— avocat, dont je n'ai jamais entendu parler, malgré
1774. les avis de son parrain eſt venu trop tard pour légiſ-
later. M. *la Rivière* même qui nous ſuppoſait, il y
a ſix ans, marcher à quatre pattes, et qui très-poli-
ment s'était donné la peine de venir de la Martinique
pour nous dreſſer ſur nos pieds de derrière, n'était
plus à temps.

Quant au baiſe-main des prêtres, ſur lequel vous
me queſtionnez, je vous dirai que c'eſt un uſage de
l'Egliſe grecque, établi, je penſe, preſque avec elle.
Depuis dix ou douze ans les prêtres commencent à
retirer leurs mains, les uns par politeſſe, les autres
par humilité. Ainſi ne vous gendarmez pas trop contre
un ancien uſage qui s'abolit peu à peu.

Je ne ſais pas auſſi ſi vous trouveriez beaucoup à
me gronder ſur ce que, dès ma quatorzième année,
je me ſuis conformée à cet uſage établi. En tout cas,
je ne ſerais pas la ſeule qui mériterais de l'être. Si
vous venez ici, et ſi vous vous y faites prêtre, je
vous demanderai votre bénédiction ; et quand vous
me l'aurez donnée, je baiſerai de bon cœur cette
main qui a écrit tant de belles choſes et tant de vérités
utiles. Mais pour que vous ſachiez où me trouver, je
vous avertis que cet hiver je m'en vais à Moſcou.
Adieu, portez-vous bien.

CATERINE.

LETTRE CXLIII.

DE M. DE VOLTAIRE.

A Ferney, 16 décembre.

MADAME,

CE T A I T donc un diable d'homme que ce marquis de *Pugatfchef*? et il faut que le divan foit bien bête pour ne lui avoir pas envoyé quelque argent. Il ne favait donc pas plus écrire que *Gengis-kan* et *Tamerlan*. Il y a eu même, dit-on, des gens qui ont fondé des religions fans pouvoir feulement figner leur nom. Tout cela n'eft pas à l'honneur de la nature humaine: ce qui lui fait honneur, c'eft votre magnanimité. Votre Majefté impériale donne de grands exemples qui font déjà fuivis par le prince votre fils. Il vient de donner une penfion à un jeune homme de mes amis nommé M. de *la Harpe*, qu'il ne connaît que par fon mérite trop méconnu en France. De tels bienfaits répandus à propos, enflent la bouche de la Renommée, et paffent à la poftérité.

Je crois que votre Majefté, qui fait lire et écrire, va reprendre le bel ouvrage de fa légiflation, quoi-qu'elle n'ait plus auprès d'elle le pauvre *Solon* nommé *la Rivière*, qui était venu vous donner des leçons, et qu'elle n'ait pas encore pour premier miniftre cet avocat fans caufe nommé *Duménil* qui vient enfeigner la coutume de Paris à Pétersbourg de la part de fon parrain.

Vous ferez réduite à donner des lois fans le fecours de ces deux grands perfonnages ; mais je vous conjure, Madame, d'inférer dans votre code une loi expreffe qui n'accorde la permiffion de baifer les mains des prêtres qu'à leurs maîtreffes. Il eft vrai que JESUS-CHRIST fe laiffa baifer les jambes par *Madeleine* ; mais ni nos prêtres ni les vôtres n'ont rien de commun avec JESUS-CHRIST.

J'avoue qu'en Italie et en Efpagne les dames baifent la main d'un jacobin ou d'un cordelier, et que ces marauds-là prennent beaucoup de libertés avec nos femmes. Je voudrais que les dames de Pétersbourg fuffent un peu plus fières. Si j'étais femme à Pétersbourg, jeune et jolie, je ne baiferais que les mains de vos braves officiers qui ont fait fuir les Turcs fur terre et fur mer, et ils me baiferaient tout ce qu'ils voudraient. Jamais on ne pourrait me réfoudre à baifer la main d'un moine qui eft fouvent très-mal-propre. Je veux confulter fur cette grande queftion le parrain de M. *Duménil*.

En attendant, Madame, permettez-moi de baifer la ftatue de *Pierre le grand*, et le bas de la robe de *Catherine plus grande*. Je fais qu'elle a une main plus belle que celles de tous les prêtres de fon empire ; mais je n'ofe baifer que fes pieds, qui font auffi blancs que les neiges de fon pays.

Je la fupplie de daigner conferver un peu de bonté pour le vieux radoteur des Alpes.

LETTRE CXLIV.

DE L'IMPERATRICE.

A Czarskozélo, le $\frac{29}{9}$ décembre. janvier.

Monsieur, je réponds aujourd'hui à deux de vos lettres. Celle du 19 octobre m'eft parvenue par le fieur *Murnan*, que vous en aviez chargé; votre recommandation l'a fait recevoir à mon fervice comme vous l'avez défiré, quoique la guerre foit finie.

Le marquis de *Pugatfchef* dont vous me parlez encore dans votre lettre du 16 décembre, a vécu en fcélérat et va finir en lâche. Il a paru fi timide et fi faible dans fa prifon, qu'on a été obligé de le préparer à fa fentence avec précaution, crainte qu'il ne mourût de peur fur le champ.

Dans quelques jours d'ici je pars pour Mofcou. C'eft là que je reprendrai le grand ouvrage de la légiflation, privée, à la vérité, des fecours de *Solon la Rivière*, et de la coutume de l'avocat *Duménil* dont jufqu'ici je n'ai point entendu parler. Je ferais bien aife cependant de faire la connaiffance de fon parrain; peut-être me fournirait-il un projet pour abolir entièrement l'ufage du baife-main des prêtres, contre lequel vous plaidez avec force. Quand vous aurez confulté ce parrain, vous voudrez bien me communiquer fon avis : en attendant, vous permettrez que l'ancienne coutume tombe d'elle-même tout doucement.

Quatre de mes frégates font arrivées de l'Archipel à Conftantinople ; l'une d'elles a paffé dans la mer Noire pour fe rendre dans notre port de Kerfch, fans que ce phénomène, le premier, je penfe, depuis que le monde exifte, ait été précédé d'une comète. Le parrain de M. *Duménil* fait-il cela ? et qu'en dit-il ?

Il ne fera peut-être pas fâché d'apprendre un trait de politeffe de la part de mon bon frère et ami fultan *Abdhul-Ahmet*, qui, voyant paffer mes frégates du fond de fon harem, leur envoya une chaloupe pour les avertir qu'il y avait beaucoup de pierres fous l'eau dans tel endroit du canal, et qu'ils euffent à prendre garde que le courant ne les entraînât de ce côté-là : cela eft humain, cela eft poli.

Soyez affuré, Monfieur, que mes fentimens pour vous font toujours les mêmes, et que je fuis très-fenfible et très-reconnaiffante pour tout ce que vous me dites d'agréable, &c.

CATERINE.

LETTRE

LETTRE CXLV.

DE M. DE VOLTAIRE.

Ferney , 28 juin.

MADAME,

Pardonnez , voici le fait :

Un très-bon peintre , nommé *Barrat* , arrive chez moi ; il me trouve écrivant devant votre portrait, il me peint dans cette attitude , et il a l'audace de vouloir mettre cette fantaifie aux pieds de votre Majefté impériale ; il l'encadre et la fait partir. Je ne puis que vous fupplier de pardonner à la témérité de ce peintre. C'eft un homme qui d'ailleurs a le talent de faire en un quart d'heure ce que les autres ne feraient qu'en huit jours. Il peindrait une galerie en moins de temps qu'on y donnerait le bal ; il a furtout l'art de faire parfaitement reffembler. Je ne lui connais de défaut que fa témérité de prendre votre Majefté impériale pour juge de fes talens. Peut-être aurez-vous l'indulgence de faire placer ce tableau dans quelque coin, et vous direz en paffant : Voilà celui qui m'adore pour moi-même , comme les quiétiftes adorent DIEU. Vos fujets font plus heureux que moi , ils vous adorent et vous voient.

J'apprends dans le moment, Madame, que votre Majefté , qui s'eft fait fi bien connaître dans la Méditerranée , avait un vice-conful à Cadix, et que ce

Correfp. de l'impér. de R... &c.   V

—— vice-conful qui était allemand eft mort : il y a un autre allemand nommé *Jean-Louis Pettremann*, demeurant à Cadix, qui fervirait très-bien votre Majefté, fi elle n'avait point difpofé de cette place. Il ne m'appartient pas d'ofer vous propofer un vice-conful, ni un proconful; je crois que s'il y avait encore des confuls romains, ils ne tiendraient pas plus devant vous que les grands vifirs.

Daignez, Madame, du pinacle de votre gloire, agréer le profond et inutile refpect, l'attachement inviolable, et la reconnaiffance du vieux malade de Ferney.

L E T T R E   C X L V I.

D E   M.   D E   V O L T A I R E.

A Ferney, 7 juillet.

M A D A M E,

J E fuis bien plus téméraire que je ne croyais avec la bienfaitrice de cinquante ou foixante provinces, victorieufe des *Mouftapha*. Elle pardonnera mon impertinence quand elle verra de quoi il s'agit.

Marc le Fort, petit-neveu de ce *François le Fort*, qui rendit quelques fervices affez importans à la Ruffie, fous les yeux de l'empereur *Pierre le grand*, repréfente à l'impératrice *Catherine II la très-grande*, qu'il peut la fervir dans le commerce de fa nation à Marfeille. Il a féjourné plus de vingt ans dans ce port, et il y a été très-utile à tous les négocians du Levant.

Si l'intention de fa Majefté impériale eft que les Ruffes aient un traité de commerce avec la France, et particulièrement vers la Méditerranée, *Marc le Fort* lui offre fes très-humbles fervices.

Il dit que les vaiffeaux ruffes peuvent apporter à Marfeille, avec un grand avantage, chanvre, fer, bois, potaffe, huile de baleine, et rapporter toutes les denrées de Provence.

Il dit que les Suédois et les Danois font ce commerce, et ont des confuls à Marfeille : ces confuls font génevois.

Le petit-neveu du général le *Fort* ferait un très-digne conful de fa Majefté impériale.

Voilà donc, Madame, en très-peu de temps un vice-conful et un conful que je mets à vos pieds. Cette propofition a je ne fais quel air de l'empire romain; mais, dans le fond de mon cœur, je donne la préférence à l'empire ruffe.

J'ignore abfolument en quels termes eft actuellement votre empire avec le petit pays des Velches, qui prétendent toujours être français; pour moi j'ai l'honneur d'être un vieux fuiffe que vous avez naturalifé votre fujet. *Marc le Fort* eft un meilleur fujet que moi : nous attendons vos ordres. Le vieux malade de Ferney fe met aux pieds de votre Majefté impériale; il mourra en invoquant votre nom.

° LETTRE CXLVII.

DE M. DE VOLTAIRE.

A Ferney, 18 octobre.

MADAME,

Après avoir été étonné et enchanté de vos victoires pendant quatre années de fuite, je le fuis
encore de vos fêtes. J'ai bien de la peine à comprendre
comment votre Majefté impériale a ordonné à la
mer Noire de venir dans une plaine auprès de Mofcou.
Je vois des vaiffeaux fur cette mer, des villes fur les
bords, des cocagnes pour un peuple immenfe, des
feux d'artifice et tous les miracles de l'opéra réunis.

Je favais bien que la très-grande *Catherine II* était
la première perfonne du monde entier; mais je ne
favais pas qu'elle fût magicienne.

Puifqu'elle a tant de pouvoir fur tous les élémens,
que lui en aurait-il coûté de plus pour m'envoyer
la flèche d'*Abaris*, ou le carroffe du bon homme *Elie*,
afin que je fuffe témoin de toutes vos grandeurs et
de tous vos plaifirs.

On croit dans mon pays que tout cela eft un fonge.
J'en aurais certifié la vérité; j'aurais dit à mes petits
compatriotes qui font les entendus : Meffieurs,
les fêtes fur la mer Noire font encore fort peu de
chofe en comparaifon des établiffemens pour les
orphelins, et pour les maifons d'éducation ; ces fêtes

paſſent en un jour, mais ces maiſons durent tous les
ſiècles.

Je me jette aux pieds de votre Majeſté impériale
pour lui demander bien humblement pardon d'avoir
oſé l'interrompre par toutes mes importunités miſé-
rables.

Je demande pardon d'avoir laiſſé partir le tableau
d'un peintre de la ville de Lyon.

Je demande pardon d'avoir parlé d'un vice-conſul
de Cadix, nommé *Widellin*, et d'un autre qui ſe
préſente pour exercer la ſuprême dignité du vice-
conſulat.

Je demande pardon d'avoir propoſé une autre
dignité de conſul à Marſeille.

J'ai honte de dire qu'il ſe préſentait encore un
autre conſul à Lyon.

L'empire romain ne donnait jamais que deux
conſulats à la fois; mais tout le monde veut être
conſul de Ruſſie. Tous ceux qui entrent chez moi
et qui voient votre portrait, s'imaginent que j'ai
un grand crédit à votre cour. Ils me diſent : Faites-
nous conſuls de cette impératrice qui devrait être
ſouveraine de tout ce globe, mais qui en poſsède
environ un quart. Je tâche de réprimer leur ambition.

Je ferais mieux, Madame, de réprimer ma bavar-
derie. Je ſens que j'ennuie la conquérante, la légiſlatrice, la bienfaitrice : il m'eſt permis de l'adorer,
mais il ne m'eſt pas permis de l'ennuyer à cet excès.
Il faut mettre des bornes à mon zèle et à mes témé-
rités, il faut ſe borner malgré ſoi au profond reſpect.

LETTRE CXLVIII.

DE L'IMPERATRICE.

A Czarskozélo, $\frac{14}{25}$ juin.

MONSIEUR, plus on vit dans ce monde, et plus on s'accoutume à voir alternativement les événemens heureux céder la place aux plus triftes fpectacles, et ceux-ci à leur tour fuivis de fcènes étonnantes. Les pertes dont vous me parlez, Monfieur, m'ont touchée fenfiblement en leur temps, par toutes les circonftances malheureufes qui les ont accompagnées, aucun fecours humain n'ayant pu ni les prévoir, ni les prévenir, ni réuffir à fauver tous les deux, ou au moins l'un des deux. La part que vous y prenez, Monfieur, m'eft une nouvelle preuve des fentimens que vous m'avez toujours témoignés, et pour lefquels je vous ai mille obligations. Nous fommes préfentement très-occupés à réparer nos pertes. Les règlemens que vous me demandez, ne font encore traduits et imprimés qu'en allemand; rien n'eft plus difficile que d'avoir une bonne traduction françaife de quoi que ce foit écrit en ruffe : cette dernière langue eft fi riche, fi énergique, et fouffre tant d'inverfions et de compofitions de termes, qu'on la manie comme l'on veut ; la vôtre eft fi fage et fi pauvre qu'il faut être vous pour en avoir tiré le parti et l'ufage que vous en avez fu faire.

Dès que j'aurai une traduction paffable, je vous l'enverrai; mais je vous avertis d'avance que cet 1776. ouvrage eſt très-ſec, très-ennuyeux, et que qui y cherchera autre choſe que de l'ordre et du ſens commun, ſera trompé. Il n'y a certainement dans tout ce fatras ni eſprit ni génie, mais ſeulement beaucoup d'utilité.

Adieu, Monſieur; portez-vous bien et ſoyez aſſuré que rien au monde ne peut changer ma façon de penſer à votre égard.

CATERINE.

LETTRE CXLIX.

DE M. DE VOLTAIRE.

24 janvier.

MADAME,

VOTRE ſujet moitié ſuiſſe, moitié gaulois, nommé *Voltaire*, était prêt de mourir, il y a quelques jours : ſon confeſſeur catholique-apoſtolique-romain, c'eſt-à-dire, univerſel, coureur de Rome, vint pour me préparer au voyage ; le malade lui dit : Mon révérend père, DIEU pourrait bien me damner. Et pourquoi cela, vieux bon homme, me dit le prêtre ? Hélas ! lui répondis-je, c'eſt qu'on m'a accuſé auprès de lui d'être un ingrat. J'ai été comblé des bontés d'une autocratrice qui eſt une de ſes plus belles images dans ce monde, et je ne lui ai point écrit depuis plus d'un an. Qu'eſt-ce qu'une autocratrice ? me dit mon vilain. Eh, pardieu ! lui dis-je, c'eſt une impératrice. Vous êtes un grand ignorant ; et cette impératrice fait du bien depuis le Kamshatka juſqu'en Afrique. Oh ! ſi cela eſt, repartit le prêtre, vous avez bien fait ; elle n'a pas de temps à perdre. Il ne faut pas ennuyer une autocratrice-impératrice bienfaitrice, occupée du ſoir au matin, tantôt à battre les Turcs, tantôt à leur donner la paix, ou bien à couvrir de vaiſſeaux la mer Noire, et qui s'amuſe à faire fleurir onze cents mille lieues carrées de pays. Allez, allez, je vous donne l'abſolution.

L E T T R E C L.

D E L'I M P E R A T R I C E.

A Pétersbourg, $\frac{28 \text{ janvier.}}{8 \text{ février.}}$

Monsieur, j'ai lu cet hiver deux traductions ruffes nouvellement faites, l'une du *Taffe* et l'autre d'*Homère*. On les dit très-bonnes ; mais j'avoue que votre lettre du 24 janvier que je viens de recevoir, m'a fait plus de plaifir que *le Taffe* et *Homère*. La gaieté et la vivacité qui y règnent, me font efpérer que votre maladie n'aura aucune fuite, et que vous pafferez très-leftement au-delà des cent ans.

Votre fouvenir m'eft toujours auffi flatteur qu'agréable ; mes fentimens pour vous font toujours invariables.

LETTRE CLI.

DE L'IMPERATRICE.

A Pétersbourg, le $\dfrac{20 \text{ septembre.}}{1 \text{ octobre.}}$

MONSIEUR, pour répondre à vos lettres, il faut que je vous dise premièrement que si vous êtes content du prince *Joussoupof*, je dois lui rendre le témoignage qu'il est enchanté de l'accueil que vous avez bien voulu lui faire, et de tout ce que vous avez dit pendant le temps qu'il a eu le plaisir de vous voir.

Secondement, Monsieur, je ne puis vous envoyer le recueil de nos lois, parce qu'il n'existe pas encore. L'année 1775, j'ai fait publier des règlemens pour le gouvernement des provinces ; ceux-ci ne sont traduits qu'en allemand. La pièce qui est à la tête, rend raison du pourquoi de ces arrangemens ; c'est une pièce estimée à cause de la manière concise dont y sont décrits les faits historiques des différentes époques. Je ne crois pas que ces règlemens puissent servir aux Treize-Cantons : j'en envoie un exemplaire pour la bibliothéque du château de Ferney.

Notre édifice législatif s'élève peu à peu : l'instruction pour le code en est le fondement : je vous l'ai envoyée il y a dix ans. Vous verrez que ces règlemens ne dérogent point aux principes, mais qu'ils en découlent : bientôt ils seront suivis de ceux de finances, de commerce, de police, &c. lesquels nous occupent

depuis deux ans; après quoi le code ne fera qu'un
ouvrage aifé et facile à rédiger.

1777.

Voici l'idée que je m'en fais pour le criminel. Les
crimes ne fauraient être en grand nombre; mais de
proportionner les peines au crime, cela demande, je
crois, un travail à part et beaucoup de réflexion. Je
penfe que la nature et la force des preuves pourraient
être réduites à une forme de demandes très-méthodi-
que, très-fimple, qui éclaircirait le fait. Je fuis perfuadée, et je l'ai établi, que la meilleure des procédures criminelles et la plus sûre, eft celle qui fait
paffer ces fortes de matières par trois inftances dans
un temps fixé; fans quoi la fureté perfonnelle des
accufés pourrait être à la merci des paffions, de
l'ignorance, des balourdifes involontaires, et des têtes
chaudes.

Voilà des précautions qui pourraient ne pas plaire
au foi-difant faint-office; mais la raifon a fes droits
contre lefquels il faut que tôt ou tard la fottife et les
préjugés viennent échouer.

Je me flatte que la fociété de Berne approuvera
cette façon de penfer. Soyez perfuadé, Monfieur,
que la mienne à votre égard, n'eft foumife à aucune
variation.

C A T E R I N E.

J'oubliais de vous dire que l'expérience, depuis
deux ans, nous confirme que la cour d'équité établie
par mes règlemens, devient le tombeau de la chicane.

LETTRE CLII.

DE L'IMPERATRICE.

A Pétersbourg, le $\dfrac{23 \text{ novembre.}}{4 \text{ décembre.}}$

MONSIEUR, j'ai reçu les trois feuillets imprimés qui accompagnaient votre lettre du 28 octobre. Le fujet que vous propofez, eft digne de vous : il eft à défirer qu'il foit entièrement rempli. Les inquifitions d'Etat et d'Eglife n'auraient pas befoin du grand fatras de règles et de formes, fi les princes étaient inftruits ou éclairés. J'attends avec une grande impatience les exemplaires complets que vous me promettez ; je vous avoue que ceux de vos écrits me feraient les plus précieux : ils me délafferaient de certains règle-mens de finances dont la bafe porte fur ces mots : *Vivre et laiffer écrire.* On y travaille depuis deux ans, et je n'en vois pas la fin.

Adieu, Monfieur, portez-vous bien et fouvenez-vous quelquefois de moi.

M. de *Schouvalof* eft revenu plus enchanté de vous que jamais.

LETTRE CLIII.

DE M. DE VOLTAIRE.

A Ferney, 5 décembre.

MADAME,

JE reçus hier au foir un des gages de votre immortalité, le code de vos lois en allemand, dont votre Majefté impériale daigne me gratifier. J'ai commencé, dès ce matin, à le faire traduire dans la langue des Velches; il le fera en chinois; il le fera dans toutes les langues : ce fera l'évangile de l'univers.

J'avais bien raifon de dire, il y a treize ans, que tout nous viendrait de l'étoile du Nord.

J'ai pris la liberté d'adreffer, il y a quinze jours, à votre Majefté, par les charriots de pofte d'Allemagne, le Prix de la juftice et de l'humanité. C'eft un petit coup de cloche qui annonce vos bienfaits au genre-humain. Nous fommes deux membres de la fociété de Berne, qui avons dépofé chacun cinquante louis d'or pour le concurrent qui fera le projet d'un code criminel le plus approchant de vos lois, et le plus convenable au pays où nous vivons.

Je voudrais qu'on proposât un prix pour celui qui trouvera la manière la plus prompte et la plus sûre de renvoyer les Turcs dans les pays d'où ils font

—— venus ; mais je crois toujours que ce fecret n'eft
1777. réfervé qu'à la première perfonne du genre-humain
qui s'appelle *Catherine II*. Je me profterne à fes pieds,
et je crie dans mon agonie, *allah*, *allah*, *Catherine*
rezoul, *allah*.

Fin des Lettres de l'impératrice et de M. de Voltaire.

LETTRES

DE

PLUSIEURS SOUVERAINS

A M. DE VOLTAIRE.

LETTRES

LETTRES

DE

PLUSIEURS SOUVERAINS

A M. DE VOLTAIRE.

LETTRE PREMIERE.

DE S. M. STANISLAS,

ROI DE POLOGNE, DUC DE LORRAINE ET DE BAR.

A Lunéville, le 17 mai.

J'AI cru, mon cher *Voltaire*, jufqu'à préfent que rien n'était plus fécond que votre efprit fupérieur; mais je vois que votre cœur l'eft encore plus. J'en reçois des marques bien fenfibles ; j'aime fon ftyle au-delà du ftyle le plus éloquent. Je veux tâcher de me mettre au niveau, en répondant à vos fentimens par ceux que votre incomparable mérite m'a infpirés, et par lefquels vous me connaîtrez toujours tout à vous, et de tout mon cœur,

1748.

STANISLAS, *roi.*

Correfp. de l'impér. de R... &c. X

LETTRE II.

DU MEME.

Le 9 de janvier.

PEUT-ON s'attendre, mon cher *Voltaire*, qu'une
si maudite caufe produife un si bon effet? Je vous
fais favoir toute l'horreur de la calomnie, et vous me
dites tout ce qui eft de plus flatteur pour moi! Il eft
certain qu'à juger de ce livre (1) par fa noirceur, il
doit faire votre panégyrique, l'envie effrénée n'attaquant que le mérite. Je ne faurais cependant, malgré
le mépris qu'on doit en avoir, qu'être touché fur tout
ce qui regarde votre réputation. Elle m'eft chère par
l'amitié et la haute eftime avec lefquelles je vous fuis
affectionné.

STANISLAS, roi.

(1) Le libelle intitulé, *Volteriana.*

LETTRE III.

DU MEME.

Le 19 janvier.

J'AI reçu, mon cher *Voltaire*, votre lettre avec le manufcrit des Menfonges imprimés. Rien de fi vrai que ce que vous dites; mais il eft trop bon pour fervir de réponfe au livre imprimé, je crois, au fond de l'enfer. Ainfi, je crois qu'il faudrait fe fervir de l'ufage ordinaire de méprifer la noirceur des mal-honnêtes gens, et fe contenter d'être eftimé des gens d'honneur, comme vous l'êtes, ce qui doit faire votre fatisfaction. La mienne fera toujours de vous marquer combien je fuis,

votre très-affectionné,

STANISLAS, *roi*,

J'embraffe la chère madame *du Châtelet*.

X 2

LETTRE IV.

DU MEME.

A Lunéville, le 31 de janvier.

JE vous fuis redevable, mon cher *Voltaire*, des complimens du roi de Pruffe, et de ceux que vous lui avez faits de ma part. Notre gent eft d'accord fur votre fujet, et je fuis bien flatté d'avoir les mêmes fentimens qu'un prince que j'aime et eftime beaucoup. C'eft à vous à partager les vôtres entre nous, fans exciter notre jaloufie.

Je voudrais, à tel prix que ce foit, que la malheureufe comète vous amusât plus favorablement qu'elle n'a fait, et qu'il n'y ait rien qui vous ennuye à Lunéville. Ma troupe de qualité de la comédie, qui furpaffe celle de profeffion, y fuppléera.

Je crains que l'*original du héros* que vous voulez copier dans le roman, ne foit romanefque en effet. Je ne me fie pas à la favorable prévention que vous avez pour lui. Si ce que vous imaginez d'avantageux en fa faveur eft une fiction, rien de fi réel qu'il eft bien fenfible à votre attachement et à votre amitié. Vous voilà donc, je crois, à Paris, fans que je puiffe encore dire quand j'y ferai. C'eft le féjour de madame l'Infante qui me réglera. Je vous renvoie vos deux pièces. *Memnon* m'a endormi bien agréablement, et j'ai vu, dans un profond fommeil, que la fageffe n'eft qu'un fonge. Je fuis de tout mon cœur à vous.

STANISLAS, *roi.*

LETTRE V.

DU MEME.

Le 5 février.

CE n'eft pas *Memnon* qui m'ennuie, mon cher *Voltaire*, c'eft votre fciatique. Je défire avec impatience d'apprendre que vous en foyez quitte. Nous mangeons vos bonbons tout notre foûl. Vos foins à nous les envoyer en font la plus agréable douceur. A la place de cela, je vous envoie le *Philofophe chrétien*, qui a été continué depuis votre départ. *Memnon* dira bien qu'il y a de la folie de vouloir être fage; mais du moins il eft permis de fe l'imaginer. Ce Philofophe ne mérite pas un moment de votre temps perdu pour le parcourir, mais il connaît votre indulgence pour fe préfenter devant vous. Faites-lui donc grâce en faveur du bonheur qu'il cherche, et que vous lui procurerez, fi vous le jugez digne de vous occuper un moment.

Je vous embraffe de tout mon cœur,

STANISLAS, *roi.*

X 3

LETTRE VI.

DU MEME,

A MADAME LA MARQUISE DU CHATELET.

Le 17 février.

JE vous rends mille grâces, ma chère Marquife, du compte que vous me rendez de ce que vous faites. J'envie le bonheur de tous les lieux où vous vous trouvez. J'efpère avoir le plaifir de vous rejoindre immédiatement après Pâques ; madame l'Infante m'en donnera le temps. Jufqu'à ce moment le carême me deviendra bien mortifiant. J'ai réfléchi fur ce que M. d'*Argenfon* vous a dit. Si vous ne faites rien avant mon arrivée, je crois que la gloire me reviendra, quand j'y ferai, d'effectuer ce qu'on vous a promis. Du moins j'y emploîrai tous mes foins, et tout l'empreffement que vous me connaiffez pour tout ce qui vous intéreffe. Soyez - en, je vous conjure, perfuadée ; car, en vérité, je fuis de tout mon cœur votre très-affectionné,

STANISLAS, *roi.*

A M. de Voltaire.

P. S. Je n'ai pas le temps, mon cher *Voltaire*, de vous écrire aujourd'hui. Je me réduis à cette apoftille pour vous dire que je viens d'exécuter ce que vous avez

demandé au philofophe par fa bonne amie, et de
vous embraffer cordialement.

A madame du Châtelet.

Oferais-je vous prier de pouvoir me fervir de vous
pour témoigner à M. de *Richelieu* combien j'ai pris
part à fon expédition de Gènes, et à fon avancement.
Cela me vaudra plus dans fon amitié que tous les
complimens que je lui aurais pu faire à cette
occafion.

LETTRE VII.

DU MEME.

Le 13 mars.

JE ferais, mon cher *Voltaire*, au défefpoir, fi je me
trouvais auffi embarraffé à répondre à vos fentimens
pour moi, qu'à la production de votre incomparable
génie; car il n'y a ni vers ni profe qui foit capable
de vous exprimer combien je fuis fenfible à tout ce
que vous me dites. Toute mon éloquence eft au
fond de mon cœur. C'eft par fon langage que vous
connaîtrez ma façon de m'expliquer pour vous marquer ma reconnaiffance de la part que vous avez
prife à ma légère incommodité, et pour vous affurer
combien je fuis de tout mon cœur à vous.

STANISLAS, *roi.*

X 4

LETTRE VIII.

DU MEME.

A Commerci.

MADAME de *Boufflers*, mon cher *Voltaire*, en partant précipitamment pour aller voir monsieur son père, m'a chargé de vous renvoyer votre livre. Je sacrifie l'empreffement que j'ai eu de le parcourir à la néceffité que vous avez de le ravoir, efpérant que vous me le communiquerez quand vous pourrez. Vous connaiffez comme je fuis gourmand de vos ouvrages.

Me voilà feul. Les agrémens de Commerci ne rempliffent pas le plaifir d'être avec fes amis. Auffi je me prépare à le quitter bientôt. Je voudrais que madame *du Châtelet*, que j'embraffe tendrement, employât le temps de l'abfence à faire fes couches, et la retrouver fur pied. Je vous embraffe, mon cher *Voltaire*, de tout mon cœur.

STANISLAS, *roi*.

LETTRE IX.

DE MADAME

LA PRINCESSE D'ANHALT-ZERBST. (1)

A Zerbſt, ce 25 mai.

MONSIEUR,

JE ſuis trop ſenſible à la manière obligeante dont vous avez bien voulu vous prêter à la commiſſion hardie dont j'avais oſé charger madame la comteſſe de *Bentinck* , et trop véritablement reconnaiſſante, pour ne pas me porter avec autant d'empreſſement que de plaiſir à vous faire mes remercîmens au ſujet de la belle inſcription et du précieux don que vous avez eu la politeſſe d'y ajouter ; mais vous n'avez peut-être pas ſenti, Monſieur, ce que vous m'allez impoſer par là. Vous me mettez dans l'obligation de former une bibliothéque pour ſoutenir la réputation de femme lettrée, que votre préſent me donne; il y attirera les ſavans et les perſonnes de goût, pour conſulter ce rare exemplaire de vos œuvres, avec la même ardeur qu'on examine un manuſcrit de *Virgile* ou de *Cicéron.*

. Comptez cependant, Monſieur, que cet exemplaire du recueil de vos ouvrages, pour n'être pas dans la bibliothéque d'un ſavant, n'en eſt pas moins entre

(1) Mère de l'impératrice de Ruſſie , *Catherine II.*

les mains d'une perfonne qui a toujours fu admirer les productions de votre plume, et qui faura conferver ce morceau ineftimable comme un monument auffi flatteur que glorieux de l'attention d'un des plus grands hommes de notre fiècle. Si l'eftime, Monfieur, qui vous eft due à ce titre eft un tribut que votre mérite exige, celle que je conferverai pour vous très-particulièrement eft propre à me mériter votre amitié, que je vous demande en faveur des fentimens avec lefquels je fuis,

Monfieur,

votre tout acquife amie et très-humble fervante.

ELISABETH.

LETTRE X.

DE S. M. LA REINE DE SUEDE. (1)

Droningholm, ce $\frac{12}{23}$ juillet.

JE m'étais réfervé, Monfieur, le plaifir de vous témoigner moi-même combien j'ai été fatisfaite de votre lettre, accompagnée d'une nouvelle édition de vos ouvrages. J'avoue que le remercîment aurait dû être plus prompt, et je ferais fâchée fi le retardement pouvait faire naître en vous des idées qui feraient défavantageufes à ma façon de penfer pour vous. Vous me rendrez toujours juftice quand vous ferez perfuadé de l'eftime infinie que j'ai pour votre efprit

(1) La princeffe *Ulrique* de Pruffe.

1751.

et vos talens, et je me ferai toujours un plaifir de
vous la témoigner quand les occafions s'en préfente-
ront. En attendant, je vous envoie une bagatelle qui
fervira de fouvenir de ces mêmes affurances. Vous
m'obligerez infiniment fi vous voulez continuer de
me faire part de vos nouvelles productions. Je ne
faurais affez vous dire la fatisfaction que je trouve en
les lifant. Vous y raffemblez l'utile et l'agréable,
chofe fi rare dans tous les écrits de nos jours. La
comparaifon flatteufe que vous faites de la reine
Chriſtine et de moi, ne peut que me faire rougir.
Je me trouve fi inférieure en tout point à cette princeffe dont le génie était infiniment au-deffus de celui
de notre fexe! Je défirerais de pouvoir attirer comme
elle les beaux efprits à ma cour; mais la mort de
Defcartes fert toujours de prétexte à éluder toutes les
tentatives que je peux faire. Souvenez-vous, je vous
prie, que *Maupertuis* a été en Suède, et même en
Laponie, qu'il vit à Berlin en parfaite fanté, qu'il a
changé la figure de la terre, et que ce changement a
fi bien opéré fur ces climats, que les glaces n'y ont
plus leur empire. L'hiver faura refpecter des jours
confacrés par *Apollon* et par *Minerve*, à l'honneur
de notre fiècle. Vous voyez que jamais vie n'a été
plus en fureté que la vôtre. J'efpère qu'à préfent vous
ferez détrompé fur tous ces préjugés défavantageux à
notre climat, et que vous me mettrez un jour à
même de vous affurer de bouche de l'eftime infinie
avec laquelle je fuis votre affectionnée,

U L R I Q U E.

LETTRE XI.

DE S. A. S. L'ELECTEUR PALATIN,

CHARLES-THEODORE.

Manheim , ce 1 mai.

Le manuscrit corrigé de votre main, Monsieur, joint au second tome des Annales de l'Empire m'ont occupé si utilement et si agréablement ces jours passés, que je n'ai pu vous en témoigner plutôt ma reconnaissance. Vos ouvrages ne font pas faits pour être lus à la hâte. Chaque année, pour ainsi dire, dans vos Annales mérite quelque attention particulière par les réflexions judicieuses que vous y placez si à propos ; l'Essai sur l'histoire universelle, dont vous avez tiré une grande partie pour vos Annales, ne leur cède en rien, quoique le sujet en soit beaucoup plus vaste ; et ces deux ouvrages ne font pas faits pour les gens qui ressemblent au nouvel automate de Paris. Il y a, il est vrai, si peu de gens qui pensent, et moins encore qui pensent juste, qu'il ne serait pas étonnant si quelque sombre misanthrope ne regrettait pas qu'on ait trouvé le moyen de diminuer l'espèce humaine à moins de frais.

Vous me ferez plaisir, Monsieur, de m'informer si cette opération avec le sel se fait avec succès. Je serai d'ailleurs charmé de pouvoir vous faire plaisir, et de vous témoigner l'estime qui vous est due,

Monsieur,

votre bien affectionné,

CHARLES-THÉODORE, *électeur.*

LETTRE XII.

DU MEME.

Schwetzingen, ce 27 juillet.

J'AI reçu, Monfieur, votre lettre pendant que j'étais aux bains de Schlangenbadt, et, peu de jours après mon retour ici, le volume que vous m'avez envoyé. Je vous en fuis bien obligé ; et quoique vous ayez outré quelques expreffions flatteufes à mon égard, je fuis bien aife de concourir à la juftice que le public vous doit fur les mauvaifes éditions de votre Effai fur l'hiftoire univerfelle. Vous rendrez furement un grand fervice à ce même public, fi vous donnez bientôt le refte de cet ouvrage. Il intéreffe, il amufe et inftruit folidement. Rien d'effentiel n'y eft oublié, et les faits de moindre conféquence qui s'y trouvent paraiffent prefque néceffaires pour nous bien faire entrer dans l'efprit des fiècles paffés.

J'ai entendu dire par plufieurs perfonnes que vous travaillez préfentement à une Hiftoire d'Efpagne. Quoiqu'elles ne me l'aient pas affuré pour certain, j'efpère que votre fanté vous permettra toujours de donner quelque ouvrage nouveau.

Comme je crois le vin de Hongrie fort fain, et que vous n'êtes peut-être pas à portée d'en avoir du bon, j'ai fait faire les difpofitions pour vous en

envoyer dès que les chaleurs le permettront. Je voudrais avoir des occasions plus réelles de pouvoir vous
faire plaisir.

Je suis avec bien de l'estime,

   Monsieur,

                                    votre affectionné,
                   CHARLES-THÉODORE, *électeur.*

LETTRE XIII.

DU MEME.

Schwetzingen, ce 28 auguste.

JE suis charmé d'apprendre par votre lettre, Monsieur, que vous continuez de travailler à un ouvrage
que le public doit désirer avec empressement, et que,
malgré les peines et les soins que vous vous donnez
dans les profondes recherches que vous faites dans
l'histoire, vous vous occupiez encore à orner le
théâtre français d'une nouvelle tragédie. Je suis bien
impatient de la voir : *You're in the right to think that j
don't dislike the english taste, and j have borrow'd this way
of thinking from the observations on this nation.* Les
trop grandes libertés de la tragédie anglaise étant
réduites à de justes bornes par quelqu'un qui sait si
bien les compasser que vous, Monsieur, ne pourront
que plaire à tous ceux qui jugent sans prévention ;
je tombe moi-même un peu dans le défaut d'être
prévenu, puisque je le suis déjà pour ce nouvel

enfant légitime, dont je ferai charmé de revoir le ——
père, qui en fait tant et de ſi beaux. J'eſpère que votre **1754.**
ſanté ſe remet. Soyez ſûr de l'eſtime avec laquelle je
ſuis,

Monſieur,

votre très-affectionné,
CHARLES-THÉODORE, *électeur.*

LETTRE XIV.

DU MEME.

Schwetzingen, ce 17 ſeptembre.

J'AI relu juſqu'à trois fois, Monſieur, la tragédie
que vous m'avez fait le plaiſir de m'envoyer. J'y ai
toujours trouvé de nouvelles beautés. Enfin, j'en
ſuis enchanté, et ſuis bien empreſſé de la faire jouer.
Pourtant, ſi je ſavais que votre ſanté vous permît
bientôt de vous donner la peine de recorder les
acteurs, j'attendrais encore pour avoir le plaiſir complet, d'autant plus que, bien que je n'y aye rien
trouvé de trop allégorique aux affaires du temps, je
ne voudrais pas la faire donner ſans votre aveu, dont
je ne doute pourtant pas, croyant que vous ne
voudriez pas priver le public de la ſatisfaction de
voir et d'admirer une ſi belle pièce. Trois ou quatre
perſonnes de goût, qui l'ont lue, n'ont pu en faire
aſſez l'éloge, et elles en ont été touchées juſqu'aux
larmes. Je vous aſſure, Monſieur, que l'eſtime qu'on

——— doit avoir pour des talens fi fupérieurs ne peut qu'augmenter ; et c'eft avec ces fentimens que je fuis,

Monfieur,

votre affectionné,

CHARLES-THÉODORE, *électeur.*

LETTRE XV.

DU MEME.

Manheim, 20 octobre.

J'AI été bien charmé , Monfieur, d'apprendre, par vos deux lettres., que vous aviez pris la réfolution de venir paffer l'hiver ici. Je me réjouis d'avance des momens que je paferai fi agréablement et fi utilement avec vous. On profite toujours de vos entretiens, comme on ne fe laffe jamais de relire vos ouvrages. J'aurai foin que votre nièce puiffe jouir des fpectacles qu'elle défirera de voir. J'en ai donné la commiffion à *Pieron.*

J'attends , avec impatience , le plaifir de vous revoir, et fuis,

Monfieur ,

votre affectionné,

CHARLES-THÉODORE, *électeur.*

LETTRE

LETTRE XVI.

DU MEME.

Manheim, le 29 décembre.

JE vous fuis bien obligé, Monfieur, de la part que vous avez prife à la maladie que j'ai effuyée, et qui m'a empêché de répondre à vos dernières lettres. Dans l'état où j'étais, je n'aurais pu qu'à peine figner ma dernière volonté. Dans cette trifte fituation, je me fefais lire Zadig ; et fi les chapitres de *Mizouf*, du nez coupé, et des mages corrompus par une femme qui voulait fauver *Zadig*, m'ont égayé, celui de l'hermite, et les réflexions de *Zadig* avec le vendeur de fromages à la crême, m'ont fait fupporter, avec moins d'impatience, une fièvre chaude continue, qui a duré vingt-fix jours.

L'article de *Pic de la Mirandole* me paraît très-bien traité, et les réflexions font auffi juftes qu'elles puiffent l'être. Je ne fais fi vous n'excufez pas trop les ufurpations, ainfi dites, fous les premiers empereurs. Il eft fûr qu'ils confiaient la direction de quelques provinces à ceux qui poffédaient les premières charges de leur cour, et que leur intention n'était certainement pas de laiffer ces pays à ceux qui les gouvernaient, et encore moins de les rendre héréditaires dans leurs familles. Vous avez très-raifon de dire que les Allemands avaient des princes avant que d'avoir des empereurs ; mais ce ne font, autant

—— ' qu'il m'en fouvient, ni ces princes, ni leurs fuccef-
feurs qui fe font remis en poffeffion de leurs anciennes
dominations. Je plaide contre ma propre caufe, mais
par bonheur *beati poffidentes*.

J'attends, avec bien de l'empreffement, le nouvel
ouvrage d'hiftoire qui doit être conduit jufqu'à nos
jours; mais j'ai bien plus d'impatience d'en revoir
l'auteur, et de l'affurer de la parfaite eftime qui lui
eft due.

Je fuis,

Monfieur,

votre très-affectionné,
CHARLES-THÉODORE, *électeur*.

LETTRE XVII.

DU MEME.

Manheim, ce 20 février.

J'AI reçu, un peu tard, Monsieur, la lettre que vous m'avez fait le plaisir de m'écrire. Un voyage que j'ai fait à Munich en a été la cause. Je ferais aise de voir les changemens que vous avez faits à vos Chinois, et le ferai bien davantage quand j'aurai la satisfaction de vous revoir à Schwetzingen ce printemps. Je m'en fais une fête d'avance; soyez-en bien persuadé, de même que de l'estime que j'aurai toujours pour vous.

Je suis,

Monsieur,

votre très-affectionné,

CHARLES-THÉODORE, *électeur.*

LETTRE XVIII.

DU MEME.

Manheim , ce 17 augufte.

S'IL était auffi facile, Monfieur, de faire un bel édifice, qu'il vous eft aifé de faire une belle tragédie, je ne ferais pas en peine de la réuffite des bâtimens que j'ai commencés. Les deux ailes que vous avez ajoutées au vôtre n'ont fait que donner de nouveaux ornemens à votre ouvrage. Par le plaifir que j'ai de lire ce que vous faites, jugez de celui que j'aurai de vous revoir ici. Je me fuis beaucoup entretenu de vous, il y a peu de temps, avec un anglais nommé *Garden*, qui m'a paru un homme d'efprit et de favoir. Il m'a dit vous avoir beaucoup fréquenté pendant fon féjour à Laufanne.

J'efpère que votre médecin fuiffe rétablira bientôt votre fanté, pour que l'Europe jouiffe plus long-temps de vos écrits , et moi du plaifir de vous revoir. Vous me feriez entre-temps un vrai plaifir de me mander quelle forte d'habillement vous trouvez le plus convenable pour les acteurs. Je m'imagine que vous ne voulez pas une tête et une mouftache chinoife pour *Zamti*, ni de petites pantoufles de métal pour fa femme , quoique ce ne foit pas ce à quoi l'on prendrait garde en écoutant de fi beaux vers.

Je fuis avec beaucoup d'eftime,

Monfieur,

votre affectionné ,

CHARLES-THÉODORE, *électeur.*

LETTRE XIX.

DE S. M. STANISLAS, ROI DE POLOGNE, &c.

A Lunéville, le 27 janvier.

J'AI reçu, Monsieur, avec un plaisir sensible votre lettre, que M. le comte de *Tressan* m'a rendue. Je suis charmé de voir que dans votre retraite, qui pourrait faire croire que vous avez renoncé aux amorces du monde, vous vous souveniez de ceux qui ne vous oublieront jamais. Je ne saurais répondre à ce que vous me dites de plus flatteur que par vos propres idées. On peut envier en effet aux cantons que vous habitez la douceur dont ils jouissent par votre présence, et plaindre ceux qui en sont privés. Si vous m'attribuez le désir de rendre mes sujets heureux, soyez persuadé qu'en vous déclarant celui de cœur, un des plus vifs plaisirs que je ressens, est de vous savoir par-tout où vous êtes aussi parfaitement content que vous le méritez, et aussi constamment que je suis avec toute estime et considération.

votre très-affectionné,

STANISLAS, *roi.*

Y 3

LETTRE XX.

DE S. A. S. L'ELECTEUR PALATIN.

Duſſeldorff, ce 8 mai.

Je vous ſuis bien obligé, Monſieur, du nouvel ouvrage que vous m'avez envoyé, et que j'ai lu avec bien du plaîſir et de la ſatisfaction. Ces deux morceaux de poëſie peuvent être mis au nombre de vos autres ouvrages, deſquels on peut dire, à bien juſte titre, l'axiome de *Pope: Tout ce qui eſt, eſt bien*. En effet, cela convient mieux à vos ouvrages en particulier, qu'à l'eſpèce humaine en général.

Je ferais bien charmé ſi la belle ſaiſon où nous allons entrer me procurait le plaiſir de vous revoir à Schwetzingen cet été. Je compte d'y être au commencement de juin. Peut-être que le changement d'air fera du bien à votre ſanté. Surement je ferai bien charmé de pouvoir paſſer bien des heures ſi utilement et ſi agréablement avec une perſonne de votre mérite. Soyez perſuadé de l'eſtime avec laquelle je ſuis,

Monſieur,

votre très-affectionné,

CHARLES-THÉODORE, *électeur.*

LETTRE XXI.

DU MEME.

Manheim, ce 12 janvier.

JE vous suis très-obligé, Monsieur, de l'Essai sur l'histoire générale que vous m'avez envoyé. Je le lirai avec toute l'attention que vos ouvrages méritent à si juste titre. On ne peut s'instruire plus solidement et plus agréablement que par des faits historiques choisis et traités par un génie tel que le vôtre.

Vous avez bien raison de dire que les siècles passés n'ont pas produit d'événemens plus singuliers que ceux que nous voyons sous nos yeux. Ce siècle poli, qui devait même passer pour un siècle d'or, à peine est-il au-delà de sa moitié, qu'il est souillé par l'assassinat d'un grand roi. Il me paraît que notre siècle ressemble assez à ces sirènes, dont une moitié était une belle nymphe, et l'autre une affreuse queue de poisson. Ce serait pour moi une vraie satisfaction de pouvoir m'entretenir avec vous sur de pareilles matières, et j'espère même que votre santé vous le permettant, les sentimens que vous voulez bien avoir pour moi me procureront bientôt ce plaisir. Si, en tout cas, vous en êtes empêché, faites-moi le plaisir de me confier vos idées sur la situation présente de l'Europe. Vous pouvez m'écrire en toute liberté ; vous êtes dans un pays libre, et je suis aussi discret et aussi honnête homme qu'aucun de vos républicains.

Y 4

Je vous prie d'être perfuadé de l'eſtime toute particulière avec laquelle je fuis,

Monfieur,

votre très-affectionné,

CHARLES-THÉODORE, *électeur*.

LETTRE XXII.

DU MEME.

Schwetzingen, ce 15 auguſte.

CE n'eſt que la quantité d'affaires dont j'ai été occupé, Monfieur, qui m'a fait retarder fi long-temps à répondre aux lettres que vous m'avez écrites. Je fuis très-obligé au petit fuiffe de fes juſtes réflexions fur *Rominagrobis*, dont les affaires vont préfentement très-mal. Il faut efpérer que cela l'obligera de fouf-crire à des conditions de paix qui rendront le calme à l'Europe.

Je fuis bien charmé que l'affaire de la rente viagère ait été terminée à votre fatisfaction. Comptez qu'en toute occaſion je ferai fort aife de contribuer à tout ce qui vous pourra être agréable.

Vous me feriez plaifir, Monfieur, de me dire votre fentiment fur la nouvelle tragédie d'Iphigénie en Tauride, qui a eu un fi brillant fuccès à Paris; je n'en ai vu jufqu'à préfent qu'un extrait. On en dit la verfification un peu dure, et qu'elle fera moins goûtée à la lecture qu'à la repréfentation. Il eſt fi difficile de

vous reffembler, et même d'approcher de vos talens! **1757.**
Je regrette infiniment que votre fanté me prive du
bonheur d'en pouvoir profiter.

    Je fuis avec une parfaite eftime,
      Monfieur,

                votre très-affectionné,
            CHARLES-THÉODORE, *électeur,*

LETTRE XXIII.

DU MEME.

Manheim, ce 25 octobre.

J'AI reçu, Monfieur, avec bien de la reconnaiffance, l'importante nouvelle que vous m'avez communiquée; vous pouvez être perfuadé du fecret
inviolable que je vous garderai. Vous me donnez,
dans cette occafion, une preuve bien réelle des fentimens que vous voulez bien avoir pour moi. Je ferai
très-charmé d'être à portée de pouvoir vous faire
plaifir, et vous témoigner la reconnaiffance et la
parfaite eftime avec lefquelles je fuis,
    Monfieur,

             votre très-affectionné,
        CHARLES-THÉODORE, *électeur.*

LETTRE XXIV.

DU MEME.

Je vous fuis très-obligé, Monfieur, des fouhaits que vous me faites pour la nouvelle année, que je vous fouhaite auffi très-heureufe. Celle que nous avons finie ne l'a guère été pour bien du monde. Jamais tant de fang n'a été répandu. Je ne crois pas qu'on trouve un exemple dans l'hiftoire, que, dans une feule campagne, on ait donné dix batailles. Il n'y a guère d'apparence que l'hiver nous ramène la paix. Votre fanté ne vous permettra-t-elle plus de me donner le plaifir de vous revoir, et de vous affurer de toute l'eftime que vous méritez, et que j'aurai toujours pour vous ?

CHARLES-THÉODORE, *électeur.*

LETTRE XXV.

DU MEME.

Manheim , le 23 mai.

JE ne pouvais rien apprendre de plus agréable, Monfieur, que le projet que vous avez fait de venir ici. J'irai le 27 de ce mois à Schwetzingen , où je vous attendrai avec la plus grande impatience. Quel bonheur en effet de jouir de votre compagnie, et de converfer avec un homme tel que vous! Je m'en fais un tel plaifir d'avance, que j'efpère bien que votre fanté ni les houfards ne me tromperont pas dans mon attente. C'eft alors que je pourrai raifonner bien plus librement avec le petit fuiffe fur les grandes révolutions que nous voyons préfentement. Vous connaiffez les fentimens de la parfaite eftime que j'aurai toujours pour le petit fuiffe.

CHARLES-THÉODORE, *électeur.*

LETTRE XXVI.

DU MEME.

Manheim , ce 23 octobre.

JE vous fuis bien obligé , Monfieur, de la pièce que vous m'avez communiquée. Vous avez bien raifon de dire que dans ce fiècle il y a des chofes qui ne reffemblent à rien , et beaucoup de riens qu'on voudrait faire reffembler à des chofes. La feconde bataille des Ruffes eft de ce nombre, et quantité d'autres. On a enfin furpris ce grand-homme dans fon camp ; mais fes belles manœuvres ont tout rétabli. Il faut efpérer que tant de fang verfé fera penfer à une paix qui eft tant à défirer.

J'efpère que votre fanté fera entièrement rétablie, et que j'aurai l'été qui vient la même fatisfaction dont j'ai fi peu joui cette année. Soyez bien perfuadé de la parfaite eftime que j'aurai toute ma vie pour le petit fuiffe.

CHARLES-THÉODORE, *électeur.*

LETTRE XXVII.

DU MEME.

Manheim, le 23 février.

J'AI reçu, Monſieur, vos lettres avec bien du plaiſir, et vous ſuis très-obligé des bons ſouhaits que vous me faites. Ce ſerait un bonheur trop parfait dans ce monde s'ils s'accompliſſaient en tout point. L'opti-miſme eſt banni depuis long-temps de notre globe; et ſi *Pope* vivait encore, je doute qu'il ſoutînt, en voyant tout ce qui ſe paſſe depuis peu d'années, que *all what is , is right.*

Vous me ferez un ſenſible plaiſir de venir cet été. Ne craignez plus le froid : j'y porterai grand ſoin ; et plutôt que d'être privé de la ſatisfaction de vous voir, je ferai placer une cheminée à chaque porte et fenêtre. Profitez cette année des fleurs d'orange ; car il ne me paraît pas encore que le terroir d'Alle-magne ſoit diſpoſé à porter beaucoup d'olives. Soyez bien perſuadé de la parfaite eſtime que j'aurai tou-jours pour le vieux ſuiſſe.

CHARLES-THÉODORE.

LETTRE XXVIII.

DU MEME.

Manheim , le 29 avril.

L'ORAISON funèbre d'un cordonnier (1) que vous m'avez envoyée, Monfieur, m'a paru auffi fingulière par la façon dont elle eft écrite, et à caufe de celui qui l'a écrite, que l'ode fur la mort de madame la margrave m'a paru fublime, et portant prefque à chaque ftrophe quelque vérité frappante avec elle.

J'efpère, quand j'aurai le plaifir de vous revoir, que vous apporterez encore quelque bel ouvrage nouveau que vous aurez compofé. Vous favez le cas que je fais de votre perfonne, de vos ouvrages, l'empreffement que j'ai toujours d'en profiter, et la vraie eftime que j'ai toujours pour le petit fuiffe.

CHARLES-THÉODORE, *électeur.*

(1) Par le roi de Pruffe.

LETTRE XXIX.

DU MEME.

Schwetzingen, ce 22 juillet.

J E fuis bien mortifié, Monfieur, de n'avoir pu jouir de la fatisfaction de vous voir ici cet été ; j'efpère que ce plaifir n'eft qu'un peu reculé. Je vous fuis très-obligé de votre nouvelle tragédie (1). Je l'ai lue avec bien du plaifir, d'autant plus que vous y avez ôté la monotonie de ces vers qui tombent deux à deux pendant cinq actes entiers ; vous y peignez au mieux cet efprit de chevalerie qui, par bonheur, ne fub-fifte plus. Chaque fiècle a fes ridicules, et peut-être le nôtre furpaffe ceux des précédens.

J'ai lu dans le Journal encyclopédique un Précis de l'Ecclefiafte en vers, qui vous eft attribué. Par les beautés que j'y ai trouvées, je le croirais aifément. Faites-moi le plaifir de me le mander, et foyez tou-jours perfuadé de mon eftime particulière pour le petit fuiffe.

CHARLES-THÉODORE, *électeur.*

(1) Tancrède.

LETTRE XXX.

DU MEME.

Manheim, ce 12 mars.

Dès que j'ai reçu, Monfieur, votre lettre du 9 du mois paffé, j'ai tâché de me procurer les œuvres de poëfie du philofophe de Sans-fouci, que j'ai lues avec un grand plaifir. La première épître à fon frère, la fuivante à *Hermotime*, la dixième au général *Bredow*, et la dix-neuvième à d'*Arget*, font celles qui m'ont le plus frappé. L'Art de la guerre eft un poëme unique et de toute beauté. Ce grand auteur eft bien digne d'en donner des leçons.

Vous vous fouviendrez, Monfieur, que je n'ai aucun goût pour les odes, et que je m'y entends encore moins qu'aux autres pièces de poëfie. J'ai trouvé, dans la fixième épître au comte de *Gotter*, les defcriptions de plufieurs arts et métiers, admirables, entre autres celle fur le pain, qui commence ainfi:

Voyez ces laboureurs, dès l'aube vigilans,
Qui guident la charrue et cultivent les champs.

Je crois avoir reconnu le petit fuiffe en plufieurs endroits: entre nous foit dit; faites-moi le plaifir de me mander fi j'ai rencontré votre goût en quelque chofe, dans les articles que je vous ai cités. Je fuis toujours charmé de profiter de vos lumières; j'efpère d'en profiter davantage cet été à Schwetzingen; vous me le faites efpérer. Vous devez être perfuadé du plaifir que j'aurai de revoir le petit fuiffe.

CHARLES-THÉODORE, *électeur*.

LETTRE

LETTRE XXXI.

DE M. DE VOLTAIRE,

AU ROI STANISLAS.

Aux Délices , le 15 augufte.

SIRE,

JE n'ai jamais que des grâces à rendre à votre Majefté. Je ne vous ai connu que par vos bienfaits, qui vous ont mérité votre beau titre. Vous inftruifez le monde, vous l'embelliffez, vous le foulagez, vous donnez des préceptes et des exemples. J'ai tâché de profiter de loin des uns et des autres autant que j'ai pu. Il faut que chacun dans fa chaumière faffe à proportion autant de bien que votre Majefté en fait dans fes Etats : elle a bâti de belles églifes royales ; j'édifie des églifes de village. *Diogène* remuait fon tonneau, quand les Athéniens conftruifaient des flottes. Si vous foulagez mille malheureux , il faut que nous autres petits nous en foulagions dix. Le devoir des princes et des particuliers eft de faire chacun dans fon état tout le bien qu'il peut faire. Le dernier livre de votre Majefté, que le cher frère *Ménou* m'a envoyé de votre part, eft un nouveau fervice que votre Majefté rend au genre-humain : fi jamais il fe trouve quelque athée dans le monde (ce que je ne crois pas) , votre livre confondra l'horrible abfurdité de cet homme.

Correfp. de l'impér. de R... &c.   Z

Les philofophes de ce fiècle ont heureufement prévenu les foins de vôtre Majefté. Elle bénit DIEU, fans doute, de ce que, depuis *Defcartes* et *Newton*, il ne s'eft pas trouvé un feul athée en Europe. Votre Majefté réfute admirablement ceux qui croyaient autrefois que le hafard pouvait avoir contribué à la formation de ce monde : elle voit fans doute avec un plaifir extrême qu'il n'y a aucun philofophe de nos jours, qui ne regarde le hafard comme un mot vide de fens. Plus la phyfique a fait de progrès, plus nous avons trouvé par-tout la main du Tout-puiffant.

Il n'y a point d'hommes plus pénétrés de refpect pour la Divinité que les philofophes de nos jours. La philofophie ne s'en tient pas à une adoration ftérile, elle influe fur les mœurs. Il n'y a point en France de meilleurs citoyens que les philofophes; ils aiment l'Etat et le monarque; ils font foumis aux lois; ils donnent l'exemple de l'attachement et de l'obéiffance; ils condamnent et ils couvrent d'opprobres ces factions pédantefques et furieufes, également ennemies de l'autorité royale et du repos des fujets; il n'eft aucun d'eux qui ne contribuât avec joie de la moitié de fon revenu au foutien du royaume. Continuez, Sire, à les feconder de votre autorité et de votre éloquence; continuez à faire voir au monde que les hommes ne peuvent être heureux que quand les philofophes font rois, et qu'ils ont beaucoup de fujets philofophes. Encouragez de votre voix puiffante, la voix de ces citoyens qui n'enfeignent dans leurs écrits et dans leurs difcours que l'amour de DIEU, du monarque et de l'Etat; confondez ces hommes infenfés, livrés à la faction, ceux qui commencent à accuſer d'athéiſme quiconque n'eſt pas de leur avis ſur des chofes indifférentes.

Le docteur *Lange* dit que les jéſuites ſont athées, parce qu'ils ne trouvent point la cour de Pĕkin idolâtre. Le frère *Hardouin*, jéſuite, dit que les *Paſcal*, les *Arnauld*, les *Nicole* ſont athées, parce qu'ils n'étaient pas moliniſtes. Frère *Berthier* ſoupçonne d'athéiſme l'auteur de l'Hiſtoire générale, parce que l'auteur de cette hiſtoire ne convient pas que des neſtoriens, conduits par des nuées bleues, ſont venus du pays de Tacin, dans le ſeptième ſiècle, faire bâtir des égliſes neſtoriennes à la Chine. Frère *Berthier* devrait ſavoir que des nuées bleues ne conduiſent perſonne à Pékin, et qu'il ne faut pas mêler des contes bleus à nos vérités ſacrées.

Un gentilhomme breton ayant fait, il y a quelques années, des recherches ſur la ville de Paris, les auteurs d'un journal qu'ils appellent *Chrétien*, comme ſi les autres journaux étaient faits par des turcs, l'ont accuſé d'irréligion au ſujet de la rue Tireboudin et de la rue Trouſſevache; et le breton a été obligé de faire aſſigner ſes accuſateurs au châtelet.

Les rois mépriſent toutes ces petites querelles; ils font le bien général, tandis que leurs ſujets animés les uns contre les autres font les maux particuliers. Un grand roi, tel que vous, Sire, n'eſt ni janſéniſte, ni moliniſte, ni anti-encyclopédiſte, il n'eſt d'aucune faction; il ne prend parti ni pour ni contre un dictionnaire; il rend la raiſon reſpectable et toutes les factions ridicules; il tâche de rendre les jéſuites utiles en Lorraine, quand ils ſont chaſſés du Portugal; il donne douze mille livres de rente, une belle maifon, une bonne cave à notre cher frère *Ménou*, afin qu'il faffe du bien ; il fait que la vertu et la religion confiftent dans les bonnes œuvres, et non pas dans les difputes; il fe fait bénir, et les calomniateurs fe font détefter.

Je me fouviendrai toujours, Sire, avec la plus tendre et la plus refpectueufe reconnaiffance, des jours heureux que j'ai paffés dans vos palais; je me fouviendrai que vous daigniez faire le charme de la fociété, comme vous fefiez la félicité de vos peuples; et que fi c'était un bonheur de dépendre de vous, c'en était un plus grand de vous approcher.

Je fouhaite à votre Majefté que votre vie utile au monde, s'étende au-delà des bornes ordinaires. *Aureng-Zeb* et *Muley-Ifmaël* ont vécu l'un et l'autre au-delà de cent cinq ans. Si DIEU accorde de fi longs jours à des princes infidelles, que ne fera-t-il point pour *Staniflas le bienfefant* ?

Je fuis avec le plus profond refpect, &c.

LETTRE XXXII.

DE S. A. S. L'ELECTEUR PALATIN.

Manheim, ce 28 mars.

JE vous fuis très-obligé, Monfieur, de la belle tragédie de Tancrède que vous m'avez envoyée, avec la très-édifiante lettre qui la fuit. On vous lit toujours avec un nouveau plaifir. Tout le monde littéraire vous prie de lui donner encore beaucoup de vos ouvrages avant d'aller habiter la Jérufalem célefte. Vous êtes fi admiré fur la terre ! reftez-y tant que vous pourrez ; et s'il vous eft poffible, venez bientôt revoir un de ceux qui vous admirent le plus. Si j'ai tardé long-temps à vous écrire, c'eft que je n'ai pu le faire plutôt. J'ai été accablé d'affaires, fans les foins que l'électrice me donne dans fa groffeffe. Si vous venez à Schwetzingen, vous verrez un papa jouer avec un enfant ; et après l'avoir bercé, s'entretenir avec plaifir avec fon cher fuiffe, pour qui j'aurai toujours une vraie eftime.

CHARLES-THÉODORE, *électeur.*

Z 3

LETTRE XXXIII.

DU MEME.

Schwetzingen, ce 15 juillet.

Je n'ai fait qu'un beau rêve, mon cher malade, qui, je crois, m'a caufé plus de douleur que toutes vos infirmités ne vous en font reffentir. C'eft une affaire faite, il faut fe foumettre à la Providence. Je ne vous fuis pas moins obligé de vos charmantes lettres et de l'intérêt que vous prenez à ce qui me regarde. Je ferai très-aife de contribuer à l'édition de Corneille ; j'y foufcrirai pour dix exemplaires.

Votre Henriade va bientôt paraître en beaux vers allemands. J'y fais travailler un nommé *Schwartz*, très-médiocre confeiller que j'ai, mais très-bon poëte, et qui a déjà traduit toute l'Enéide en vers, à la parfaite fatisfaction des amateurs de la poëfie allemande. S'il réuffit également dans la Henriade, il pourra fe vanter d'avoir enrichi la littérature allemande des deux meilleurs poëmes épiques qui exiftent. Soyez perfuadé de l'eftime particulière que j'aurai toujours pour vous.

CHARLES-THÉODORE, *électeur.*

LETTRE XXXIV.

DU MEME.

J'AI été bien charmé, Monfieur, de recevoir la lettre que *Colini* m'a apportée. J'ai été bien aife de faire fa connaiffance. Il paraît avoir beaucoup d'efprit et de mérite.

J'efpère bien avoir la fatisfaction d'année prochaine, de vous revoir. Je fuis bien mortifié d'en avoir été privé celle-ci. Faites toujours d'auffi beaux poëmes qu'*Homère*, mais ne devenez pas aveugle comme lui. Tous les amateurs de la bonne littérature y perdraient trop. Comme vous donnez préfentement dans le vieux Teftament, ne croiriez-vous pas le livre de *Job* fufceptible d'une belle poëfie? Je vous l'ai entendu louer bien fouvent. C'eft un temps actuellement où l'on a befoin d'être excité à la patience. Bien des gens font aujourd'hui auffi mal à leur aife que *Job* l'était fur fon fumier. Vous vivez dans la tranquillité, mais j'efpère qu'on en jouira bientôt par-tout, et que j'aurai le plaifir de vous affurer ici de la vraie eftime que j'aurai toujours pour le petit fuiffe.

CHARLES-THÉODORE, *électeur*.

LETTRE XXXV.

DE S. A. S. MADAME

LA PRINCESSE D'ANHALT-ZERBST.

Avril.

MONSIEUR,

NE craignez-vous pas de m'énorgueillir, ou bien eſt-ce pour eſſayer ſi le cœur d'une allemande ſaura ſentir la valeur d'une approbation auſſi flatteuſe que l'eſt la vôtre, que vous me l'accordez, et que vous y ajoutez de nouveau de ces faveurs auſſi propres à ſervir de modèles qu'à vous attirer la reconnaiſſance des ſiècles à venir, par conſéquent, à vous immortaliſer? Je ne ſuis pas aſſez philoſophe pour réſiſter à l'une (1); et pour l'autre, j'ai ſu vous lire, vous préférer, vous eſtimer : ce ſont-là les titres des remercîmens dont je m'acquitte, qui me font oſer vous demander votre amitié, et vous aſſurer que j'ai l'honneur d'être,

Monſieur,

votre tout acquiſe amie et très-humble ſervante,

ELISABETH.

(1) Le Poëme de *Jeanne d'Arc.*

DE M. DE VOLTAIRE,

A S. A. E. LE PRINCE PALATIN.

Aux Délices , le 5 juillet.

MONSEIGNEUR,

JE voudrais bien que mon bon hiérophante trouvât grâce devant votre Alteffe électorale. Il n'eft ni janfénifte ni molinifte ; c'eft le meilleur prêtre que je connaiffe. Si les jéfuitès lui avaient reffemblé , ils feraient encore en Portugal , et ne feraient point honnis en France. Toute la famille d'*Alexandre* que j'ai mife à vos pieds, il y a un mois, attend ce que vous penfez d'elle pour favoir fi elle doit fe montrer.

Me fera-t-il permis d'avoir recours à votre protection pour le temporel (1) , après avoir foumis le fpirituel à vos lumières? Votre Alteffe électorale voit que l'ame et le corps du petit fuiffe dépendent d'elle. La petite-fille de *Corneille* et fon édition languiffent. J'efpère que M. de *Bekers* nous ranimera. C'eft auprès de M. de *Bekers* que je vous implore ; je crois qu'il n'y a point auprès de lui de meilleure protection que la vôtre. Daignez donc fouffrir , Monfeigneur , que j'adreffe à votre Alteffe électorale le trifte et difcourtois placet que je préfente à votre contrôleur général.

(1) Il s'agiffait d'une rente viagère que lui devait l'électeur.

1762.
—— Il y a de fins courtifans italiens qui prétendent qu'il faut toujours aller au prince par les miniftres, et moi, Monfeigneur, je tiens que dans votre cour il faut aller au miniftre par le prince, et que c'eft toujours à votre belle ame qu'il faut avoir recours.

Que votre Alteffe électorale daigne agréer, avec fa bonté ordinaire, l'attachement, la reconnaiffance et le profond refpect, &c.

LETTRE XXXVII.

DE S. A. S. L'ELECTEUR PALATIN.

Schwetzingen , ce 28 juillet.

J E ne puis vous exprimer combien votre famille d'*Alexandre* m'a fait plaifir , Monfieur ; j'aurais voulu attendre la repréfentation pour vous marquer les éloges qu'elle mérite ; mais la pareffe des comédiens qui , d'ailleurs , étaient déjà occupés à l'étude de Tancrède, m'en a empêché. *Le Noble*, que vous avez vu ici dans le rôle de *Lufignan*, fera cet honnête homme de prêtre qui a fi peu d'imitateurs : *Olympie* fera repréfentée par la *Denefle*, jeune actrice qui tâche d'imiter la *Clairon*, et qui a étudié deux ans avec elle. *Le Kain* la connaît. La pièce, telle qu'elle eft, me paraît de toute beauté , et reffemble à vos autres productions.

Je crois que vous aurez été content de la réponfe du baron de *Bekers*. Je fais fort bien qu'après avoir penfé au fpirituel , il ne faut pas oublier le temporel. Je vous prie de ne pas oublier tout-à-fait Schwetzingen, malgré votre faible fanté , et foyez perfuadé de la fincère eftime que j'aurai toujours pour le petit fuiffe.

CHARLES-THÉODORE , *électeur.*

LETTRE XXXVIII.

DU MEME.

JE vous suis très-obligé, Monsieur, de m'avoir envoyé les deux chants de la Pucelle, que j'ai lus avec bien de l'empreffement, de même que tout ce que vous écrivez. Vous me faites un bien fenfible plaifir de m'apprendre que votre fanté et le fameux *Tronchin* vous permettront de venir chez celui qui aime et admire une perfonne d'un mérite tel que le pofsède le petit fuiffe.

CHARLES-THÉODORE, *électeur.*

LETTRE XXXIX.

DU MEME.

Schwetzingen, ce 1 octobre.

UN œil poché et une cuiffe en compote, m'ont empêché de répondre à votre dernière lettre au fujet du curé, et avec laquelle vous m'avez envoyé le fupplément au difcours aux Velches. Je reçois à ce moment votre feconde lettre touchant votre affociation à mon académie. Quoique je lui aye abandonné le choix de fes membres, je fais furement que les académiciens font trop éclairés pour ne pas fentir le prix de vous voir de leur nombre. Je ne peux que vous témoigner ma reconnaiffance de vouloir bien mêler votre nom avec le leur.

Soyez perfuadé, mon cher vieux fuiffe, que tous les *Frérons* du monde ne pourront jamais diminuer la vraie eftime que j'ai toujours eue pour la perfonne et le génie d'un homme tel que vous. Le critique âpre et amer n'atteignit jamais *Virgile*, *Salluſte* et *Newton*; et tel qui critiqua l'églife de Saint-Pierre à Rome, n'eût peut-être pas été en état de deffiner une églife de village.

C'eft avec ces fentimens et l'efpoir de vous revoir encore, que je ferai toujours votre bien affectionné,

CHARLES-THÉODORE, *électeur.*

LETTRE XL.

DE M. DE VOLTAIRE,

AU ROI DE POLOGNE, PONIATOWSKI.

A Ferney, 3 février.

SIRE,

Ma respectueuse reconnaissance n'a osé passer les bornes de deux lignes, quand j'ai remercié votre Majesté de ses bienfaits envers la famille des *Sirven*, qui lui devra bientôt son honneur et sa fortune; mais le bien que vous faites à l'humanité entière en établissant une sage tolérance en Pologne, me donne un peu plus de hardiesse. Il s'agit ici du genre-humain : vous en êtes le bienfaiteur, Sire. Vous pardonnerez donc au bon vieillard *Siméon* de s'écrier : *Je mourrai en paix, puisque j'ai vu les jours du salut.* Le vrai salut est la bienfesance.

J'ai lu deux discours de votre Majesté à la diète, qui sont de cette éloquence qui n'appartient qu'aux grandes ames. Madame de *Geoffrin* est bien heureuse. Les vieillards de Saba en feraient autant que leur reine, s'ils n'avaient que leur vieillesse à surmonter; mais la caducité, jointe à la maladie, ne laisse de libre que le cœur. Permettez, Sire, que ce cœur, pénétré de vos vertus et de votre sagesse, se mette à vos pieds pour sa consolation.

Je suis avec le plus profond respect, &c.

LETTRE XLI.   1767.

DU ROI DE POLOGNE, PONIATOWSKI.

Varſovie, le 21 février.

Monsieur de *Voltaire*, tout contemporain d'un homme tel que vous, qui fait lire, qui a voyagé, et ne vous a pas connu, doit ſe trouver malheureux. Si le roi mon prédéceſſeur eût vécu un an de plus, j'aurais vu Rome et vous. J'allais partir pour l'Italie lorſqu'il eſt mort, et je comptais revenir par chez vous. C'eſt un des plaiſirs que me coûte ma couronne, et dont elle ne m'ôtera jamais le regret. Vous l'augmentez par votre lettre du 3 de ce mois ; vous m'y tenez compte de faits qui ne ſont malheureuſement que des intentions. Pluſieurs des miennes ont leur ſource dans vos écrits. Il vous ſerait ſouvent permis de dire : *Les nations feront des vœux pour que les rois me liſent.*

Continuez, Monſieur, à jouir de votre gloire et à prouver au monde qu'il eſt des eſprits qui ne s'épuiſent point. Je ſuis bien véritablement,

Monſieur de *Voltaire,*

votre très-affectionné,

STANISLAS-AUGUSTE, *roi.*

LETTRE XLII.

DE M. DE VOLTAIRE,

AU ROI DE POLOGNE, PONIATOWSKI.

6 décembre.

SIRE,

ON m'apprend que votre Majesté semble désirer que je lui écrive. Je n'ai osé prendre cette liberté. Un certain *Bourdillon* (1), qui professe secrétement le droit public à Basle, prétend que vous êtes accablé d'affaires, et qu'il faut *captare mollia fandi tempora.* Je sais bien, Sire, que vous avez beaucoup d'affaires ; mais je suis très-sûr que vous n'en êtes pas accablé, et j'ai répondu au sieur *Bourdillon : Rex ille superior est negotiis.*

Ce *Bourdillon* s'imagine que la Pologne serait beaucoup plus riche, plus peuplée, plus heureuse, si les chefs étaient affranchis, s'ils avaient la liberté du corps et de l'ame, si les restes du gouvernement gothico-sclavonico-romano-sarmatique étaient abolis un jour par un prince qui ne prendrait pas le titre de fils aîné de l'Eglise, mais celui de fils aîné de la raison. J'ai répondu au grave *Bourdillon* que je ne me mêlais pas d'affaires d'Etat, que je me bornais

_____

(1) C'est le nom sous lequel M. de *Voltaire* avait publié l'Essai sur les dissentions des Eglises de Pologne. Mél. hist. Tome II.

à

à admirer, à chérir les·falutaires intentions de votre
Majefté, votre génie, votre humanité, et que je
laiffais les *Grotius* et les *Puffendorf* ennuyer leurs
lecteurs par les citations des anciens qui n'ont pas
fait le moindre bien aux modernes. Je fais, difais-
je à mon ami *Bourdillon*, que les Polonais feraient
cent fois plus heureux, fi le roi était abfolument le
maître ; et que rien n'eft plus doux que de remettre fes
intérêts entre les mains d'un fouverain qui a juftcffe
dans l'efprit et juftice dans le cœur ; mais je me
garde bien d'aller plus loin. Vous n'ignorez pas,
M. *Bourdillon*, qu'un roi eft comme un tifferand
continuellement occupé à reprendre les fils de fa
toile qui fe caffent ; ou, fi vous l'aimez mieux, comme
Sifiphe qui portait toujours fon rocher au haut de la
montagne, et qui le voyait retomber ; ou enfin
comme *Hercule* avec les têtes renaiffantes de l'hydre.

M. *Bourdillon* me répondit : Il finira fa toile, il
fixera fon rocher, il abattra les têtes de l'hydre.

Je le fouhaite, mon cher *Bourdillon*, et je fais des
vœux au ciel avec vous pour qu'il réuffiffe en tout,
et pour que les hommes foient moins affervis à leurs
préjugés et plus dignes d'être heureux. Je ne doute
pas qu'un grand jurifconfulte comme vous, ne foit
en commerce de lettre avec un grand légiflateur. La
première fois que vous l'ennuierez de votre fatras,
dites-lui, je vous en prie, que

Je fuis avec un profond refpect, avec admiration,
avec dévouement,

de fa Majefté, &c.

1770.

LETTRE XLIII.

DE M. DE VOLTAIRE,

AU ROI DE DANEMARCK, CHRISTIAN VII.

Novembre.

S I R E ,

M. d'*Alembert* m'a inftruit des bontés de votre Majefté pour moi. Tant de générofité de votre part ne m'étonne point ; mais l'objet m'en étonne : ce n'était pas fans doute à un fimple citoyen comme moi qu'il fallait une flatue. L'Europe en doit aux rois qui voyagent pour répandre des lumières, qui ont la modeftie de croire en acquérir, qui donnent des exemples en prétendant qu'ils en reçoivent, qui emportent les vœux de tous les peuples chez lefquels ils ont été, qui ne reçoivent leurs fujets que pour les rendre heureux, pour en être chéris et pour les venger des barbares.

Je fuis près de finir ma carrière lorfque votre Majefté en commence une bien éclatante. L'honneur qu'elle daigne me faire, répand fur mes derniers jours une félicité que je ne devais pas attendre. Je fens combien il eft flatteur de finir par avoir tant d'obligations à un tel monarque.

Je fuis avec le plus profond refpect et la plus vive reconnaiffance, &c.

LETTRE XLIV.

DU ROI DE DANEMARCK, CHRISTIAN VII.

Friederichsberg, ce 15 décembre.

Monsieur de *Voltaire*, toujours poli et plein d'efprit, je fais bien à quoi je dois ce que fa lettre contient de flatteur pour moi. Je dois à fa politeffe ce qu'il mérite de ma part et de tout le public par une longue fuite de fes actions. Vous réuffiffez à faire des heureux en éclairant les hommes et leur apprenant à penfer librement. Je fuis moins heureux avec la meilleure volonté du monde et le pouvoir d'un fouverain. Je n'ai pas encore pu parvenir à lever les obftacles qui s'oppofent à rendre la liberté civile à la plus grande portion de mes fujets. Vous vous occupez préfentement à délivrer un nombre confidérable des hommes du joug des eccléfiaftiques, le plus dur de tous, parce que les devoirs de la fociété ne font connus que de la tête de ces Meffieurs, et jamais fentis de leur cœur. Ceci vaut bien fe venger des barbares.

Je fuis avec beaucoup d'eftime,

votre affectionné,

CHRISTIAN.

LETTRE XLV.

DE M. DE VOLTAIRE,

AU ROI DE DANEMARCK.

A Ferney, 15 janvier.

SIRE,

RIEN n'eſt ſi ennuyeux que trop de vers : je demande pardon à votre Majeſté de lui en préſenter une ſi énorme quantité ; mais en récompenſe je prends la liberté de lui envoyer beaucoup plus de proſe. Le paquet doit lui arriver par les voitures publiques.

Sa Majeſté me permettra-t-elle de la féliciter ſur le bien qu'elle fait à ſes ſujets ? La liberté qu'elle veut donner aux hommes eſt aſſurément plus précieuſe que la liberté des livres.

Je ſuis avec le plus profond reſpect et la plus ſincère reconnaiſſance ,

de votre Majeſté, &c.

LETTRE XLVI.

DE M. DE VOLTAIRE,

AU ROI DE SUEDE, GUSTAVE III.

12 novembre.

SIRE,

C'EST avec ces larmes qu'arrachent l'attendriffe-
ment et l'admiration, que j'ai lu l'éloge du roi votre
père, compofé par votre Majefté. L'Europe pro-
nonce le vôtre ; permettez à un étranger de joindre
fa voix à toutes celles qui font mille vœux pour
vous. Si je ne fuis pas né votre fujet, je le fuis par
le cœur, et les fentimens de ce cœur que vous avez
pénétré font l'excufe de la liberté que je prends.

Je fuis avec le plus profond refpect,

Sire,

de votre Majefté, &c.

LETTRE XLVII.

DE M. DE VOLTAIRE,

AU ROI DE POLOGNE, PONIATOWSKI.

A Ferney, 3 décembre.

SIRE,

VOTRE Majesté m'a honoré de trop de bontés pour
que je ne mêle pas ma voix à toutes celles qui font
des vœux pour votre conservation et pour votre
bonheur. Ma voix, à la vérité, n'est que celle qui
crie dans le désert, mais elle est sincère ; elle part
du cœur. Et quel cœur en effet ne doit pas être sensible à tout ce qui intéresse votre personne ! Il faut
être barbare pour ne pas vous aimer : il faut entendre
bien mal ses intérêts pour ne vous pas servir. Mais
la vraie bonté et la vraie vertu triomphent de tout
à la fin.

Permettez-moi de faire les vœux les plus sincères
pour votre félicité dont vous êtes si digne.

Je suis avec la plus parfaite reconnaissance et le
plus profond respect, &c.

LETTRE XLVIII.

DE M. DE VOLTAIRE,

AU ROI DE POLOGNE, PONIATOWSKI.

A Ferney, 6 décembre.

SIRE,

PERMETTEZ à mon fincère attachement pour votre perfonne, pour votre caufe, pour vos vertus, de dire encore un mot à votre Majefté.

Tous les papiers publics difent que *Kozinski* avait fait ferment à la *fainte Vierge*, ainfi que les autres conjurés, de confommer leur attentat facrilége. Je refpecte fort la *fainte Vierge*; je fuis feulement fâché que *Poltrot*, *Jean-Châtel*, *Ravaillac*, *Damiens*, le révérend père *Malagrida*, &c. &c. &c. aient eu tant de religion.

Oferai-je demander à votre Majefté s'il n'eft pas vrai que votre afpect, vos difcours, le fouvenir de vos vertus, enfin l'humanité, aient réveillé dans le cœur de l'affaffin les fentimens naturels que la dévotion à la *fainte Vierge* avait un peu endormis? La religion avait part au crime, et la nature l'a empêché.

Au refte, on eft perfuadé que cette horreur tournera à votre avantage. Le bien fort du mal, comme les moiffons viennent de la fange. Il fera déformais trop honteux d'être rebelle. Les confédérés eux-mêmes vous aimeront comme tous les efprits bien faits de l'Europe vous aiment.

Si votre Majefté daigne répondre en deux lignes à ma queftion , je la fupplie d'adreffer fa lettre à Genève.

Je fuis avec le plus profond refpect et avec un attachement qui redouble tous les jours ,

Sire ,

de votre Majefté, &c.

LETTRE XLIX.

DU ROI DE POLOGNE, PONIATOWSKI.

Varfovie, ce 28 décembre.

MONSIEUR de *Voltaire*, c'eſt avec le plus grand plaiſir que je réponds à votre lettre du 3 du courant. Votre voix doit être aſſurément diſtinguée entre toutes celles qui m'ont parlé depuis le 3 novembre dernier. Vous trouverez bon cependant que je ne convienne pas de la comparaiſon que vous vous donnez. Celui dont la voix criait dans le déſert, annonçait quelqu'un de plus grand que lui, et c'eſt ce que vous ne ſauriez faire. Mais ſi l'intérêt le plus conſtant de ma part à votre conſervation et à votre gloire, mérite de la reconnaiſſance, il eſt vrai que vous m'en devez. Je ſuis bien véritablement,

Monſieur,

votre très-affectionné,

STANISLAS-AUGUSTE, *roi.*

LETTRE L.

DU MEME.

Varſovie, le 1 de janvier.

Monsieur de *Voltaire*, j'ai répondu par Paris, il y a cinq jours, à votre lettre du 3 décembre. J'ai reçu depuis votre ſeconde du 6 , et je crois ne pouvoir mieux répondre à celle-ci qu'en vous envoyant les pièces ci-jointes dont je vous garantis la vérité exacte.

Je mets au nombre des vœux les plus chers à mon cœur de vous voir conſervé à tout ce ſiècle que vous avez éclairé.

C'eſt avec la plus véritable reconnaiſſance que je reçois les témoignages ſi affectueux de vos ſentimens pour moi, et que je ſuis,

Monſieur,

votre très-affectionné ,
STANISLAS-AUGUSTE, *roi.*

LETTRE LI.

DU ROI DE SUEDE, GUSTAVE III.

A Stockholm , ce 10 janvier.

Monsieur de *Voltaire* , vous jetez donc auffi quelquefois un coup d'œil fur ce qui fe paffe dans notre Nord ! Soyez perfuadé que du moins nous y connaiffons le prix de votre fuffrage , et que nous le regardons comme le plus grand encouragement à bien faire dans tous les genres. Je prie tous les jours l'Etre des êtres qu'il prolonge vos jours fi précieux à l'humanité entière , et fi utiles aux progrès de la raifon et de la vraie philofophie.

Sur ce je prie DIEU qu'il vous ait , Monfieur de *Voltaire* , en fa fainte garde , étant

votre très-affectionné ,

GUSTAVE.

LETTRE LII.

DE M. DE VOLTAIRE,

A SA MAJESTÉ LA REINE DE SUEDE.

MADAME,

L'HONNEUR que me fait votre Majefté redouble le petit chagrin d'avoir quatre-vingts ans, et d'être fur le bord du lac de Genève, au lieu d'être venu faire ma cour au lac Meller. Je ne pourrais mourir content qu'après m'être jeté à vos pieds et à ceux du roi votre digne fils ; et je ne peux être confolé de cette privation que par la bonté avec laquelle votre Majefté a daigné fe fouvenir de moi. L'académie que vous protégez fera employée à célébrer le plus beau règne de la Suède. Que ne puis-je venir joindre ma faible voix à toutes celles qui font infpirées par l'admiration et par l'amour !

Je fuis avec un profond refpect et la plus vive reconnaiffance,

Madame, ... de votre Majefté, &c.

Fin du volume des Lettres de l'impératrice de Ruffie et de M. de Voltaire, &c.

VOLTAI

67

CORRESPON

DE L'IMPERA

DE PUSS

www.ingramcontent.com/pod-product-compliance
Lightning Source LLC
Chambersburg PA
CBHW050307030726
47505CB00003B/613